Ilustração, capa e projeto gráfico **FREDE TIZZOT**
encadernação **LABORATÓRIO GRÁFICO ARTE & LETRA**
revisão **RAQUEL MORAES**

V 931
Volpato, André Cúnico
Piñata / André Cúnico Volpato. – Curitiba : Arte & Letra, 2024.

124 p.

ISBN 978-65-87603-65-0

1. Ficção brasileira I. Título

CDD 869.93

Índice para catálogo sistemático:
1. Ficção: Literatura brasileira 869.93
Catalogação na Fonte
Bibliotecária responsável: Ana Lúcia Merege - CRB-7 4667

ARTE & LETRA
Curitiba - PR - Brasil
Fone: (41) 3223-5302 @arteeletra
www.arteeletra.com.br - contato@arteeletra.com.br

André Cúnico Volpato

PIÑATA
versão A

exemplar nº 148

ARTE E LETRA

CURITIBA
2024

A tudo isso me exporei. Só para dizer que ainda existo.
— Nossa Senhora d'Aqui, Luci Collin.

Não obstante, continuamos firmes em nossa attitude pela razão...
— O Mez da Grippe, Valêncio Xavier.

PLAFT e TSCHUM e CATAPLAU e TUSCH: nasceu na cidade uma criança-bomba.

cruz e credo, é o começo do fim! Só a gente absorta nos rotinalgoritmos da vida, bebendo demais, trabalhando duro, fumando escondida, fazendo uns filhos, adiando reuniões, viajando em busca do desconhecido, chegando no horário, *the powerful play goes on*, e aí justo por aqueles tempos carentes de caos, em que já todas as coisas tinham nome, chegou alguém pra contribuir um verso desses de rachar lenha. Vamos aos fatos.

Foi neste mesmo mundo que habitamos todos, disso há relativa certeza, mas como a cidade foi ou esquecida ou mantida em segredo, digamos que tenha acontecido numa mistura de Tokyo com Jerusalém, a *vibe* do Rio de Janeiro bem pra lá de fevereiro, um tempero Miami-havaneiro, banhada pelo Atlântico de um lado, cercada por montanhas do outro, de qualquer lugar distante no mínimo dois dias de viagem pelo semiárido, cortada por um rio e salpicada com alguns detalhes daquilo que todos imaginávamos para a Veneza do próximo milênio.

Não que houvesse pressa de chegar lá. Era apenas a soleira do terceiro, pelo calendário romano, e a vida começava a degringolar de tantos jeitos diferentes que já nem o sertanessambaxé dava conta de animar o carnaval. A batida era outra, o povo quase todo tava pedindo arrego.

Mas até aqui, convenhamos, tudo normal.

Um tropeço só adiante, no entanto, e a porra começa a ficar séria porque, ao contrário do tempoespaço em que está encenado, crescente e mutante mistura de tudo e portanto indizivelmente inequívoco, o enredo desse conto erra com a parca individualidade de quem narra e de quem lê.

Afinal: quem é você, cara? E você, moça? Quem é você?

Já parou pra pensar nisso? Já foi sincera em relação a isso? Consegue dar pra isso uma resposta certeira? E vem cá, mais interessante do que essa ladainha pequeno-burguesa, o que você tá fazendo com esse livro? Quer aprender alguma lição de moral? Quer se conhecer melhor? Quer se entreter um pouco? Quer se esquecer do mundo lá fora enquanto contempla o mundo aqui dentro? Mas na verdade nem importa porque, mais instigante do que essa ladainha pequeno-burguesa, você pega e faz com esse livro o que bem entender: pode começar por um lado ou pelo outro, pode seguir os capítulos na ordem dada ou pular de lá pra cá quando vir a marcação no texto — você vai ver a marcação no texto, pode deixar, **assim em negrito e com o número da página de destino**[8-1], impossível se perder. Depois você volta pra onde tava e continua como se nada.

Ou não. Você é livre, faz com esse livro o que bem entender, mas.

Mas...

Mas vem cá, mais urgente do que essa ladainha pequeno-burguesa, agora é sério, mais urgente do que essa ladainha pequeno-burguesa, tomara que até o fim a gente consiga pensar em alguma coisa mais urgente do que essa ladainha pequeno-burguesa. É difícil. Depois de tanto tempo, fica difícil, mas quem é que sabe, né? Talvez até o fim a gente consiga, afinal, cruz e credo, esse é só o começo: nasceu na cidade uma criança-bomba.

Voltemos àquele presente.

5\\ codinome Julieta; codinome Romeu

(Começa mais uma contagem regressiva, e a expectativa criada de início só não ficará frustrada caso o mundo acabe de fato: medo? Sim, mas sem covardia. Começa mais esta história de uma mãe solteira, as circunstâncias pouco favoráveis que conheceremos apesar de as já conhecermos: tristeza? Sim, mas sem desespero. Começa mais uma série de intrigas e conspirações, uma jornalista e suas fontes e a busca implacável pela verdade: tragédia? Sim, mas sem transcendência.)

eita porra. Talvez fosse de esperar alguma comoção, e talvez ainda esteja por vir, mas. Do lado de fora do hospital, a Terra segue a curva em torno do Sol e em torno de si, e a gente toda segue também, cada uma descendo a espiral da própria metamorfose, gradual e orgânica e imperceptível e constante, mas atada à ilusão de sempriminente ruptura.

Pela janela do quarto, a mãe da criança-bomba olha o mundo, escuta o mundo e não imagina que na via rápida pra uma cidade satélite passe costurando pelos carros engarrafados um Oliver Twist qualquer, vendendo balas, não cogita que de algum reino do outro lado do oceano zarpe um pretenso Marco Polo, frustrado por já conhecer todas as rotas, não pensa que n'algum recanto profundo do subdesenvolvimento um Paulo Honório faça sumir seu vizinho e rival. Ela olha o mundo, escuta o mundo e nesse momento não desconfia que a dor de estar viva não seja só dela.

É também de uma codinome Julieta, que acaba de ligar para o Romeu de sua vida, e tuuuu: mal contendo a expectativa de declarar em voz alta o que nunca deixou de sentir.

Tuuuu: sem medo do ridículo de significar sua história pelos moldes de um romance adolescente.

Tuuuu: sem medo de expor a intimidade diante dele.

Tuuuu: sem medo de não ser atendida num instante de guarda tão baixa.

Tuuuu: sem medo de ser traída de novo por esse cuzão filhodaputa.

Tuuuu: sem medo de mandar ele explodir o rabo na casa do caralho; sem medo de lembrar: foi pelo Tinder, óbvio, gerenciador de expectativas dessa xufentude toda.

Deu match numa quinta de bobeira, *muito precipitado*, mas aí só conversa e coisa e pá, ela gostou do estilo dele, ele gostou do estilo dela, nada demais, mas o bastante, e eles até combinavam, pra falar a verdade, trabalhavam sem frescura as pulsões de morte, com Derby vermelho e Kaiser, moderavam o ritmo fazendo análise. Tentaram marcar no sábado à noite, *muito insensato*, não rolou. Por ela teria acabado ali, já estava em outro, mas óbvio que ele não largou o osso, e antes de virar a semana, *muito súbito*: deu certo: se encontraram num rolê meio vassoura, Derby vermelho, Kaiser e um DJ merda de electroclash.

Irresistível.

Foram pra casa dela, ele passou a noite, ela saiu de manhã cedo, antes de ele acordar. No caminho do trabalho, encontrou uma amiga, bem na hora em que ele se pegou sozinho no apartamento e mandou uma mensagem, ela recebeu, leu e guardou o celular sem responder, com muita vontade de fumar, aí ela, a amiga, cheia de poesia, contra quem tinha se apaixonado dessa vez? e ela, a Julieta, um dessorriso forçado no rosto, o maço numa mão e o isqueiro na outra, um cara do Tinder, uma trepada óbvia, esse lance de se apaixonar não é com ela, já pensou? eles em casa num fim de semana de chuva, eles de férias na Argentina. Jamé. E de longe ele concordou, óbvio, foi logo embora antes que ficasse íntimo dos objetos, só acendeu o primeiro cigarro do dia duas quadras depois, onde esbarrou numa ex bem na hora em que ela, a Julieta, respondeu a mensagem, ele leu e guardou o celular, sem saber o que dizer, aí ela, a ex, entendeu, contra quem tinha se apaixonado dessa vez? ele meio descomposto, esse lance de se apaixonar não é com ele.

Mas ela, a ex, a amiga, flagrou na hora, *este amor em botão, depois de amadurecer com o hálito do verão,* e achou graça de ser uma variável na equação do casal, conexão de primeiro grau no algoritmo do Tinder. Os dois só desconfiaram no fim de semana seguinte, de chuva, e confirmaram dois meses depois, quando pegaram férias ao mesmo tempo e viajaram pra Argentina, óbvio, dia de sol, almoço patrão no Amici Miei, semi-siesta na Plaza Dorego, apareceram até na foto de um turista, que enxergou neles um casal de novela, obviamente feliz.

Pode se tornar uma bela flor quando nos encontrarmos novamente: tuuuu: o Romeu atende o telefone.

Ser honesta consigo mesma é fácil até a hora em que deixa de ser, e aí que vergonha de estar mais perto dos trinta do que dos vinte e não ser capaz de se olhar no espelho e dizer com clareza que é por querer que está onde está: onde já se viu? uma mulher humaníssima há quanto tempo e ainda aporeticamente paralisada diante de si. Ela não tomou as decisões que quis? não pesou os desejos mais urgentes e as ambições mais íntimas? não considerou cuidadosamente todas as variáveis antes de escolher seu caminho? Sim, é claro que sim, considerou, pesou e escolheu e agora está aqui, mas. A cada fragmento imprevisto do universo, a cada obra do acaso ou do destino ou dos **algoritmos que regem o mundo**[103-1], a cada memória de uma possibilidade não realizada, desconfia que a vida aconteceu a ela muito mais do que ela aconteceu na vida.

É nessa hora que ser honesta consigo mesma deixa de ser fácil, e aí que vergonha: a mãe volta pra casa com a criança-bomba. O que mais podia fazer? A mãe lhe disse o nome e a criança chorou.

A médica disse é um defeito raro, a mãe olhou, a médica disse é um defeito raro e incurável, a mãe olhou e lhe disse o nome de novo.

E chorou.

A criança se calou com o dedo mindinho da mãe entre as gengivas sem dentes, se calou à maneira rara e incurável do defeito com que nasceu.

A médica contou aos colegas, nasceu há pouco uma criança-bomba, como assim uma criança-bomba? Uma criança-bomba.

O defeito é genético? Congênito, mas não genético.

Há tratamento? Não, nem esperança.

Quanto tempo ela tem?

É impossível prever: um dia ela explodirá, e explodiremos junto com ela.

Não há esperança.

No quarto do recém-nascido, o silêncio selado a vácuo entre mãe e filho, ela olha os olhos dele como quem lê uma equação e não entende, pela janela olha o horizonte como se fosse uma parede. Olha o mundo, escuta o mundo e nem imagina e não desconfia. Tudo que queria era uma história de amor materno, belo e puro e verdadeiro e ela volta pra casa com ele.

Fecha a porta; senta; pensa; sente medo do futuro. Sente medo de já conhecer o fim do futuro e sente medo de não conhecer o caminho até lá. Os vizinhos não vieram visitá-la. Sentem o mesmo medo que ela? Quisessem antes vê-la através do olho-mágico, vê-la se afogar no choro ou abraçar com muito amor o recém-nascido ou rir de não suportar em si tanta alegria ou rir de não suportar em si tanta aflição, quisessem matar a curiosidade de vê-la e escutá-la e sabê-la sem serem vistos e escutados e sabidos.

É possível?

A criança-bomba tosse e acorda e chora; a mãe se prepara para amamentá-la, a criança-bomba se cala com o mamilo da mãe entre as gengivas sem dentes; ela olha os olhos do filho como quem vê o horizonte e começa a andar: seja bem-vindo, esta é a minha casa, eu sou costureira e sou tua mãe; quem é você? A criança-bomba tosse (!!!), a mãe se deixa sorrir.

uma bênção disfarçada, quem sabe. Pela primeira vez nuns seis meses, a Julieta e o Romeu chegam juntos na redação. E não passa despercebido, os colegas sorriem meio de relance, o editor vê de longe e dá um grito, bonito, bonito, a Romieta unida de novo, já tava com saudade, e não podia ter acontecido em hora melhor, parece que o mundo finalmente deu à luz o que a humanidade merece e ninguém sabe direito explicar como ou quando ou por quê. A pauta tá na mesa, os dois tratem de ir pra rua se informar. Todo mundo ri; eles obedecem.

Parece um chilique meio desconjugado, mas a verdade é que, nos últimos anos, por trás das piores matérias publicadas, não as meia-boca, com uns errinhos de concordância ou um sotaque sensacionalista, porque daquilo ninguém se dá conta e disso o editor gosta, ajuda a vender jornal, mas as mais pé-sujo, mesmo, que não serviam nem pra limpar a bunda, por trás das piores matérias publicadas, pode apostar que teve alguma briga da Romieta. Eles sabem disso; querem remendar o histórico; sem reina de cabeça no serviço: descobrem o hospital onde a criança-bomba nasceu, o nome da mãe e do menino, endereço e telefone. Tudo em poucas horas, a história era boa demais, só o que todo mundo queria era conversar um pouquinho a respeito.

Ouviu falar? Paciente #OBS01956: deu à luz uma criança-bomba. É, aquela mocinha, coitada, sozinha desde o início da gravidez e agora isso. Pois eu, por mim, digo que é bem feito pra ela e pro povo: eia, gentalha! Benza Deus, o que é que vai acontecer?! Primeiro as enfermeiras e depois a parentela e aí a vizinhança e ela não aguentou a falaçada. Mudou de nome e de cep e foi tentar a boa sorte, mas. Se fugir de um lugar era fácil, se enraizar em outro custava mais força do que ela tinha; cada tentativa de plantar o pé era tolhida pela ansiedade de estar no mundo e não poder sair, que, convenhamos, não devia ser pouca: quando a criança-bomba vai explodir? qual será a força da explosão? onde ela estará quando acontecer? suas vísceras se espalharão pelo local? quem ficará encarregado de limpá-las? quantas pessoas explodirão junto com ela? alguém dirá que a criança-bomba mereceu explodir? sobrará alguém pra dizer? ou antes: é possível evitar a explosão? é viável isolá-la no meio do mar pra evitar outras vítimas? se alguém lhe desse um tiro na cabeça ou uma punhalada no coração, ela ainda explodiria?

Até no jornal saiu uma matéria tentando apaziguar os ânimos, a incerteza é grande, mas médicos e cientistas e gurus do mercado financeiro estão trabalhando com força e heroísmo; o desafio é grande, é preciso permanecermos unidos pra que tudo dê certo.

Não deu certo. Até teve — sempre tem — uma gente que nem diante do Armagedom cogitou desistir da civilização: com diálogo, empatia e fé no conhecimento científico, seguiremos em frente. Mas estes eram poucos e minguantes a cada passo. De resto, a esperança do povo num futuro melhor ficou por um fio e, pra compensar, galera se entregou a gastar dinheiro compulsivamente, a beber e fumar e viajar e trabalhar e fazer filhos como se não houvesse amanhã, e pra quem disser que há muito já era assim, fique sabendo que ficou bem pior, o egoísmo e o cinismo e o ostracismo e tantos outros ismos fincaram bandeira e tomaram pra si o coração das pessoas. Tudo errado, uma tristeza. Uns quantos grupos de mentalização contra catástrofes naturais fecharam as portas, não sobrou nem meia dúzia pra focar as energias positivas na não-explosão da criança-bomba. Finalmente, o fim se tornou uma questão de tempo. E quem pode negar?

O tom profissionalíssimo da matéria fez o possível para esconder a realidade por trás de si, mas ela é que transbordava por detrás do tom profissionalíssimo da matéria. E ainda teve o editor, que ficou desgraçado da vida, porque a Romieta foi presenteada com a pauta mais suculenta do século e transformou numa reportagem que nem valeria a capa se o interesse do público não fosse tanto. Cadê a paixão? a vida? a luta pela sobrevivência? Os empregos dele e dela ficaram pelas últimas, o Romeu deixou entalado na garganta o ~eu avisei~ e a Julieta até agora quer saber o que devia ter feito de diferente. **Com o vocabulário dado**[41-1], fez o que pôde. Pra dar conta do fato segundo os caprichos do editor, só na base dos neologismos e barbarismos, quando não da reinvenção completa do gênero jornalístico, porque afinal: o que caralhos é uma criança-bomba?

O chão é liso. O cheiro de: o cheiro. O chão é liso. Mão, pé. A pele é lisa, o chão é liso. Nariz, boca: o chão não é a pele. Mão, pé: a pele é quente, o chão é frio. A mão: perto. O pé: perto. O cheiro: perto? Nariz, boca: perto? Dentro. A boca: dentro. O nariz: dentro. Pé, mão: fora. O cheiro: perto? O cheiro: fora? Agora. O cheiro de:

Tá indo aonde, menino?

Uma passadela no mercado como quem toma fôlego antes de mergulhar e ela chega em casa pra encontrar o filho aprontando. E nessa hora o bom cristão da província talvez fique escandalizado, porque onde já se viu deixar um bebê em casa sozinho? Mas vai lá, quem tiver em casa uma criança-bomba, bem cuidada e bem amada, sem reservas nem contradições, atire a primeira pedra. Nada, né? Então. Fecha a porta; pega a criança-bomba nos braços; senta; pensa; sente medo do futuro; olha os olhos do filho como quem lê uma equação e não entende.

Quem é você?

Quando você vai explodir?

Qual será a força da explosão?

Suas vísceras se espalharão pelo local?

Quem ficará encarregado de limpá-las?

A Julieta pergunta pro Romeu se era essa a manchete que o editor esperava e ele quieto, o melhor é esquecer, só que a Julieta não consegue esquecer. Alguém consegue esquecer? Como é que pode alguém esquecer? Ela responde que uma porra de uma criança-bomba, era só isso que faltava no mundo. A mãe também acha: deixa o filho em casa; tenta voltar antes que exploda.

a dor de estar viva não é só dela. olha a pedra! foge! a pedra! das mãos do menino (um Oliver Twist qualquer): das mãos do menino voa a pedra na direção da cadela, a cadela no cio e o menino sente o cheiro da cadela, a vira-latas no cio e o menino atira a pedra na cadela. foge! foge! foge! a cadela segue a vida de carniçaria à beira da estrada, um pássaro morto, um animal morto, o cheiro da cadela no cio atrai outros animais para a beira da estrada. foge! os animais mortos à beira da estrada, a vira-latas no cio insiste à beira da estrada. os carros. o sol. intempéries. perigo. os outros animais seguindo o cheiro da cadela no cio. foge! há um matagal à beira da estrada, mas a cadela não foge. o matagal é propriedade privada, e a punição é severa por fugir matagal adentro. a cadela prefere a carniçaria. sua vida é a carniçaria à beira da estrada.

é sério isso? A pergunta não é retórica, não, porque óóóbvio que não era só isso que faltava no mundo, porque óóóbvio que além disso faltava ainda tudo o que veio depois. Primeiro morreu um deputado em circunstâncias misteriosas, um acidente de carro enquanto voltava do fim de semana na chácara, falha elétrica dos freios e falha mecânica do cinto de segurança e PLAFT e TCHUM e CATAPLAU e TUSCH, pelo menos ele estava sozinho. Depois uma festinha de aniversário que acabou em tragédia: o menino queria decoração temática da criança-bomba, fantasias e docinhos e balões e tudo o mais, os pais não tiveram coragem de negar e BUUUM; e aí PUF; tem quem diga que foi um dos colegas da escola, o mais esquisitinho, sempre tem aquele, sabe? que é convidado mais por pena do que por amizade, então: dizem que apareceu na festa com um colete de explosivos e dezessete crianças de primeira série morreram. Outros acham que, pra chegar nesse número de fatalidades, a explosão precisa ter acontecido na hora do bolo: foi o bolo! tá na cara que tinha uma granada dentro do bolo. E entre todos, tanto os mais loucos quanto os mais sensatos acham que foi a criança-bomba, é claro, a criança-bomba era uma das convidadas (suas vísceras se espalharão pelo local? quem ficará encarregado de limpá-las? quantas pessoas explodirão junto com ela?) e julgam que, no fim das contas, era até uma boa notícia: perto do que se profetizava por aí, dezessete crianças saiu barateza. Por último, um meio protesto de alunos, meio princípio de insurreição na cidade universitária, muito prejuízo material, muita indignação moralista dos pais dos alunos, muito gás lacrimogêneo, notícia principal em cujo rodapé vinha um dado que pouca gente, mais tarde, lembrou de lembrar: o sumiço da pesquisa de uma certa Vitória Frankenstein, PhD, chefe do Departamento de Bioengenharia.

Mas tá: e o que uma coisa tem a ver com a outra?

Ah, destino, destino! Todos os humanos te chamam de caprichoso.

O que uma coisa tem a ver com a outra?

De acordo com a Julieta, tudo, de acordo com os colegas da redação, só o delírio da Julieta. Ela ainda não sabe dar nome, mas vê cada um desses acontecimentos como gotas d'água espirradas sobre a cidade pelo mesmo aspersor. E o seu trabalho é investigar o aspersor. Descobrir quem o opera, principalmente, e com quais fins. Muita luta na agenda dos próximos meses.

No mais, a vida segue sem maiores tropeços. ~Feliz~ claro que é exagero; satisfeita, talvez; agora companheira do passado como de um acessório discreto, um par de brincos que de vez em quando sussurra ou de óculos através do qual ela assiste, não mais aquela fantasia completa de porta-bandeira. Depois de se mudar mais duas ou três vezes, conseguiu finalmente fincar pé numa vizinhança desavisada sobre quem era e desinteressada de descobrir. Recebe visitas de um tal velho defunto, assim apelidado ela não faz ideia por quê, nem tem coragem de perguntar, sabe só que é um homem sozinho, desconfia que viúvo, e que é cego, mas não de nascença. É com ele que deixa o Esteves (o codinome do filho é Esteves), é com ele que deixa o Esteves quando precisa sair de casa.

Ela sai de casa. Vai ao centro, vai às lojas de tecido, se acostuma ao céu emoldurado pelos prédios mais ou menos históricos de um lado, pelos futuro-reacionaristas do outro, **debaixo da chuva que traz o esgoto à superfície**[117-1] ou do sol que resseca o ar e ressalta a fuligem.

São raros os dias compatíveis consigo mesmos, mas.

São raros os dias de meio termo, mas.

A mãe se contenta.

Quando volta, agradece o velho pelo favor e conversam um pouco sobre as cruzes da vida. Com o hábito, até relaxa um pouco a língua, conta da gravidez difícil e da vida passada, de por onde imagina que ande a família (isso dá pra revelar), da sorte que teve com a Maternidade Móvel (ênfase), do complicado que tá de entender o mundo (seja bem-vinda), e do medo terrível que sente de qualquer hora dessas o filho: segura a trela na hora e o velho defunto não atina.

E quem sabe nem fosse mesmo pra atinar, afinal, fora isso de dar à luz uma criança-bomba, iguais à história dela são umas quantas por aí pela cidade.

Umas cento e cinquenta, mais ou menos. Ou é isso que a Julieta acha. Foi falar com a Dra. Frankenstein, aquela pesquisa que desapareceu: sobre o que era? Ah, nada, umas notas rápidas sobre a criança-bomba, mas só bobagens, coisa que ela escreveu sem compromisso, os artigos roubados nem tinham sido aceitos pra publicação, de tão *away* que era a metodologia, a doutora não tava preocupada. Mas então por que alguém ia querer roubar? PFF! e quem é que sabe? Foram alunos, talvez, num desses desafios pra poder entrar numa fraternidade: virou moda, Hollywood amamentou essa juventude no peito, agora entraram na universidade e acham que fraternidade é a parte boa de estar aqui. Um bando de bocó, né, mas fazer o quê? A Julieta foi embora sem se convencer e começou a escavar: áreas de interesse da doutora, obras publicadas, fontes de financiamento das pesquisas, tudo perfeito demais até tropeçar num antigo processo administrativo da universidade: a Vitória Frankenstein, PhD, vinha por meio daquele requerer a expulsão imediata da codinome Dra. Strangelove, aluna regular do Programa de Pós-Graduação em Bioengenharia. As alegações eram difusas, um lance sobre faltar com um compromisso ético e quebrar o juramento de Hipócrates, nada que não figuraria na biografia indiscreta da maioria dos médicos, aí as provas ainda eram escassas e, pra completar, a dita cuja estava às vésperas de pegar o diploma. Acabou em nada, mas.

Tem caroço nesse angu?

O codinome Romeu acha que ela está errada, mas sabe do currículo dela o suficiente pra apostar que está certa.

Tem caroço nesse angu?

Depois de se formar, a Dra. Strangelove se afastou da academia pra assumir o cargo de obstetra-chefe num programa da Secretaria de Saúde, a Maternidade Móvel, e daí em diante uma migalha leva à outra e lá estava a Julieta e em mãos da Julieta uma compilação de dados sobre abortos naturais e artificiais na cidade e região metropolitana: 1,56 aborto por dia nos nove meses que precederam o nascimento da criança-bomba; 1,08 nos nove meses anteriores a estes.

Umas cento e cinquenta mulheres a mais, umas cento e cinquenta histórias iguais à dela: tem angu nesse caroço. A Julieta segue a pista, muita luta, a ação avança.

Ela precisa sair amanhã cedo, uma consulta, coisa de rotina. Será que o velho defunto pode ficar com o Esteves até a hora do almoço? Pode, Maria (o codinome da mãe é Maria), é claro que pode, Maria. Então bate à porta dele com a primeira claridade do sol, deixa a criança-bomba e duas mamadeiras e pega o ônibus sentido centro.

A doutora anda atrasada, pra cultivar o costume, e a Maria se senta na sala de espera, tira da bolsa o tricô e vai adiantando o serviço pra passar o tempo. Toca o telefone, a secretária avisa que houve um pequeno imprevisto, vai ainda uns dez minutos até que a doutora chegue, e vinte minutos depois chega outra paciente e a doutora nada. Tá esperando há um bom tempo, parece, a recém-chegada olha pro cachecol quase pronto e comenta, mas não, nem tanto, o tricô a Maria faz pra vender, tá aproveitando esses minutos pra ver se termina a encomenda, e na verdade já se acostumou, médico é sempre assim. Pois então. Ainda conversam por uns quantos minutos sobre si e sobre o mundo e sobre a vida até que passe finalmente pela porta a Dra. Strangelove. Desculpa-se com a Maria e com a nova paciente, uma pena, logo na primeira consulta, ela espera ser capaz de mudar essa impressão inicial. Pede mais uns instantes, apenas o suficiente pra se abancar no consultório e então convida a Maria a entrar. A Julieta aguarda sozinha a sua vez, codinome e telefone da nova conhecida anotados e guardados, uma micro-escuta instalada junto do balcão da secretária e outra no bolso pra, se tiver a chance, instalar embaixo da mesa da doutora. A verdade se esquiva, mas cedo ou tarde: CHAPLAU!

por aí andam dizendo: o turismo continua? Porra, galera: quando a criança-bomba nasceu, eu tava com mochilão marcado, passagem comprada, ia viajar o mundo. Pelo ritmo das pesquisas sobre a cura, a gente não tá nem a meio tropeço desse caminho e eu já tô pensando em congelar óvulos. Porra. Até entendo esse yin yang da vida, pedi pra uma amiga virar umas cartas pra mim no outro dia e ela disse que esse é mesmo o seguinte: aceita a oscilação que dói menos, não tem jeito de lutar contra essas coisas não. Eu até entendo, mas. Às vezes. Não sei. Tem coisa mais burguesa do que congelar óvulos pra quando a vida se arranjar? Virei égua, por acaso? pra emprenhar de acordo com a conveniência da fazenda. Se bem que mochilão também, né: coisa de quem dá rolê de sapatênis no shopping e nas férias quer pagar de aventureiro *roots*. Tive um date com um cara desses semana passada. Foi bem, foi bom. Mas no outro dia o cara acordou querendo turistar, eu disse que levava ele lá na rua da criança-bomba e ele não quis. Ficou chocado. Escandalizado. Obstúpido. Onde já se viu? Eu vim aqui pra aproveitar, não pra cometer suicídio. A gente brigou e ele foi sozinho no museu de arte sacra, tirou foto de uns pintinhos de anjo e postou no insta com beicinho. É o vazio. *O horror!* O horror não fica no coração do mato virgem: é a nossa casa. Passei lá na gineco pra ver qualé a desse ciclo que tá tudo bagunçado, exames na mão e o escambau, ela olhou pra papelada, olhou pra mim, pra papelada, pra mim, suspirou e mandou a real: não tem explicação, isso aí vai se ajeitar sozinho quando encontrarem a cura pra criança-bomba ou quando ela explodir, a natureza perdeu o compasso e eu já desisti de entender o que tá rolando com a mulherada: espera encontrarem a cura e aí a gente vê. Porra! Até lá, a gente faz o quê? Só espera? Medita? Faz shiatsu? Reiki? Não vai dar, galera. Não tem astrologia holística no universo que dê conta. Sabe aquele lance de tubarão não poder ficar parado, porque não consegue respirar? Uma putamerda viver assim. A economia, os relacionamentos, os planos, os sonhos: sempre em frente pra não se afogar. Mas é por isso que tanta gente toca o foda-se, melhor morrer de explosão do que de sinceridade: até o fim pra não admitir que a gente tem culpa. Eu não chego a tanto, mas também só quero que essa cura chegue logo, sair por aí de mochilão, trazer racionalmente um pimpolho pro mundo, voltar a fingir normalmente que não é problema meu. Fingir que não tô prestes a me afogar.

esse dia foi louco. Medo de já conhecer o fim do futuro e medo de não conhecer o caminho até lá, mas. E se o caminho até lá se escancara na nossa frente?

E aí?

Como é que faz se o caminho até lá tá bem na nossa frente?

Começou com um barulho e estilhaços de vida e morte e o medo do fim e a vontade de futuro: uma porra de um ataque terrorista na beirada norte da cidade e a Romieta vai correndo descobrir qualé. Tentam chamar um Uber, mas o endereço já bloqueado no app e o aviso de emergência, perímetro de isolamento, perigo e atenção. Pegam um táxi. Por trezentos pilas o motorista aceita levá-los até lá, até onde for possível e assenta o pé nessa merda e sirenes. A Julieta liga pra um lugar-tenente do Esquadrão Antiterrorista, o Romeu tenta falar com o Secretário de Segurança Pública. Ninguém atende. Todo mundo ocupado em assistir ao primeiro vídeo do ataque, que acaba de brotar no YouTube: a praça lotada, um novelo só de gente passeando e correndo e conversando, cachorros latindo e rotina e beleza, o mano no meio da roda de ritmo e poesia mandando uma rima e a batida e BUUUM.

O mundo em volta perde o compasso.

Desembarcam a umas três quadras da praça e andam o resto do caminho. Gente andando na direção oposta, sendo evacuada. Sirenes. Lágrimas. Ela tosse com a fumaça e no chão, no chão! Os dois aí, larga tudo, barriga no chão. A Romieta abaixa a cabeça pra mira do fuzil, deita, tenta explicar que no chão! Cala a boca os dois! Depois de confirmarem a identificação de imprensa autorizada, a unidade escolta os dois até o ginásio da escola local, a duas quadras da praça. Um par de outros repórteres e autoridades públicas já fazendo hora. No comando da cena, o lugar-tenente do EAT.

Resumindo, é o seguinte até o momento: três vítimas fatais, quatro feridas; pelas características da ocorrência, protocolos antiterroristas foram acionados; o EAT evacuou a área e dá as ordens, mas nenhuma organização assumiu a responsabilidade e, até que isso aconteça, ou até que surja outro indício de terrorismo, a Polícia Civil estará à frente da investigação. Oficialmente, só o tédio mais protocolar pra dar conta de uma bomba dessas no colo da cidade; já extraoficialmente, borbulha a sociedade alternativa, emergem do submundo umas quantas terrorias da conspiração.

Aleluia! O povo se libertou, a criança-bomba acaba de explodir.

A família Buffett *Wanna-be* ataca de novo: que tenha início a gentrificação da zona norte.

Os islamo-comunistas já chegaram e o silêncio da mídia é de ensurdecer.

E no Facebook Emergências: Ritmo e Poesia — Instituto Santo André marcou a si mesmo como "seguro" e Aline Slv marcou a si mesma como "segura" e João Vitor Junqueira marcou a si mesmo como "seguro" em "ataque terrorista na zona norte" e o aviso: não se marque como seguro! o Grande Irmão Zuckerberg está de olho em você.

Nem a codinome Julieta segura a graça. Enquanto o prazo pra entregar as matérias não bate na bunda e o EAT silencia, os jornalistas se reúnem no banheiro das meninas pra chapar o coco e ler os *trending topics*, e nem a Julieta segura a graça com tanta asneira, mas. No caso dela, uma graça superficial, porque ela, ao contrário dos colegas, acredita que por trás da sequência infinita de eventos astronômicos e microscópicos e a fila sempre crescente de decisões que moldam e desfazem e refazem o caminho de cada pessoa existe algum desígnio superior. Nada de transcendente. Ela nasceu tarde demais na história pra acreditar em qualquer arbítrio transcendental. Mas algum plano maquiavélico, alguma maquinação algorítmica. Ela tosse com a fumaça e seus colegas riem.

Como é que pode ela acreditar nessas conspirações?

Ela precisa.

Mas como é que pode? Ela precisa acreditar num grupo de magnatas e poderosos que controlam as vidas de toda a gente?

Bem isso, porque é acreditar nisso ou na indiferença do universo, e da indiferença do universo ela não tem chance de escapar.

Ela tosse com a fumaça e seus colegas riem.

A codinome Julieta acredita e aguarda.

E seus colegas, sem acreditar, apuram e escrevem e publicam reportagens.

E sem saber em que acreditar, a gente da cidade segue a vida.

Pela pesquisa feita, 22% da população acha que a criança-bomba é que explodiu, 39% é olho-parado, não soube ou não quis opinar, 18% pensa que tem a ver com disputas territoriais do crime organizado, 11% tem certeza de que é tudo balela, o governo mandou mal nalgum duto de gás ou coisa que o valha e tá tentando acobertar. Todo o resto acredita no que deu nos jornais: obra de um lobo solitário: sem maiores explanações ou consequências, o cara chegou lá e soltou um *hadouken* e a contagem de vítimas não passou da primeira dúzia, a justiça decretou sigilo sobre a identidade do vagabundo e o prefeito aproveitou pra dizer que o Esquadrão Antiterrorista ganhará mais destaque no próximo mandato, a cidade está de luto, mas o perigo passou e **o caminho em frente é brilhante.**[86-1]

A praça fica interditada só por uns dias; continua deserta mesmo depois de reaberta.

Muita gente se muda de lá, junta as tralhas e não espera encontrar endereço novo pra ir embora; os moradores mais teimosos nem pensam em se afastar, só que agora preferem se guardar dentro de casa. As ruas servem só de passagem, e a gente passa com pressa. Se alguém quiser, pode muito bem dizer que a rotina da cidade vem voltando ao normal, mas. O caminho em frente é brilhante? Até onde a Julieta enxerga, só se for pra construtora de alto padrão dos Buffett *Wanna-be*. A pesquisa os excluía das alternativas, mas a Julieta enterrou fundo na memória aquele tuíte que mirava a culpa neles, e como a escuta no consultório da Dra. Strangelove ainda não rendeu qualquer coisa de interesse, a Julieta resolve que é hora de visitar o tuiteiro.

Resolve?

A Julieta acredita que é hora de visitá-lo.

esse dia foi louco? rebobina um pouco a fita que não deu pra entender nada. A criança-bomba diz que sim, mamãe, os sons meio pela metade, mas ela pergunta se o filho quer ir passear na floresta, enquanto o lobo não vem, e a criança-bomba diz que sim, mamãe, floresta: boa, lobo: mau, passear, bom? Antes de o lobo chegar: bom, depois de o lobo chegar: ruim, floresta: longe, lobo: longe? Passear: a criança-bomba diz que sim, mamãe, rápido, antes de o lobo chegar, os sons meio pela metade, mas. A mãe se deixa sorrir. Ela pensa que sim, filho, floresta: boa, passear: bom, viver: bom, a mãe pensa que sim, filho, rápido, antes de a criança-bomba explodir. Guarda-o na mochila-canguru e abre a porta.

O passeio vai ser agradável, quer dizer, olhando de fora, pelo menos, a praça ocupada, a juventude e a velhice lado a lado, a revolta e a espera, tudo lecorbusianamente agradável, mas.

É viável isolá-la no meio do mar para evitar outras vítimas?

Se alguém lhe desse um tiro na cabeça ou uma punhalada no coração, ela ainda explodiria?

Mera especulação teórica, claro, como tem gente que às vezes fala que ah, se eu tivesse uma máquina do tempo, voltaria lá pro fim do século XIX e mataria o bebê do Alois e da Klara Hitler, fácil, evitaria a morte de milhões, seria um herói, e aí tem gente que responde mano, você já viu foto do bebê Hitler? já viu como ele era fofinho? eu não ia conseguir, mano, nem fodendo, mas então tem a tréplica, né, porque não importa se ele era ou não fofinho, leva o bebê pra beira de um abismo, fecha os olhos e PLAFT e TSCHUM e CATAPLAU e TUSCH, nem que você fique doido de remorso e se jogue atrás, no todo a humanidade sai ganhando, e depois dessa tem quem queira encerrar o assunto com um putz, você acha o Nazismo e a Segunda Guerra e o Holocausto aconteceram só por causa de um cara? Não ia adiantar nada matar o bebê Hitler: se não fosse ele, seria outro.

Tudo exatamente assim, com a diferença de que a máquina do tempo não existe, e tudo já sabido, desde antes de ela sair.

E mesmo assim ela sai, como a personagem de alguma tragédia, como é quase toda a gente, eloquentemente derrotada pelo destino, mas nunca rendida, fecha a porta e segue adiante, mais uma vez pra arena de luta. É um dia bonito e a praça lotada, de um lado uma roda de ritmo e poesia, crianças jogando bola no campo de areia, gente passeando, o velho defunto sentado num banco e sabe-se lá como ele percebe quem se aproxima, convida a Maria pra se sentar e ela aceita e conversa e assiste. Dois cachorros latem, não se gostam, o sentimento passa sem mais e logo cada um pro seu lado e andorinhas revoam, o velho defunto comenta que um pouco fora de época, mas faz bem que o mundo tenha dessas. Olha, escuta. Se ele não se importa com a pergunta: o velho defunto acha ruim o apelido que tem? No início desgostava, mas perdeu o fio com os anos de uso. E se não for abusar, por que velho defunto? Ele silencia e pensa e lembra e acha e: o velho sorri. Acontece que ele já morreu. Faz alguns anos, já; ele morreu; só não foi enterrado ainda porque falta compor um epitáfio.

O Esteves ri e, sem entender, a Maria acredita.

Como toda a gente: muito mais por necessidade do que por entendimento, ela acredita.

A criança-bomba se debate na mochila canguru e a mãe a pousa no chão, fica de olho, a criança-bomba corre em volta do banco em que estão sentados, aponta um balão, se interessa por uma carreira de formigas. É só uma criança.

Suas vísceras se espalharão pelo local?

Quem ficará encarregado de limpá-las?

O velho defunto presta atenção, ele pensa e lembra e acha, a região está crescendo, a Maria não foi a única a desembarcar por ali nos últimos anos, olha o mundo, escuta o mundo, a imagem que ele tem da praça é pacata, não combina mais com o rebuliço de sons por tudo, e a região não para de crescer. A mãe da criança-bomba não gosta. Já tem mundo que chega em volta da gente, às vezes tem mundo até demais. E como o universo de quando em quando tem dessas, como em certas ocasiões o universo parece escutar o que dele se diz para responder à altura: a Maria olha, a Maria escuta: às vezes tem mundo até demais: bem nesse momento uma pomba levanta vôo e a acerta em cheio na cabeça com o cocô, pelas costas é atingida por um frisbee e logo em seguida pelo cão que veio buscá-lo. O Esteves corre de volta até a mãe.

O dia bonito e a praça lotada, o passeio lecorbusianamente agradável, mas. Talvez ela precise de um pouco de mundo a menos.

O velho defunto não atina pra nada disso.

Talvez o mundo precise de um pouco de mundo a menos.

O dia, a praça, o passeio.

O velho defunto tem algum arrependimento? A Maria quer saber. Ele tem algum arrependimento? Só os poucos que quase todos têm, quem sabe, devia ter sido mais honesto com a esposa e consigo, devia ter se ocupado menos do futuro e vivido mais o presente, nada específico, nada traumático, a vida do velho defunto não dá pra dizer que seguiu em linha reta, mas nunca ameaçou com uma curva brusca, uma bifurcação decisiva a meio caminho. Aconteceu só, gradual e orgânica e imperceptível e constante. A Maria às vezes sente o contrário. Pode ser ilusão, ela sabe, mas sente a cada passo uma ruptura: o dia em que viu pela primeira vez a máquina de costura da avó, o dia em que engravidou, o dia em que escapou por um triz de ficar surda durante uma brincadeira infantil, o dia em que ganhou de presente uma flor do primeiro namorado, o dia em que o Esteves nasceu, o dia em que conheceu o velho defunto.

Conversar faz bem, mas.

A cada passo uma ruptura com o que deixou de ser.

Hoje. O dia em que, em vez dos infinitos caminhos que poderia ter tomado ao abrir a porta de casa, veio aproveitar o dia na praça.

O dia, a praça, o passeio. Mas.

Sabe aquele vazio que todo mundo carrega no interior mais profundo de si? Aquela ausência órfã que a gente tenta espantar da mente com trabalho e viagens e conversas e piadas e curtidas e filmes de super-heróis e planos pro futuro e remédios pra ansiedade e tudo o mais? Aquele poço de silêncio e escuridão que, por mais que a gente busque cobrir com amor e ódio e amizades e arrependimentos e esperança, é escavado sempre mais fundo pela certeza enraizada da solidão e da finitude? Pois: isso aí é que é a condição humana, passeando por nossas consciências tipo um mosquito na hora de dormir, que de vez em quando dá uma pequena trégua, porque PÁ, do caralho, né, viver um momento importante e significativo e revelador e eletrizante e emocionante: uma experiência religiosa, um evento-âncora da vida: impossível que a porra do mosquito tenha sobrevivido, mas zzzz, primeiro a gente acha que imaginou, e depois zzzzzzzz, a gente tenta se concentrar em outra coisa, só que ZZZZZZZZ, não tem jeito: lá está ele de novo e então desespero, vai todo mundo ficar louco antes de esse mosquito resolver deixar a gente em paz, então de repente PÁ, mais uma vez a esperança de que ele não volte.

Mas ele sempre volta.

Ele sempre volta?

Dessa vez, será que ele volta?

PÁ.

BUUUM.

PLAFT e TSCHUM e CATAPLAU e TUSCH.

Um barulho que racha o presente ao meio e estilhaços de vida e morte e talvez um pouco de mundo a menos.

e a condição inumana, meu meus, imagina só a condição inumana!

O que pode saber um humano da condição inumana? Que sentido faz separar o mundo em humano e inumano? A condição humana, ali atrás, talvez seja só a condição burguesa, a condição urbanita, a condição civilizada, a condição contemporânea. E as condições inumanas, nesse caso, quem é que sabe o que são? Sabe-se apenas que são. Imagina-se apenas que sejam.

1. a vaca não sabe.

De um lado para o outro, a vaca corre. A vaca sabe? Foge. O toar do sino a segue para onde quer que vá, e a morte se aproxima. Para. Rumina. A vaca sabe? Bate no tronco da árvore, bate a cabeça e toma distância e se joga contra o tronco da árvore contra o arame farpado contra o monte de esterco. Desespero? Loucura? Instinto? A vaca sabe? A condição bovina é não saber. A vaca sabe? Em volta do pescoço da vaca, o sino toa em anunciação e sem saber a vaga foge.

2. sangue na boca do cachorro.

Ele é manso. O cachorro é manso, mas. E a criança: a criança só estava brincando, só queria testar os limites dele, testar os limites do cachorro.

Mas.

Ele tem pena.

Ele é manso.

Mas é cachorro.

3. a terra gira.

A pedra na beira do mar. O penhasco sob a escuridão, diante do vento. O mar sobe e desce, avançam as ondas sobre as pedras na beira do mar. O penhasco senta e as ondas quebram de encontro ao penhasco, cardumes festejam o balanço da água nas pedras. O vento sopra. A escuridão se adensa sob as nuvens. O penhasco senta. Do topo de si mesmo, o penhasco não vê. O penhasco vê? O penhasco é, o mar é, o vento é, e as ondas quebram de encontro ao penhasco. O tempo gasto. As pedras na beira do mar e o líquen se eriça. Ao primeiro vestígio de claridade, o líquen se eriça. A radiação difusa pela atmosfera, a escuridão se desfaz e o céu. Nuvens. O mar sobe e desce, avançam as ondas sobre as pedras na beira do mar. O penhasco senta. Um grão de areia se desprende do penhasco; o sol aponta no horizonte.

4. *zzzz.*

Não! Ele implora. Por favor, não! Toda sua colônia foi destruída, botaram fogo, e os poucos sobreviventes foram envenenados, não sobrou mais ninguém. Agora ele está sozinho no mundo e não suporta. Não suporta a solidão. Ele viu a janela aberta, as flores, e pensou sim, ali deve viver alguém disposto a recebê-lo, ali ele será bem-vindo. Só o que quer é alguém com quem conversar, ele promete não picar ninguém nem pousar na comida que não esteja estragada. Ele será um bom companheiro se tiver uma chance.

(PÁ!)

Não!

Ele implora!

Ele implora!

(PÁ!)

5. *grota*

O que vive no fundo da grota? Ele se alimenta dos restos do mundo, é insaciável e se alimenta do mundo. A boca é funda, e ele só tem boca. O que vive na grota se reproduz pela boca, come pela boca, defeca pela boca, tudo pela boca. Não fala. Digere os restos do mundo e defeca. O que sobra no mundo é mandado pra grota; quem sobra no mundo é engolido pela boca do que vive no fundo da grota. Mas volta. Ele digere os restos do mundo e defeca. Você já foi digerido pela grota?

o que veio depois; o que ainda virá. Um barulho que racha o presente ao meio e estilhaços de vida e morte e o medo do fim e a vontade de futuro: a mãe da criança-bomba pega pelo braço o velho defunto e agarra o filho e o crânio zunindo, a visão afunilada pela adrenalina, só o que ela vê é o caminho mais curto pra longe dali, o carreiro de terra batida e o gramado e os paralelepípedos mais adiante. Quem vem na direção da praça, querendo saber, desiste quando vê a fumaça, ouve os gritos, sente o calor e tromba em quem vai na direção oposta, e o crânio da mãe zunindo, a criança-bomba e o choro, o velho defunto no encalço, sem reclamar de ser carregado já não sabe pra onde. Eles chegam na casa dela, entram, respiram. Fecha a porta. A mãe da criança-bomba treme, ainda viva, ainda alerta, olha pela janela como quem lê uma equação e não entende, o horizonte como se fosse uma parede. Sirenes. A Maria coça o ombro direito e só então percebe o sangue escorrendo por todo o braço: um fragmento de qualquer coisa atirado em alta velocidade e passado por ela de raspão, tudo bem com o velho defunto? foi atingido? e a criança-bomba? tudo bem? foi atingida? suas vísceras se teriam espalhado pelo local? quem se teria encarregado de limpá-las? quantas pessoas teriam explodido junto com ela? A mãe da criança-bomba treme, ainda viva, ainda alerta, olha pela janela como quem lê uma equação e não entende, o horizonte como se fosse uma parede. Ainda assim, reiteradamente viva, como se nunca mais fosse dormir ou descansar, como se jamais fosse morrer, como se impossível que a porra do mosquito tivesse sobrevivido.

Mas.

Aqui a gente já sabe.

zzzz: o Esquadrão Antiterrorista, a pesquisa de opinião, o anúncio do prefeito e a debandada de boa parte dos vizinhos, a construtora dos Buffett *Wanna-be* cai matando e avança com força a gentrificação, aos poucos o bairro adquire aquela melhor assinatura do subdesenvolvimento, até ali no muro um lance eufemisticamente humilde, aí tem o muro e pra lá do muro os milionários mandando ver nos condomínios de luxo. A Julieta não aguenta mais esperar por respostas, dá um jeito de descobrir a identidade do tuiteiro e logo no outro dia aparece no estúdio de tatuagem onde ele trabalha.

zzzzzzzz: então olha só, a Julieta queria tatuar essa frase aqui, no tornozelo, ela tava pensando, precisava ter marcado horário? não, não, essa aí é jogo rápido, só dá uma olhada aí no livro, vê os tipos de caligrafia e boa. Boa? Com a debandada, a Maria acaba com nem a metade dos clientes que tinha e, pra piorar, ela ainda lembra. Sente. BUUUM. Gritos. Correria. Medo do fim e vontade de futuro. Costura e BUUUM. Gritos. Correria. A tesoura desliza sobre o pano e BUUUM. Sente. Lembra. O filho pergunta e o medo do fim e a vontade de futuro. *Nessa,* ele começa, e a Julieta começa a jogar conversa fora e perguntar e a criança-bomba? e o ataque terrorista? *Nessa palavra,* que doideira, né, mano, pois então, ele vai trabalhando e ela vai trabalhando, ele viu o que virou a zona norte? asfalto novo pra passeata de BMW e Volvo, *Nessa palavra espreita-me,* e ó a surpresa dele! ele foi o primeiro a avisar, é essa família Buffett *Wanna-be,* mano, *Nessa palavra espreita-me a morte*: essa família Buffett *Wanna-be* tá por trás de tudo. Aí a Julieta abre o jogo e o cara dá dois pulos pra trás e BUUUM. As agulhas de tricô e tec-tec e BUUUM. O velho defunto chega pra mais uma visita, bate na porta. BUUUM. Ela abre, ele entra, a criança-bomba reconhece, sozinha já vem até ele. Gritos. Correria. Ela fecha a porta, ele brinca um pouco, ela trabalha. Ele brinca mais e BUUUM. O velho defunto viu que vai abrir um grupo de mentalização contra catástrofes ali no ginásio da escola, depois da reunião do AA, a Maria não quer ir com ele? Pode ser uma boa. Boa? A Julieta acredita, quer colocar a versão dele na capa do jornal, mas ela vai precisar dos fatos.

ZZZZZZZZ: o cara dá a letra: a porratoda começa com um artigo da Dra. Vitória Frankenstein que abasbacava a comunidade científica, a descoberta de uma bactéria autodestrutiva, *#literalmente,* é só uma explodir e de repente PUF, a colônia inteira explode junto. E aí óbvio que o mercado foi pra cima, o Warren Buffett *Wanna-be* doou coisa de cem milhões de dólares pro Departamento de Bioengenharia, marcados especificamente pra pesquisa da doutora, bolsas e equipamentos e insumos e além do dinheiro uma aluna infiltrada fazendo pesquisa por debaixo dos panos, tentando replicar a proteína explosiva da bactéria: primeiro em minhocas, depois em sapos, aí em camundongos e. A criança-bomba? A Maria pergunta se o Esteves também pode ir. Pode, é claro que pode, quanto mais gente, melhor. Ela olha pela janela, dois policiais patrulhando, cena comum desde. BUUUM. Medo do fim e vontade de futuro. O velho defunto diz que não queria ir sozinho e, pra ser sincero, ele acha que faria bem a ela, a esperança num futuro melhor também é da condição humana (humana?), a Maria tem uma encomenda pra terminar hoje; se der tempo, ela vai. O velho defunto fica de olho no Esteves enquanto espera. A criança-bomba? A criança-bomba. Por acaso, a aluna infiltrada é uma Dra. Strangelove? Essa é uma das suspeitas, mas ele não tem certeza. E o ataque terrorista: o que tem a ver? O ataque terrorista foi cortesia de um camundongo-bomba que roubaram do laboratório da Dra. Frankenstein. No dia do protesto? No dia do protesto. E a Dra. Frankenstein sabe? A Dra. Frankenstein sabe. E ele: como é que ele sabe? Digamos que ele e os colegas tenham acesso a informações privilegiadas. Como assim? Eles são um grupo de hacktivistas? Hacktivismo? O codinome dele é Lampião, rei do Hackangaço.

PÁ: acompanhada do Esteves e do velho defunto, a Maria sai, **pode até ser legal, quem sabe, esse grupo de mentalização contra catástrofes**[97-1]; a Julieta se despede do codinome Lampião, olhos abertos e muito cuidado, mês que vem ela está de volta.

4\\ de vinho, de poesia ou de virtude

(Algum tempo passa sem que a ação avance; personagens são postas de lado; outras nos são apresentadas, mas mais por contingência do que por importância, e as que permanecem destoam do que eram. Inconsistência? Descuido? Embriaguez? Não, normalidade.)

uns anos se passaram. Foram uns três mil e quinhentos, quatro mil dias e, sejamos sinceros, sobre eles só importa dizer que o Esteves não explodiu, ninguém sabe o porquê.

ninguém sabe o porquê? É. Saber, *stricto sensu*, provavelmente ninguém sabe mesmo, mas. É justo aquilo sobre cuja realidade nada se sabe que atiça as mais criativas explosões de signos. O passado, o futuro, o que aquele vizinho meio esquisito anda aprontando, o que tem dentro daquela gaveta sempre trancada, de onde veio essa tal dessa criança-bomba. Memórias distantes, planos incertos, fofocas, terrorias da conspiração.

Ei-las, então; eis os signos; eis o que ninguém sabe sobre a criança-bomba.

1. os Buffett Wanna-be *e a especulação imobiliária.*

Essa hipótese já foi mencionada, e ela não é muito mais do que ficou dito. É o espírito do nosso tempo. O aumento da desigualdade, o aluguel subindo e os salários estagnados, políticas higienistas, turismo invasivo e gentrificação: com tudo isso circulando o tempo todo pelas ondas de rádio e tevê, essa hipótese quase que se formulou sozinha. O que aconteceu na vizinhança da Maria já tinha acontecido e voltou a acontecer em outras partes da cidade. Os Buffett *Wanna-be* pagavam pra um tabloide publicar o endereço da criança-bomba, pagavam pra um juiz ordenar buscas sistemáticas por "armas de fogo, explosivos de grau três e bombas-vivas", encomendavam de alguma gangue um ataque terrorista. E sempre com os mesmos resultados.

Os moradores se assustavam.

Os moradores levantavam acampamento.

Os Buffett *Wanna-be* se instalavam no lugar.

E nessa hora entra em cena o intérprete do mundo, como quem lê uma equação e a acha óbvia: eles é que vêm se dando bem, eles é que devem estar por trás de tudo. E a melhor parte: mesmo que os Buffett *Wanna-be* não sejam culpados por isso especificamente, todo mundo sabe que são culpados por uma bela lista de outros crimes. Então que se fodam. O que quer que o Hackangaço tenha planejado pra eles vai ser muito bem merecido.

2. alô, Darwin.

É dos grandes veículos da evolução das espécies. O acidente. O erro. A mutação que acontece ao acaso e que por acaso é bem-sucedida.

Por acaso?

Tá bom, então.

Por acaso?

Chamados de pássaros-da-piedade por alguns povos do deserto, esses animais não podem competir com predadores mais fortes. Desenvolveram o estômago mais ácido de toda a natureza e se adaptaram à carniçaria; digerem os mortos; as doenças não resistem ao pH baixo. De quebra, os urubus ainda salvam nascentes, lagos e rios da contaminação pela carne morta, e com eles salvam todo um ecossistema. Acaso?

As esponjas estão entre as espécies mais antigas do reino animal: e não por acaso. Elas respiram e comem e sobrevivem por um único processo: a filtragem da água. Só o que fazem é filtrar água. As esponjas evoluíram pra limpar o ecossistema aquático, e o ecossistema aquático evoluiu com elas, e daria pra contar histórias parecidas sobre besouros rola-bosta, lontras marinhas, morcegos, abelhas, uma pá de outros seres vivos.

Acaso?

Agora as concentrações urbanas pelo mundo: seres humanos, ratazanas, baratas e pombas com acesso ilimitado à comida, livres de predadores, poluindo o ar e as águas e contaminando o solo e nasce uma criança-bomba. Acaso? Só pra quem é muito ingênuo acreditar que é acaso. A natureza é sábia. A natureza sabe o que faz. A cidade é uma fatia de terra morta, e a criança-bomba é o urubu que a natureza produziu pra salvar o ecossistema em volta. A criança-bomba. A criança-da-piedade.

3. você sabe o que tem na água que toma?

Hidrogênio e oxigênio todo mundo sabe. Alguns minerais em pequena quantidade, um bom tanto de cloro se for tratada, uma dose de ferro se for de nascente medicinal, mas. É notícia antiga, pouca gente se lembra, a justiça condenou a EXT-Fertilizantes a pagar quarenta e seis milhões em multas ambientais e indenizações. Saiu barato pelo tamanho do estrago. E deve até ser irônico, caso você não esteja entre as mulheres afetadas, que os dejetos de uma fábrica de fertilizantes tenham provocado um aumento tão grande na taxa de abortos (lembra? é notícia antiga, mas), pra lá de 40%, sem contar as crianças que nasceram com microcefalia, atrofia muscular espinhal, cegueira congênita e.

Síndrome da autocombustão espontânea, como alguns têm chamado.

Não é fácil demonstrar em juízo a ligação entre um acidente industrial, a contaminação de um dos reservatórios que abastecem a cidade e os problemas tão variados provocados pela água poluída, principalmente quando os advogados de um lado ganham tão melhor que os promotores e defensores públicos. Assim é, ninguém sabe o que fazer a respeito.

por aí andam dizendo: as ruínas continuam? A cólera canta, deusa, dos heróis passados ao meu ouvido sopra, Musa, das cidades conquistadas e das naufragadas naus, dos povos em guerra derrotados e dos vitoriosos mortos, todos quantos tenham perecido em coragem e vontade de futuro, do sangue corrido e das águas, das longas jornadas assistidas por terras de fogo e de gelo, de homens e de monstros, naturais e etéreas, dos merecedores da divindade, das eternas tarefas fundadoras, das origens do cosmos e das metamorfoses sofridas pela matéria, do perene passado, acabado e imutável, que nos honra a todos nós, seus herdeiros, e aos vindouros, reza, Musa, os versos épicos que deveremos repetir, em glória da pátria unificada, reza a fúria dos deuses e as impetuosas palavras proferidas por ardilosos e insensatos homens, e as brigas ferrenhas que as seguiram, as muralhas caídas diante das audazes armas, reza os mais inteligentes, os ousados, os braços-de-ferro, os pés-alados, os fortes-no-grito, os olhos-de-lince, os lanças-de-vento, conta, Musa, por favor, as muitas lágrimas derramadas pelas nobres almas, os tempos áureos e seus habitantes, os doma-cavalos, os mãos-de-pedra, os sombras-treme-solo, os espadas-ponta-de-prata, os corações-de-ouro, os fígados-de-platina, os cabeças-de-bagre, pelo menos os cabeças-de-bagre, Musa, qualquer coisa, qualquer um.

Nada?

Musa!

por aí andam dizendo: o trabalho continua. O desemprego apertou por um tempo, mas agora a vida deve melhorar. Esquisito, né, mas esse lance aí da criança-bomba: nunca vi a economia aquecer tanto de uma hora pra outra. O consumo explodiu, o mercado financeiro tá que é só otimismo, o governo vai ter que aumentar os juros pra segurar a inflação, e a expectativa é bater nos 10% de crescimento do PIB. Se o país tivesse infraestrutura pra acompanhar, cresceria ainda mais. Dos engenheiros que se formaram comigo, tinha mais uns cinco ou seis desempregados; agora a gente tá em condição de escolher pra onde vai. Eu já aceitei a proposta de uma *fintech*. *Backend development*, programação em estado puro. Tem que usar a cabeça, mano, isso é que é engenharia: resolver problemas de maneira estruturada. E a empresa ainda incentiva a funcionária que quiser se engajar num projeto próprio, até facilitam na hora de encontrar investidores, se o projeto for bom. Já comecei um curso de *coolhunting*, bom pra ampliar o *networking* e quem sabe pra ter uma ideia também. Minha mãe fica enchendo o saco, ela diz que é o apocalipse, diz que eu devia ter aproveitado que não tinha nada aqui na cidade, emprego, marido, filho, nada, diz que eu devia ter aproveitado pra voltar pra casa dela, na roça, aprender a trabalhar na terra, ficar com a família, procurar algum sossego enquanto o mundo acaba. Tá de brincadeira, né, prefiro morrer aqui no meio da bagunça, não volto pra lá nem rebocada. Prefiro morrer na explosão. Ou preferiria, né, se fosse o caso, mas. Serião: quem é que acredita nessa história de criança-bomba? Não que ela não exista, porque se fosse pra inventar, teriam inventado alguma coisa melhor, então eu acho que ela existe, sim, com certeza existe, mas porra: não é bomba de Hiroshima, porra! Galera fica aí falando que é o apocalipse, **minha mãe escuta esses padres**[59-1], pastores, sei lá mais o quê na televisão, acha que o mundo vai acabar por conta de uma criança. Puta que pariu. A Coreia do Norte lá e ninguém tá nem aí pra eles. A Rússia invade a Ucrânia e todo mundo só na onda de cutucar quem não deve com vara milimétrica. E a criança-bomba é que vai trazer o fim do mundo? A criança-bomba preocupa mais do que um holocausto nuclear? Desculpa o desabafo, mano, mas é que essa gente por aí, minha mãe e essa gente por aí me dão nos nervos. Parece que só querem uma desculpa pra parar de trabalhar. Mas foda-se. Eu vou ficar na minha, fazer o meu, que eu acho que daqui pra frente a vida deve melhorar. Pelo menos um pouco.

agora, a quem possa interessar, um pouco sobre o que não importa.

Um adolescente lendo Baudelaire só pode dar merda, e agora o Esteves na cama do hospital, livre de tudo (o que é tudo?) menos de si (menos de quem?), sentindo a pele prestes a rasgar para escoar o excesso de versos. A Maria alisa o lençol.

Fss-fss.

Ela alisa o uniforme, atenção.

A agência já escolheu a Maria, então não precisa ficar nervosa, a senhora Buffett *Wanna-be* só queria uma chance de conhecê-la oficialmente antes de oficializar a contratação, tudo bem? Tudo bem, patroa, tudo bem, sim. Quantos anos de experiência a Maria tem? Como diarista, um pouco pra lá de cinco anos, mas assim, de empregada fixa, é a primeira vez que ela vai trabalhar. E por que a mudança de perfil? Depois das faxinas, ela trabalhou um tempo por conta, com corte e costura, mas o filho tá crescendo, é quase um moço já, e trabalhar por conta varia muito a renda de um mês pro outro, a Maria precisa agora de um pouco mais de segurança. Só um filho? Isso, só um. E o pai? Esse ela não sabe bem onde tá: foi só descobrir a gravidez, ele juntou o nada que tinha e sumiu. Aham, a senhora Buffett *Wanna-be* entende bem como é. E o filho? tá na escola? Tá, sim, vai pra escola de manhã. A que horas a Maria consegue chegar pro serviço? Na hora que a patroa pedir, o Esteves já se vira bem, a aula começa sete e meia, mas ele vai sozinho, e de tarde tem o Instituto Santo André, estuda música de graça, ele e os amigos. Bom, bom; então vai ser assim: hoje a senhora Buffett *Wanna-be* só vai apresentar a Maria à governanta da casa, a Jucelia, é ela quem vai passar o que fazer a cada dia. O senhor Buffett *Wanna-be* ela talvez não veja nunca; e dos filhos ela também não precisa se ocupar, a não ser que a babá peça alguma coisa específica. E é isso. Na saída, hoje, a Maria só não esquece de fazer o cadastro na portaria de serviço, ok? Até amanhã.

Ela não esquece.

Ela faz o cadastro.

Amanhã ela volta.

E o Esteves?

Ela não estava mentindo, claro, o Esteves se vira, vai pra escola e gosta de estudar música, mas.

O Esteves já sabe?

Na saída do Instituto Santo André, ele pega pra direita, acompanhado de uma meia dúzia de amigos, e depois de umas quatro quadras, onde deveria virar à esquerda pra ir pra casa, segue em frente: vão andando um bom bocado e falando alto e se provocando até chegarem num galpão de shows e peças e performances, *esses retiros sombrios são o ponto de encontro dos estropiados da vida,* antro da alternatividade, dos poucos que restam.

Esteves?

[ ].

Tá acordado, Esteves?

Eles não têm idade pra entrar, mas ficam por ali, mais ocupando espaço do que qualquer outra coisa, o irmão de uma das meninas trabalha no bar do galpão, traz de vez em quando umas cervejas pra fora, baseados eles trouxeram de casa. Não incomodam, não são incomodados, aproveitam a noite.

No dia seguinte, o Esteves acorda com uns minutinhos de atraso e sai voado pra escola, a mãe já está no metrô, a caminho do novo emprego.

Desembarca e anda mais ou menos um quilômetro até onde moram os Buffett *Wanna-be,* dá a volta no prédio pra chegar à entrada de serviço e veste o uniforme antes de subir à cobertura. A Jucelia abre a porta, fala que hoje é de pôr em ordem o terceiro andar, que ontem a família recebeu uns amigos e parentes, o fim da festa ainda tá lá pra ser varrido e hoje tem mais uma, acompanhe, por favor. Aqui: o salão e a cozinha, o bar e o lounge, o ofurô e o terraço, a louça ela guarda por ali, cuidado com os cristais, produtos de limpeza no quartinho lá do fundo, e se tiver alguma dúvida, pode chamar, no primeiro andar, provavelmente, na cozinha ou arrumando o quarto de um dos meninos, ok? Sem problemas. A Maria trabalha sem erro, arruma, limpa, lava, não pensa nem sente medo. Julga de soslaio a fartura dos restos, julga o tanto de mundo a mais, do terraço, uma vista panorâmica do tanto de mundo a mais. A Maria trabalha. Arruma, limpa, lava, escoa tudo o que sobra, procura paz no pouco de mundo a menos que arranja enquanto assiste do terraço ao tanto de mundo a mais.

O Esteves já sabe?

No fim do dia, a Maria chega em casa derrotada, o velho defunto bate à porta, quer saber do novo emprego, quer saber se vai hoje ao grupo de mentalização. Ela pensa, sente medo. Sente medo? Ela pensa nos Buffett *Wanna-be*, pensa no futuro e nos Buffett *Wanna-be* e hoje não. Hoje a Maria não vai, tá cansada, com um mal-estar, hoje ela não vai. E o Esteves? (O Esteves já sabe?) Talvez ele queira ir, o Esteves tá por aí? A Maria chega em casa derrotada e o Esteves: vai chegar só amanhã, óbvio. Hoje tem batalha de slam, ele e os amigos vão tentar entrar. De cara são barrados na porta da frente, mas o segurança fala ó: eles passam com duas condições: um, todo mundo promete que não vai beber lá dentro, isso é fácil, todo mundo promete, e dois, um de vocês manda uma rima agora aqui na frente dele. Se ele gostar, libera a entrada. Quem vai ser?

O Esteves pede uma batida pro percussionista do Instituto Santo André e rima fácil, a soprano faz o acompanhamento, o primeiro violinista responde, o sax tenor rebate e o segurança BUUUM, vocês não vão entrar, não, vocês vão é competir.

Não tem que ficar com vergonha, filho.

[ ].

Isso acontece toda hora lá no bairro, não tem nada a ver com você.

[ ].

Nem com seus amigos.

[ ].

Vocês não têm culpa.

É, de ser adolescente eles não têm culpa, mesmo, mas porra: tomam uma surra logo no primeiro *round* da batalha, e até aqui ok, era esperado, o segurança ri na cara deles e cumprimenta, é só continuarem na luta, daqui uns anos o título é deles, só que depois, no meio da semifinal, a tropa de choque invade o galpão. Saem correndo. O Esteves não para antes de perder de vista as sirenes, só a soprano no encalço. O codinome dela é Ana.

Muito prazer.

E os outros? o Esteves não sabe, tomara que. Mas nem é de se preocupar, decerto, tava todo mundo atrás dos dois até agorinha. Eles recuperam um pouco do fôlego e essa parte da história nem precisa contar como vai, os hormônios dessa idade, a adrenalina da fuga e quando se dão conta já foi.

Moram perto, voltam pra casa juntos.

No outro dia tá todo mundo num show de ritmo e poesia e lá vão de novo a Ana e o Esteves, no seguinte um de *electrodisgusting* e o Esteves e a Ana, e no próximo e no próximo, mas.

O Esteves já sabe.

Quando ele vai explodir? Qual será a força da explosão? Onde estará ele quando acontecer? Suas vísceras se espalharão pelo local? Quem ficará encarregado de limpá-las? Quantas pessoas explodirão junto com ele?

O Esteves já sabe e não suporta mais o segredo: ele confessa pra Ana que é a criança-bomba.

Surpresa? Indignação? Um tapa na cara dele? A gente às vezes se convence de que a vida é um dramalhão daqueles, mas.

Ela já sabia. Como assim? Aguenta firme que tudo se explica: deve ter sido umas duas semanas antes da batalha, depois de um show de punk-barriga-d'água em que eles não conseguiram entrar, ficaram bêbados ali na frente do galpão, fumaram uns e foram pra casa juntos — que eles moram perto já estava dito — e ele falou que era a criança-bomba, pediu pra ela não contar pra ninguém e ela riu, não contou. Uma semana passada disso, ainda uma antes da batalha, aconteceu de novo, os dois bêbados voltando pra casa e ele contou pra ela que era a criança-bomba, ela riu e prometeu que não ia contar pra ninguém. Essa já é a terceira vez que se confessa, a primeira com a cabeça desentorpecida.

Isso que os homens chamam de amor é bem diminuto, bem restrito e bem frágil, comparado a essa inefável orgia, e agora a Ana ali e o Esteves, mesmo sabendo e talvez até desejando que o fim desse beijo coincida com o fim desse mundo.

Mas ainda não.

O velho defunto mentaliza. Os companheiros do grupo mentalizam.

Ainda não?

A Maria e os restos dos Buffett *Wanna-be*, todos eles, mesmo sabendo e talvez até desejando que o fim seja o fim seja o fim: o Warren Jr. a dois passos de ser expulso do colégio, o sênior tomando escitalopram escondido da esposa, a Lucy, filha do meio, sempre com aquelas mangas compridas, mesmo nos dias mais quentes, o William, caçula, internado no videogame o dia inteiro, a governanta sorri e concorda e acena, mas cospe no café e no suco de laranja, a babá recebe suborno dos filhos pra não contar sobre as advertências e os vícios e os cortes autoinfligidos. Mas a Maria não sente pena. A Maria pensa no que seria da senhora Buffett *Wanna-be* se lhe contasse. Ela limpa, lava, arruma, faz escoar tudo o que sobra, pensa no que seria da senhora Buffett *Wanna-be*. A Maria pensa e não sente pena. A Maria pensa e sente raiva.

E quando a senhora Buffett *Wanna-be* meio pergunta se pode meio diz que terá de trabalhar na noite de Réveillon, a Maria quase responde que o filho não tem com quem ficar e precisa vir com ela, mas a patroa nem se preocupe, que ele é bem comportadinho, fica lá na cozinha, não atrapalha em nada a não ser que.

O velho defunto mentaliza.

Ainda não.

O velho defunto a convida pra passar a virada com o grupo de mentalização, **todos querem agradecer pelo ano livre de catástrofes**[39-1] que tiveram, desejar que o próximo seja ainda melhor. Mas não, a Maria vai trabalhar. Os Buffett *Wanna-be* vão dar uma festa e a Maria vai ter que trabalhar.

O velho defunto entende. É uma pena, mas ele entende. Ele mentaliza.

31 de dezembro chega, ela pega o metrô logo depois do almoço e não tem hora pra voltar. Estação, um quilômetro até onde moram, uni-

forme, cobertura. Olha as preparações pra festa da virada como quem lê uma equação e a acha óbvia, pela janela olha o horizonte como se ele não fosse uma parede. A Jucelia chama a atenção, a Maria escuta.

Cinco minutos pra ligar pro filho?

Ok, mas não mais que isso, ainda há muito a fazer. Ela liga, o Esteves atende, muito trabalho, mãe? Muito, muito, uma loucura, o Esteves nunca viu nada assim, é, não esquece de cuspir no champanhe por ele, tá? Pois ia ser merecido mesmo: uma gota de saliva de cada empregada dessa festa dá pra encher uma garrafa e sobra. Gente safada. Mas ela ligou não foi pra reclamar: feliz ano novo, filho. Pra mãe também. O Esteves planejou alguma coisa? Planejou, sim, vai passar com os amigos do Instituto Santo André, tá ok, mas se der, passa ali no velho defunto antes de sair. No velho defunto? Ele ia gostar. No velho defunto? A Jucelia chama: os canapés, na sala, agora.

Tchau, filho, se cuida.

O Esteves sai, olha o mundo, escuta o mundo, sabe a excitação da gente toda do bairro, menos do velho defunto, pensa na mãe, *nunca estou bem onde quer que esteja*, e a Maria pensa no filho, *e sempre acho que estaria melhor ali onde não estou*, leva os canapés pra sala, um e dois e três pratos sobre a mesa, olha, escuta, o mundo. Ele chega no Instituto, os amigos, a Ana o recebe com um beijo, mesmo sabendo, talvez desejando, e o Esteves também, com o agravante de estarem todos os amigos em volta. Ainda pensa que vale o risco, no fundo deseja o risco. A Maria com mais um prato nas mãos, olha, escuta, e que tanto de mundo a mais, ela pensa, sente raiva e o Esteves ao lado da Ana, o velho defunto sozinho, o Esteves e a Ana, os amigos todos a caminho que hoje o show é de funk sideral, *uma música tão surpreendente que ora dá vontade de dançar, ora de chorar, ou senão de fazer as duas coisas ao mesmo tempo, uma música que enlouqueceria quem a ouvisse por tempo demais*, trilha sonora da contemporaneidade e ninguém em silêncio. O velho defunto em silêncio. O velho defunto cumprimenta os amigos do grupo de mentalização. A senhora Buffett *Wanna-be* ralha, a Maria sente raiva. Olha. Como quem lê uma equação e a acha óbvia. O Esteves corre. A senhora ralha. A Maria. As sirenes e o batalhão de choque invade, o Esteves e a Ana se perdem uma do outro na multidão. Ele corre. A Maria pensa. O Esteves corre, mas não escapa, é cercado num beco. A festa não para. Na cobertura dos Buffett *Wanna-be*, a festa não para. O Esteves chora. O velho defunto mentaliza. O Esteves chora e grita. Pra trás quem não quiser morrer: o Esteves é a criança-bomba! Sorte grande, bem quem eles estavam procurando, o Esteves cercado no beco e os homens em volta, cassetetes em punho. Ele chora.

Dez.

Nove.

Oito.

Sete.

Seis.

Cinco.

Quatro.

Três.

Dois.

Um: a piñata é muito popular nas festas latino-americanas, geralmente como brincadeira infantil, mas já foi parte importante de cerimônias religiosas nos países ibéricos; dizem que tem sua origem na China, onde era costume receber o ano novo com o estouro de uma panela toda decorada com fitas coloridas e cheinha, cheinha de sementes, símbolo da fertilidade imaginada pro futuro.

E agora o Esteves na cama do hospital, livre de tudo (o que é tudo?) menos de si (menos de quem?), sentindo a pele prestes a rasgar para escoar o excesso de versos. A Maria alisa o lençol.

Esteves? [ ]. Tá acordado, Esteves?

Não tem que ficar com vergonha, filho. [ ]. Isso acontece toda hora lá no bairro, não tem nada a ver com você. [ ]. Nem com seus amigos. [ ]. Vocês não têm culpa. [ ]. O policial ali fora disse que você não quis falar o que aconteceu. [ ]. Também falei com o doutor. [ ]. Ele disse que a cirurgia foi bem, as lesões internas foram reparadas, e tem o protocolo pós-concussão; de resto, a tíbia trincada e quatro costelas quebradas. [ ]. Ele vai prescrever um remédio pra dor e quer te encaminhar pra uma especialista.

O que você acha?

Seus olhos são dois antros nos quais cintila vagamente o mistério, e seu olhar ilumina como o relâmpago: é uma explosão em meio às trevas.

A mãe o deixa sozinho e a criança-bomba chora.

3\\ o antropocênico Prometeu

(A ciência marcha, os problemas do mundo encarados com método, não com metáforas. Alto! A ciência marcha, a vida no mundo encarada com método, não com metáforas. Alto! A ciência marcha, o fim do mundo encarado com método, não com metáforas. Alto! A ciência marcha, até que encontre no caminho quem aceite o desafio de não ser metafórico.)

a última ilha deserta que havia. Movimento súbito, o caranguejo armado. Atenção. Palmeiras ao vento, cai um coco, a ilha já sabe a presença do recém-chegado. Uma formação de nuvens percorre o céu, cirrostratus, o sol brilha, a radiação se espalha e, difusa pelo firmamento, se mostra azul a quem assiste. Conchas e corais granulando a areia fina. As ondas quebram baixas.

É tropical a vegetação interior, folhas amplas e vermelhos e azuis e amarelos exuberantes. Uma borboleta pousa, o camaleão vê, uma taturana desliza tronco acima, um cogumelo se esgueira entre as raízes.

Cores.

Olhos.

O caranguejo chega de desconfiar e passeia pela orla. Ele conhece o território, sabe a cada dia o mesmo território. A água cristalina, as ondas.

Formações rochosas e paredes de corais, cardumes e nado sincronizado. A água é cristalina e morna. É quase morna sob o sol, os peixes coloridos e a vida, o calor da água é aconchegante. O calor da água é só um pouquinho a mais do que o costume. As paredes de corais desbotam, a vida marinha resiste, a vegetação interior ajuda.

É tropical.

Vermelhos e azuis e amarelos exuberantes. O verde das folhas e das algas. A areia branca granulada de conchas e corais.

O caranguejo armado.

Atenção.

Uma tartaruga.

Encalhada.

O caranguejo desconfia da sombra, desconfia do inesperado no caminho. Recua. Não sabe que é à toa o medo que sente. O caranguejo sobrevive; a tartaruga marinha, não. Por que aqui? Por que morta? A cabeça presa num pote de vidro.

Morta.

O codinome Dr. Moreau anota os dados iniciais, coleta amostras, faz o *upload* das imagens capturadas pelo drone; a Dra. Vitória Frankenstein, sua professora, aguarda o primeiro contato.

linhas retas sobre um mundo em movimento. Iluminação pública acesa desde as quatro da tarde, fim de expediente com céu tempestuoso: enquanto bolsistas e alunos e outros pesquisadores colocam em ordem suas bancadas de trabalho para irem embora, a Dra. Vitória Frankenstein se ocupa com o relatório de um experimento conduzido no laboratório de um antigo colega. Está publicado num periódico de ciências naturais, pois é essa a natureza dos seus métodos, mas sua importância muito mais se aproxima do campo da filosofia, uma tendência que a doutora não aprecia particularmente. Assim se lê, em resumo: duas colônias de bactérias do gênero Paenibacillus, a primeira provida com uma dieta de glicose e outros nutrientes, a segunda, além da dieta, sujeita a um controle populacional por via de injeções periódicas de antibióticos; em menos de vinte e quatro horas, os resíduos da digestão do açúcar gerou nas duas colônias níveis alarmantes de toxicidade, e a primeira não foi capaz de reverter os efeitos a tempo: acabou extinta.

O que vocês acharam desse tal de "ecossuicídio"?

[   ].

Já leram isso aqui?

Frankenstein olha em volta e vê que está sozinha, escuta os primeiros pingos de chuva na janela e em seguida uma batida na porta, a zeladora pede licença pra limpar o laboratório, e claro, é tarde, a doutora já estava de saída. Ela pega suas coisas, sai e caminha até o fim do corredor, espera o elevador ao som da enceradeira que a zeladora acaba de ligar para dar início à diligência solitária; pela janela, cercada pelo cheiro estéril e a superfície polida das bancadas, ela vê a doutora atravessando o estacionamento, correndo o quanto possível sobre os saltos e o asfalto molhado. Entra no carro e toma o rumo de casa, a luz dos faróis iluminando a estreiteza do caminho e sublinhando o mais da escuridão e do mistério em volta.

O mundo em volta.

Os restos do mundo em volta.

O sinal vermelho em frente.

Ela para.

Ela não tem nada a ver com a criança-bomba.

A codinome Julieta pensa. Desliga a enceradeira e vasculha o laboratório, os arquivos e armários da Dra. Frankenstein.

Ela não tem nada a ver com a criança-bomba.

Há meses a codinome Julieta está de olho na doutora: fez cópias do seu arquivo pessoal, dos relatórios financeiros e acadêmicos do laboratório que chefia, de todos os artigos em que aparece como autora ou co-autora e das publicações pelas quais se interessa; ainda instalou no celular dela um programa rastreador, uma escuta no apartamento e um *spyware* no computador.

E tudo desnecessário, é bom que se diga.

Os arquivos eram públicos, ela nem precisou roubar, e só com eles uma jornalista insuspeita já conseguia perceber que a doutora não tinha nada a ver com a criança-bomba. Nada além de interesse científico pela criança-bomba.

Nada além de interesse científico? Nadinha?

A Dra. Frankenstein vaia por princípio a tentativa do colega. Ecossuicídio? É só mais um nome pro mesmo problema, mais uma metáfora pra humanidade e pro mundo e pra vida, mas. Nenhuma metáfora é forte o bastante pra significar o fim.

O sinal vermelho, ali em cima, era só o sinal vermelho. Fica verde, ela segue.

As bactérias não têm autoconsciência; não imaginam o futuro; não sobreviveram à toxicidade da própria digestão.

A presença dos seres humanos se faz sentir mesmo na última ilha deserta que havia; é um fato; uma constatação feita a partir dos dados enviados pelo Dr. Moreau; é literal.

A criança-bomba é a criança-bomba: um dia ela explodirá, e nós explodiremos junto com ela.

Nada além de interesse científico?

Que tal perigosa obsessão? Trágica e predestinada obstinação?

Ok, isso aí pode até ser, pra quem gosta de ser dramático, mas envolvimento com a CIA, laços com os Illuminati, contato com formas de vida alienígena: neca. Mas o codinome Lampião não se convencia, o disfarce de zeladora era a última tentativa da codinome Julieta. Vasculha arquivos e armários: nada de relatórios censurados, nada de correspondência secreta, nada de contas bancárias em paraísos fiscais, nada a ver com a criança-bomba.

A Julieta insiste.

Vasculha a agenda.

Dia e horário, nome do paciente.

BUUUM.

PUF.

Arruma tudo e pega o rumo da sede do Hackangaço. É urgente. É óbvio. No caminho, a Julieta liga pro Romeu de um telefone público.

Nada a ver com a criança-bomba?

O codinome Lampião estava certo: a Vitória Frankenstein, PhD, apesar de há treze anos não atender pacientes, aceitou o encaminhamento de um certo Esteves, sugerido pelo cirurgião-chefe do hospital universitário.

E adivinha quem é esse certo Esteves.

Ela precisa ir, a Dra. Frankenstein chega em casa, o codinome Lampião sorri, a notícia se espalha, o submundo explode com novas terrorias.

por aí andam dizendo: a espera continua? É o batismo pelo fogo, é o sacrifício arrebatador que leva às pessoas o batismo pelo fogo.

A criança-bomba é a voz de Deus, a criança-bomba é o Juízo Final e, com esse colete no peito, eu sou a preparação.

Preparem-se.

Eu sou apenas a preparação.

Quem tem medo de mim não terá nenhuma chance quando for a vez da criança-bomba.

Ela é a voz de Deus.

Ela é o Juízo Final que Deus fará sobre nós.

Preparem-se.

Estejam todos batizados pelo fogo do meu sacrifício.

Estejam todos preparados para o fogo do j

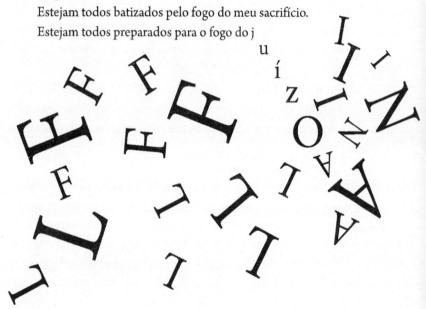

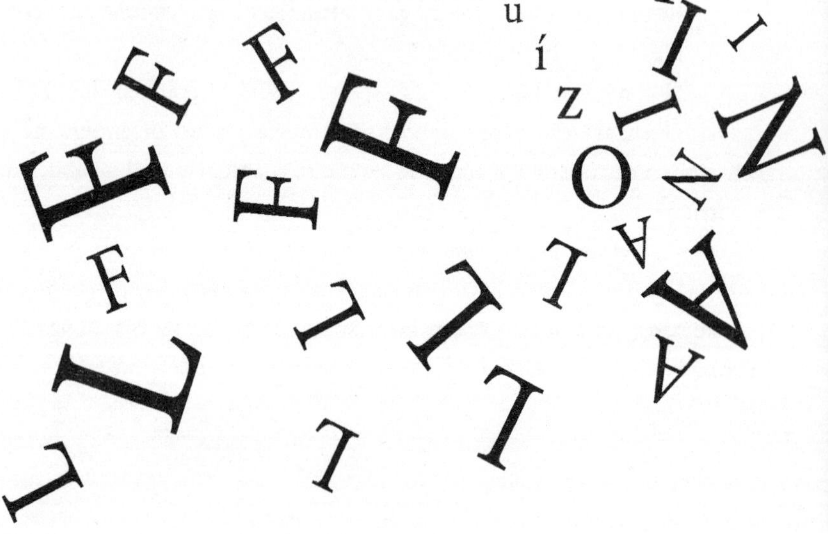

perigosa obsessão; trágica e predestinada obstinação. O primeiro instinto da comunidade científica, quando surgiu a questão da criança-bomba, foi abordar a doença como qualquer outra, como mandava a razão. Antes que a Maria levasse o Esteves pra casa, os médicos responsáveis coletaram amostras, submeteram-nas a análises laboratoriais, geraram relatórios e submeteram estes ao escrutínio dos pares. Pensaram, debateram, procuraram e: não chegaram a lugar nenhum. Aos poucos deram-se conta de que este fragmento da realidade, apesar de tanto clamar por entendimento, se recusava aos métodos científicos. *Parecia-me que nada seria ou poderia ser conhecido.* Mas a aporia não persistiu por muito tempo; as humanidades andavam se coçando desde o início e, apesar do esforço da Dra. Frankenstein em ancorar a criança-bomba do lado das ciências da natureza, ficaram em júbilo ao receber a questão.

Pensaram.

Debateram.

Procuraram.

E.

Livros passaram a brotar e sumir das prateleiras das livrarias com uma nova metáfora a cada semana. “Eleuteromania: a obsessão pela liberdade como prisão intransponível.” “Melancolifobia: pensamento positivo mesmo diante do apocalipse.” “Depois da criança-bomba: a letomania como problema civilizatório.”

E com metáfora atrás de metáfora, a paciência da Dra. Frankenstein não durou.

Porque a gente já sabe.

O aquecimento global é o aquecimento global.

O ecossuicídio de bactérias é o ecossuicídio de bactérias.

A criança-bomba é a criança-bomba.

Ela decidiu criar um canal no YouTube pra combater o misticismo que tomava conta do pensamento. Analisava as falácias nas obras dos principais ~pensadores contemporâneos~ e desbancava neotruísmos um atrás do outro. Não que fosse difícil, era de importância everéstica a preguiça intelectual envolvida nesse *best-selling* humanismo, a doutora até convidou a filha de um colega do laboratório pra participar de um episódio, uma menininha de doze anos, fofíssima e inteligente e curiosa, **disse que gostaria de ser astronauta quando crescesse**[53-1] e estraçalhou a retórica de "Medeiamania: a busca pela imortalidade X a ilusão de já a ter conquistado."

O vídeo viralizou e formou-se então, ao redor da Dra. Frankenstein, uma comunidade de paladinos da razão. *A partir desse dia, a filosofia natural e particularmente a química, no sentido mais amplo do termo, tornaram-se quase minha única ocupação.* Dela e de toda essa gente. É verdade que *banir a doença da constituição humana e tornar o homem invulnerável a qualquer morte que não a violenta,* ou então o mistério de como *surgira o princípio da vida* nem de longe eram o foco, mas o objetivo agora tampouco ficava pra trás: evitar a extinção da humanidade. O furor do trabalho — perigosa obsessão? trágica e predestinada obstinação? — tomou conta do mesmo jeito.

Nada de metáforas.

Pesquisa sólida.

Descrição minuciosa.

Revisão desapaixonada.

Em poucos anos logrou uma obra de ciência dura capaz de rivalizar com a filosofia pop nas prateleiras, eclipsou todos os pseudoespecialistas e consolidou a si mesma como a maior autoridade científica na criança-bomba. E então não foi por nada que, depois de atender a um brutalmente espancado Esteves, o cirurgião-chefe do hospital universitário não perdeu a chance de encaminhá-lo à grande Vitória Frankenstein, PhD. Vai que ela dá um jeito? O Esteves entra no consultório acompanhado da mãe, a doutora expõe os postulados e hipóteses que vem desenvolvendo nos últimos anos, explica os protocolos típicos da indústria farmacêutica, base pros regimentos experimentais que precisarão seguir se quiserem encontrar um tratamento viável, quem sabe até a cura. Alguma dúvida?

Dúvida?

A Maria olha; pensa; sente raiva.

Alguma dúvida?

A Dra. Frankenstein vem nesse mote palavroso e acha que por isso a Maria vai obedecer? Ela é gente simples, mas não é burra. A doutora não sabe nada sobre o filho dela. Nada. E fala assim como se a palavra dela fosse lei. E se ele não quiser ser curado? Hein? Ela não vai nem perguntar pro Esteves se ele quer ser curado?

a vida, embora seja só uma sucessão de angústias. É com considerável dificuldade que o Esteves se lembra da era de origem de seu ser: o chão é liso. O cheiro de: o cheiro. O chão é liso. Mão, pé. A pele é lisa, o chão é liso. Nariz, boca: o chão não é a pele. Mão, pé: a pele é quente, o chão é frio. A mão: perto. O pé: perto. O cheiro: perto? Nariz, boca: perto? Dentro. A boca: dentro. O nariz: dentro. Pé, mão: fora. O cheiro: perto? O cheiro: fora? Agora. O cheiro de: tá indo aonde menino? Ele nunca soube aonde, sabe só que, apesar de a mãe não falhar na hora necessária, apesar de ter por ali por perto o velho defunto semifazendo a figura do avô, apesar dos amigos que encontrou e da Ana: sabe que vai sozinho. Isso ele soube sempre. Isso ele sabe desde quando a mãe deixou escapar que era ele a criança-bomba.

Talvez fosse de esperar alguma comoção, e talvez ainda esteja por vir, mas.

Por enquanto nada e o Esteves, se a doutora quer mesmo saber, não aguenta mais esperar. Não aguenta mais espreitar com metáforas o que ele deveria ser capaz de sentir como sente um órgão do corpo: prestes a explodir a todo momento. Mas se tem uma coisa no mundo com pinta de metáfora ambulante é a criança-bomba. Parece ficção distópica; parece paródia grotesca; fica difícil se entender literalmente como uma criança-bomba. E a doutora nem sabe cada barbaridade que o Esteves já aprontou pra forçar o espírito a reconhecer a obviedade da matéria: arranjou briga na escola com uns três, quatro meninos ao mesmo tempo; tocou fogo no parquinho e, quando se esconder não deu certo, confessou o crime; se jogou do alto de uma árvore e dentro de um rio poluído; chapou o coco com os amigos, foi perseguido pela polícia, deu uns pegas na amiga, entrou numa batalha de slam, chapou o coco de novo e de novo foi perseguido: levou uma bronca, foi quase expulso, quebrou o braço, pegou uns vermes, ficou bem louco, escapou por pouco, contou quem era, desceu do palco e ganhou uma surra: mas explodir que é bom, nem sombra. Um absurdo, né? O Esteves acha que é. Já imaginou? Ele, a criança-bomba, como qualquer outro ser humano (qualquer outro burguês? qualquer outro urbanita? qualquer outro civil? qualquer outro contemporâneo?): como qualquer outro ser humano e sem perder o compasso, seguindo a espiral da própria metamorfose: gradual e orgânica e imperceptível e constante.

E, no caso dele, atada nem sequer à ilusão de ruptura. Mas o Esteves olha pra esse povo e putz, uma ilusão é uma ilusão é uma ilusão e não faz diferença nenhuma.

Será que a Dra. Frankenstein entendeu?

Entendi que essa gente possuía um método de comunicar suas experiências e sentimentos uns com os outros por sons articulados. Percebi que as palavras que falavam às vezes produziam prazer ou dor, sorrisos ou tristeza, nas mentes e nos semblantes dos ouvintes.

Entendeu?

A gente está toda aí e se basta, e o resto é todo absurdo.

As metáforas são todas absurdas.

Lá no ginásio da escola, depois do AA, tem um grupo de mentalização contra catástrofes. Uma fita, ou. Pra falar bem a verdade, o Esteves não sabe bem qualé, porque quem frequenta é a mãe, mas: até onde ele consegue entender, galera vai lá e fica sentada imaginando nãos-terremotos, nãos-tsunamis, nãos-meteoros e, ultimamente, a não-explosão da criança-bomba. Tem lá os amigos dele, que só querem chapar o coco, e no galpão de shows que eles frequentam tem a galera do slam, fissurada numa rima com ativismo social, a galera do eletrônico, organizada em dia e noite de trinta e seis horas cada, a galera do punk, que gosta mesmo é de chocar o olhar de quem gosta da rotina e do trabalho, porque também tem gente que gosta disso. Entendeu agora?

Tá todo mundo em busca de alguma coisa, de se sentir especial ou de se distrair do fato de não o ser, e cada um à sua maneira; a do Esteves é a maneira rara e incurável do defeito com que nasceu.

Só isso.

Ele desconfia que uma vez chegou perto, e no lugar onde menos esperava: do lado de dentro das quatro paredes de casa. Mal se lembra.

Acordou com um grito desconjuntado da mãe e foi ver o que era, ela tava lá, suando e tremendo, mas de um jeito que parecia que não era de medo: era de vida. De ter a pele prestes a rasgar pra escoar o excesso de vida. Ele quis saber se tava acontecendo ou ia acontecer alguma coisa, se ela precisava que alguma coisa acontecesse, mas não, o que tinha pra acontecer já tinha acontecido, a praça e ela e o Esteves no colo dela, novinho demais pra lembrar, e BUUUM, e estilhaços de vida e morte, o mundo pulsando num liquidificador e ela sobreviva, depois a polícia e portas e janelas fechadas, a praça interditada, a praça reaberta mas a polícia não ia embora, as paredes coincidindo com o horizonte. E aí PUF: a mãe voltou a si e foi só um sonho, filho, vai dormir. Mas o Esteves não conseguiu mais dormir, ficou deitado imaginando? sonhando? lembrando? o mundo do ponto-de-vista daquele bebezinho no colo da mãe, vivo apesar do mundo, e ao mesmo tempo por causa dele. Moral da história: no outro dia ele perguntou pra mãe e ela não lembrava de nada.

É difícil de entender?

Por que é tão difícil de entender?

Mas a Dra. Frankenstein entende, o Esteves vê no rosto dela que ela entende. Afinal, quantas verdades científicas ficam espalhadas por aí, óbvias demais pra que alguém consiga apreender? A revolução da Terra, por exemplo, inequívoca e sutil e discreta e inevitável e essencial pra vida como a experimentamos, e a doutora sabe que é o caso e entende que não poderia ser de outra forma, mas. Por mais que se concentre só consegue sentir o movimento planetário como sentiria a presença de um fantasma. E o mesmo vale pra constituição da matéria, pro efeito fotoelétrico, pro aquecimento global, pra respiração celular, pra criança-bomba. Todas concretas, todas fantasmas. Todas literais, todas metafóricas. Todas reais, todas recobertas por signos

Entendeu?

Quem sabe o Esteves precise é de se enfrentar com a cura, igual tem gente que escapa por um triz da morte e PÁ, nunca mais é a mesma.

Entendeu?

A adrenalina do palco não funcionou, nem a de fugir da polícia, nem a de ser pego e espancado, e aí a serotonina e a endorfina dos amigos e das drogas e da Ana, mas nada; então quem sabe agora, com a perspectiva não da morte, mas da cura, de deixar pra trás a criança-bomba e tudo o mais que ela necessariamente carrega consigo, de tudo no mundo que o Esteves aprendeu a entender como seu, e por enquanto ele anda meio cético em relação à pesquisa dela, mas quem sabe no momento em que alguma proteína em suas células for identificada como a causadora da doença e depois isolada e replicada em camundongos, ou então quando os protocolos de tratamento nos camundongos começarem a dar resultados positivos, ou depois, quando a grande Vitória Frankenstein, PhD, anunciar que mais uma vez a ciência não se deixou aquém de um problema fundamental da humanidade: quando finalmente anunciar que descobriu um tratamento: a cura, então quem sabe no instante em que a doutora perfurar o braço do Esteves com a agulha hipodérmica e tensionar o polegar sobre o êmbolo, talvez nesse instante ele consiga ver, inequívoca e sutil e discreta e inevitável e essencial pra vida como ele a experimenta, a concretude por trás dos fantasmas, a literalidade por trás das metáforas, a realidade por trás dos signos.

Moral da história: **há realidade por trás dos signos?**[72-1]

gaia. A semente germina. Radículas se esgueiram pelo solo, o princípio de um tronco desafia a gravidade, se estica e alcança. O sol nasce. A primeira folha se desprende voltada para o sol e o saúda. Procura a luz. As radículas afundam e engrossam. São raízes. Nutrem-se do solo, filtram a matéria orgânica do solo, absorvem os nutrientes. Respira. Cresce. Cai a chuva e o arbusto bebe. Seus primeiros galhos se espreguiçando em gratidão. O tronco alarga. Anéis de crescimento sobre anéis de crescimento e o tronco alarga. O vento forte e a chuva, as folhas caem, a árvore sobrevive e cresce em meio a suas irmãs. Fungos crescem em relação simbiótica, fungos verdejantes sobre o tronco escuro. Pássaros sobrevoam. **Formigas caminham tronco acima[66-1].**

por aí andam dizendo: a rota continua. Debaixo daquelas marquise ali, ó, você já vai ver ali. Ó: ali é onde sempre fica uns viciado em craque. Eles não faz mal pra ninguém, não, mas é melhor não passar aqui sozinha, principalmente a essa hora. Você é nova aqui na cidade? É, tem muita gente de fora vindo pra cá, mesmo com essa história dessa tal de criança-bomba, aqui tem muita coisa boa, o povo vem pra cá atrás de oportunidade, de sonho, de segunda chance. E tem muita gente que se dá bem, apesar de tudo, aqui é muito bom de viver. Só tem que saber por onde andar; no centro é perigoso. Nessa pracinha aqui do lado, os ônibus nem para mais pra pegar passageiro, muito maloqueiro, briga, assalto. Mas agora o novo prefeito já falou que ali do lado vai abrir um quartel, naquele prédio ali do lado da pracinha, você viu? Daqui um ano, um ano e meio tá aberto o quartel, aí acaba de vez com esses maloqueiro. Quer dizer. Acabar, não acaba nunca, mas vai dar uma espalhada neles, a região vai ficar bem melhor. Pra acabar, mesmo, só matando. E nem assim, acho. Numas esquina mais lá na frente, você vai ver, tem sempre umas puta, uns travesti. De quando em vez aparece um morto, mas você acha que acaba? Que nada. Pra cada traveco que matam, tem uns dez na fila pra pegar o lugEita porra! Quase que eu atropelo. Você viu? Deve tá numa manguaça daquelas, daqui a pouco cai numa valeta por aí e só levanta amanhã. Se levantar, né, mas duvido que não levante, esses bicho aí não morre nunca. Precisa ver quando algum quer entrar no ônibus. Gente assim é muito ruim ver de perto, dá até dó, sabe? Um fedor que não tem como aguentar, a cor da pele meio cinza, meio amarela, e uns olhão bem fundo, bem vermelho. E se eles não vomita aqui dentro ainda é de agradecer. Tudo, olha só, tudo as coisa que as pessoa carrega. Não é fácil, mas também não dá pra desistir. Você vê, quando saiu a notícia lá da criança-bomba, eu lembro até hoje, ninguém sabia direito o que fazer, eu via os passageiro meio de coração esbugalhado, gente chorando, rezando, brigando por qualquer coisa, mas no fim vai todo mundo persistindo de pouquinho, cada um do jeito que consegue. Eu às vezes vejo criança aqui no ônibus, com a mãe ou o pai, até sozinha de quando em vez, e aí eu penso que podia ser ela e que ela não tem culpa de nada, é assim que eu sigo adiante. Ó: nessas esquina por aqui que fica as puta, tá vendo? Ali uma, ó, com uma BMW parada do lado, ainda. Cara de surpresa? É assim aqui, só para carrão pra pegar os traveco, Mercedes, BMW, Volvo. Mas você veja só, é por isso que o prefeito não tá preocupado em botar quartel aqui, né, quem tem dinheiro pode tudo, e até o carro dele eu já vi parado aí. Um nojo. Já vai descer, moça? Boa noite, então. E seja bem-vinda, hein, você vai gostar.

PÁ! Mas como ele é doutora? Todos os colegas do laboratório querem saber sobre a criança-bomba. A doutora deve ter passado quase uma hora no consultório com ele, com certeza a maior especialista na criança-bomba teve tempo de formar juízo: como ele é?

Ele é.

A Dra. Frankenstein pensa.

Ele é.

A Dra. Frankenstein olha.

Ele é.

A Dra. Frankenstein e o Esteves se entenderam bem, até, principalmente porque não dá pra dizer que ela tenha escutado, propriamente, todo o discurso que ele despejou em cima dela, uma palavra aqui, outra ali — sempre soube, tudo absurdo, ele lá e todo mundo olhando —, só esse inescapável umbigocentrismo da adolescência. O importante é ele ter aceitado contribuir com a pesquisa, a doutora já coletou sangue e amostras de diversos tecidos, bom o bastante pra começar, e uma vez por semana ele volta pra uma consulta.

Ele é normal.

Normal?

Exato: insignificante, desinteressante, imbecil, inepto, teimoso, egoísta, inculto, inconsequente, mentiroso e, acima de tudo, inconsciente das próprias faltas. Um ser humano (um burguês? um urbanita? um civil? um contemporâneo?): um ser humano normal.

O importante é ele ter aceitado contribuir com a pesquisa.

Levou anos, mas a Dra. Vitória Frankenstein conseguiu isolar a proteína explosiva no sangue do Esteves e analisar suas propriedades, testou como ela reagia com uma infinidade de compostos químicos, desde a água até o fexinidazol, passando pela pepsina, betaína, dihidroxiacetona, saliva de dragão-de-Komodo, xixi de camelo, secreção de espinho de cacto, lágrimas de pinguim e tudo o mais, conseguiu replicá-la em seres vivos menos complexos, principalmente minhocas, experimentou dietas, drogas e começou a desenvolver um tratamento à base de *Chlorociboria aeruginascens*; apesar da pressa, não se furtou a nenhuma etapa do trabalho e, enquanto isso, o canal no YouTube bombando: todo mundo louco desde a guinada da pesquisa, quando a criança-bomba súbita e célebre e triunfalmente entrou em cena. A racionalidade dura começou a se esvair até naquela bolha, galera fazia tempo que tava pedindo *live* com o Esteves. Mas a doutora não se deixou levar, seguiu com o trabalho sem erro nem descanso e até passou a apreciar a ajuda e a companhia do Esteves, que não reclamava de frequentar o laboratório e nunca mais tinha largado aquela lenga toda de adolescente, demonstrava de vez em quando interesse pelas hipóteses testadas, pelos dados colhidos e resultados analisados, e então de novo pelas hipóteses, agora reformuladas.

Ele é.

A Dra. Frankenstein pensa.

Ele é.

A Dra. Frankenstein olha.

Ele é.

Quando encontra a cura, a emoção é tanta que a doutora abraça seu paciente.

Ele até que é gente boa, considerando.

O Esteves sorri e, em vez de abrir a boca, abre o Spotify e toca, do Balanescu Quartet, *Aria*, e bonito, o que é isso? A Dra. Frankenstein está de bom humor, o Esteves explica, tem um galpão de shows perto do Instituto Santo André, e os alunos vão se apresentar lá nesse domingo, essa é a música que ele e uns colegas vão tocar. O que a doutora acha? Bonita, a música é bonita, mas ela não está entendendo, então o Esteves explica: ele a está convidando pro concerto. Na verdade, o que ele quer dizer é que é muito importante que ela vá, tão importante que ele acha que não vai tomar essa injeção se ela não for. Ela ri. Sem problemas, ela vai, sim, se é tão importante pro Esteves, ela vai. Mas espera, aonde ela está indo? A lugar nenhum, só ia ali na outra sala pegar a injeção.

Não, não, a Dra. Frankenstein ainda não entendeu.

Ele a está convidando pro último show da criança-bomba. Mas então ele só vai aceitar a cura depois do concerto? Só depois, sim, e só se ela estiver presente. O Esteves garante que ela não vai se arrepender, já imaginou? É o último show da criança-bomba! Tem tudo pra ser uma experiência inesquecível, quer dizer, quem sabe o que pode acontecer? *Cumpre teu dever em relação a mim, e cumprirei o meu em relação a ti e ao restante da humanidade.*

Ele é.

A Dra. Frankenstein pensa.

Ele é.

A Dra. Frankenstein olha.

Ele é.

A Dra. Frankenstein suspira. É só um show. É mais fácil ir ao show do que tentar convencê-lo. Talvez ele esteja certo. Talvez seja uma experiência inesquecível. Talvez ela queira ir. Talvez sinta que é o que ela merece. Talvez sinta que é o que o mundo merece. Talvez estivesse torcendo pro Esteves mandar uma dessas. Talvez haja prazer em ceder. É só um show.

Adolescente é tudo uma merda.

A doutora faz que fica desgraçada da vida, mas lá vai ela pra um lado da cidade que a cientista mais famosa do mundo não costuma frequentar, gente esquisita e fumaça e surpresa: um e outro seguidor que a reconhece, pede autógrafo, o que ela faz ali? Conhece um dos meninos que vai tocar, veio dar uma força. Aproveita, então, esse pessoalzinho do Instituto Santo André manda muito bem.

A Dra. Frankenstein olha.

Só a Dra. Frankenstein sabe.

Só a Dra. Frankenstein vai apreciar o show em todo seu terror, toda sua piedade.

Quando os primeiros começam, a música ressoa e ela se sente vibrar, a diretora do Instituto apresenta os alunos e a peça, da Penguin Café Orchestra, *Perpetuum Mobile,* e ela se sente vibrar, depois *Aiuasca,* do Antônio Madureira, e sente o sobe e desce, sente a batida e, do Quarteto Novo, *Algodão* e todo mundo em volta começa a dançar e ela também e os musicistas no palco irradiando o balanço e a vida e a festa e.

O fim?

Por último, do Balanescu Quartet, *Aria*, e a Dra. Frankenstein como se atingida por um raio e de repente: viva: *parece-me que essa milagrosa mudança de inclinação e vontade foi a sugestão imediata de meu anjo da guarda.*

Tem gente que é cética em relação a essas guinadas imponderáveis do destino, esses lances de experiência religiosa ou evento-âncora da vida, como se não existisse, como se fosse nada além da ilusão de ruptura sob a qual vive a gente humana (**a gente burguesa? a gente urbanita? a gente civilizada? a gente contemporânea?**[32-1]), e aí quando acontece de uma pessoa importante cair do mapa sem vestígios, quando uma pessoa que podia mudar o curso da história deixa prematuramente sua última marca no mundo, quando uma das protagonistas do antropoceno desiste de si mesma e por tabela da humanidade (da burguesia? da urbe? da civilização? da contemporaneidade?), essa gente cética já fica achando que acabou presa, que mandaram matar, que foi abduzida.

Mas pra quem enxerga na vida mais que uma sequência de zeros e uns, pra quem se deixa maravilhar pela organicidade e imprevisibilidade da árvore dos acontecimentos, fica fácil acreditar no óbvio: a grande Vitória Frankenstein, PhD, assistiu ao show e BUUUM, e aí PUF: a cura que se foda, a cura é a música da criança-bomba.

Retira-se pra algum ashram na Índia, do lado de lá do Ganges[42-1]; embrenha-se na Amazônia; zarpa pras coordenadas do Dr. Moreau, pra viver em parceria com ele, pescar e beber água de coco, nadar entre os recifes e esperar o fim do mundo.

por aí andam dizendo: a matrioska continua? Será que continua? Fico pensando nessas histórias de apocalipse: uma hora é Godzilla, daqui a pouco é uma raça alienígena, depois é uma tempestade; uma hora é zumbi, depois é uma guerra nuclear, aí é um vírus. Mas nunca acaba de verdade, sempre tem mais um. Um erro de cálculo no calendário maia, um erro de leitura da Bíblia, e aí a coisa fica pra depois.

Quem me disse isso uma vez foi um cliente.

Disse mais ou menos isso.

Ele tava sentado bem aí, tomando umas e brincando com uma daquelas bonecas russas, falando que o fim do mundo é isso. Sempre tem mais um que vem depois, mas.

Era um cara do bem, né, e eu achei interessante a ideia. Coitado. Bebeu até cair naquele dia. Deve ter alguma coisa assombrando o passado, porque era um cara muito do bem. Mesmo bêbado, não fez caso com ninguém. Só queria conversar.

Ele nunca mais voltou aqui, mas eu não esqueci da conversa dele, fiquei pensando depois naquela história do menino que gritou lobo.

Porque é assim: ele chama, o pessoal vem, aí não é; aí ele chama, todo mundo vem de novo, e não é. Aí quando é de verdade, ele chama e ninguém acredita. Vai que a gente tá nessa? Um monte de história de apocalipse e fim do mundo desse jeito e daquele, galera se exalta e se ocupa e se prepara pro fim. Mas aí não chega.

E agora esse lance aí da criança-bomba e galera só faz seguir a vida e pensar na próxima. Mas e se não tiver próxima?

Vai que dessa vez é o fim de verdade?

Não deve ser, né, mas. Quem é que pode ter certeza?

mais linhas retas; mais movimento. Iluminação pública acesa desde as quatro da tarde, fim de expediente com céu tempestuoso: enquanto bolsistas e alunos e outros pesquisadores colocam em ordem suas bancadas de trabalho para irem embora, conversam sobre o que terá acontecido: a grande Vitória Frankenstein, PhD, já passou por tragédia na família, divórcio, intimação da justiça, acidente de carro, quimioterapia e por nada disso faltou ao trabalho. Ninguém quer ser o primeiro a falar, mas. Ela foi sequestrada ou assassinada? A polícia não quer saber, é uma mulher adulta, se até o fim da semana ela não aparecer no laboratório, quem sabe eles deem uma olhada.

Quem sabe.

Os primeiros pingos de chuva e a zeladora pede licença pra limpar o laboratório, e claro, é tarde, já estavam todos de saída.

Quem sabe, mas.

O Hackangaço não precisa da polícia pra saber o que aconteceu.

Os últimos meses de pesquisa deletados, ninguém em casa, nenhum vestígio, escuta e *spyware* sem transmitir há dezesseis horas. A Dra. Frankenstein foi vista ontem no concerto do Instituto Santo André, hoje não apareceu pra trabalhar, não avisou ninguém, a pesquisa sumiu, o canal de YouTube foi deletado.

Pro Hackangaço, é fácil saber o que aconteceu.

Codinome Julieta e codinome Romeu discutem.

Ela precisa encontrar o codinome Lampião, precisa avisar, precisa saber o que está acontecendo. E a Maria e o Esteves, ela precisa encontrá-los, talvez estejam em perigo. Precisa avisá-los.

Mas, Julieta.

A polícia disse que não é nada. Ela foi vista num show ontem, deve ter bebido demais e desmaiado nalguma valeta por aí.

E a pesquisa se apagou sozinha?

Por que ela não liga pro lugar-tenente do Esquadrão Antiterrorista. Pergunta, sente se ele sabe alguma coisa.

Uma operação dessas deve estar muito acima dele.

Não custa.

Até onde ela sabe, ela mesma pode ser um dos alvos.

Não custa.

Começa a chover; só vai parar amanhã.

Não custa.

A Julieta liga. Pergunta. A voz do lugar-tenente é neutra, ou não sabe de nada ou não trai o que sabe. Ela desliga. Olha, pensa, sente raiva.

Olha pro Romeu, não vai ter jeito, precisa ir atrás da Maria e do Esteves e do codinome Lampião. O Romeu desiste. A Julieta sai. Anda duas quadras em direção ao metrô, salta as poças e o esgoto já vindo à superfície, olha de um lado os prédios mais ou menos históricos, do outro os futuro-reacionaristas e um corte seco pro nada.

Uma dor aguda e o nada.

Quando acorda, sente que vai encapuzada dentro de um furgão, mãos atadas. Os pingos de chuva na lataria; o corpo chacoalha; ela pergunta. Nada. A chuva; o balanço; o barulho do trânsito. É agora? Ela pergunta. Nada. Ela tenta alcançar os bolsos, tenta sentir se o celular está no bolso. Não alcança; não está; o furgão para; é agora? A porta do bagageiro é aberta, a Julieta se sente arrastar pelos pés, a Julieta olha e escuta. Nada. O tato acirrado, a pele eriçada, o ar em volta em alto relevo. Amarram-na numa cadeira e descalçam seus sapatos e meias. O corpo manipulado pelo que é alheio ao corpo. Ela treme. O barulho da chuva abafado, estão num espaço subterrâneo. Arrancam-lhe o capuz.

Olha.

Escuta.

A codinome Julieta tem sido muito útil: as escutas no consultório da Dra. Strangelove, a identidade da criança-bomba, o acesso ao espaço físico do laboratório.

Mas agora.

A codinome Julieta olha, escuta, sente.

É uma cerimônia de iniciação?

É um rito de passagem?

É um teste para ser aceita oficialmente como membro do Hackangaço?

Nesse ela já reprovou; nesse ela nunca teve chance de passar: a codinome Julieta acha que o codinome Lampião, sem querer, publicaria um tuíte passível de ser rastreado? acha que foi por livre arbítrio que começou a investigar terrorias da conspiração? acha que foi por acaso que o Esteves parou no hospital e acabou encaminhado para a Dra. Frankenstein? O codinome Lampião queria a cura: ele queria que a doutora encontrasse a cura e que a codinome Julieta a roubasse, mas. Parece que o Hackangaço a subestimou, parece que a Julieta é uma agente dupla das mais hábeis.

Ele sinaliza e uns lacaios conectam a bateria do furgão aos dedos dos pés da Julieta por cabos de transferência.

O histórico do celular dela é interessante: última chamada realizada: o lugar-tenente do Esquadrão Antiterrorista. Erro de principiante.

A Julieta tem uma chance apenas de se salvar.

A Julieta não sabe de nada; o Esquadrão Antiterrorista não tem nada a ver com isso.

Ele sinaliza e os lacaios ligam o circuito.

Quem é que sequestrou a Dra. Frankenstein? Aonde ela foi? Quem a levou? E, principalmente, por quê?

A Julieta jura que não sabe de nada.

Quem é que sequestrou a Dra. Frankenstein? Aonde ela foi? Quem a levou? E, principalmente, por quê?

A Julieta jura que não.

Quem é que sequestrou a Dra. Frankenstein? Aonde ela foi? Quem a levou? E, principalmente, por quê?

Fecha os olhos; treme; mija; jura que não. Mesmo que soubesse, juraria que não.

O codinome Lampião avisa os seguidores: o tabuleiro foi alterado sem que ninguém percebesse; uma peça-chave foi retirada de jogo; **o Hackangaço precisará entrar em ação**[67-1] mais cedo do que o planejado.

2\\ os inocentes, os sonâmbulos, os contemporâneos

(O Hackangaço vai à luta e é rapidamente escorraçado; muito mais por orgulho do que por amor, o codinome Romeu busca vingança; o talento da criança-bomba é descoberto e ela alcança o estrelato; a codinome Maria desconfia de uma nova gravidez, desconfia da Dra. Strangelove e da Maternidade Móvel, desconfia dos algoritmos que regem o mundo e oferece a todos uma última e definitiva terroria da conspiração. É o enredo, todos em busca de enredar a realidade para dar-lhe um sentido.)

são pessoas realistas. Nem de longe esperam do futuro algo melhor do que têm diante de si a cada momento; as pessoas ali aprendem a não sonhar, que a realidade é muito dura, tapa rapidamente as mínimas brechas que se abrem. Com a chuva da última noite, telhas vieram abaixo e móveis foram carregados pela correnteza, um motoqueiro — entregador de comida — se afogou tentando salvar o meio de subsistência; o bairro segue sem fornecimento de energia nem previsão de que seja restabelecido; os moradores estão refugiados no ginásio da escola, professores e servidores vieram ajudar, consolam e mantêm a ordem entre os que perderam tudo (o que é tudo?), menos a si (menos a quem?); funcionários de uma ONG também já estão, organizam desde já a arrecadação de alimentos, roupas, utensílios e produtos de higiene e limpeza. Segundo o primeiro noticiário do dia: a chuva das últimas vinte e quatro horas ultrapassou a marca dos oitenta milímetros, mais que a metade do esperado para o mês inteiro; o corpo de bombeiros está no local para uma operação de resgate; cerca de duzentas pessoas

são pessoas realistas? Não é que esperem do futuro meras cópias do que já é ou já foi: de tão dura que é e de não poder ficar mais, a realidade abre em si mesma pequenas rachaduras pelas quais passam os sonhos[116-1]; há sempre possibilidade de uma vida melhor. Com a chuva da última noite, telhas vieram abaixo e móveis foram carregados pela correnteza, um motoqueiro — entregador de comida — logrou salvar sua moto e em seguida precisará dar um jeito de levá-la da laje ao chão, mas essa é a parte fácil; o bairro passou a noite sem luz, há previsão de que volte logo; os moradores estão refugiados no ginásio da escola, professores e servidores vieram ajudar, conversam e contam histórias, quem se lembra da última enchente? aquela sim foi feia! Segundo o primeiro noticiário do dia: a chuva das últimas vinte e quatro horas ultrapassou a marca dos oitenta milímetros, mais que a metade do esperado para o mês inteiro; o corpo de bombeiros informou que até agora não foram encontradas vítimas fatais; já foi arrecadada meia tonelada de alimentos não perecíveis, três mil ficaram desabrigadas; há um número de telefone para quem quiser informações sobre como doar. A pouca água que resta ainda escoa do lado de fora, a umidade torna viscoso o ar em volta das pessoas que esperam, o ar úmido adensa o tempo que espera as pessoas passarem, algumas chorando, outras rezando, ainda outras buscando descanso nos colchões improvisados. Pelo diagnóstico que carrega, seria de esperar do Esteves melhor resignação ao realismo, mas é jovem e talentoso, e custa muito ensinar gente dessa laia a não sonhar. Mesmo assim, não é sem surpresa que, quando do meio de todas essas pessoas avança uma mulher que evidentemente escapa a esta cena, uma mulher com cuja vontade o destino se solidarizou de bom grado, cuja visão de si mesma o mundo parecia predisposto a acolher sem protestos, uma mulher que cruza o ginásio e olha em volta como se tivesse acabado de chegar do futuro e contemplasse uma cena antiga, cujo final já tem na memória: quando esta mulher alcança o Esteves e se apresenta, codinome Linda Perry, não é sem surpresa que escuta o que ela diz.

itens de vestuário e mais três mil de higiene e limpeza para as cerca de duzentas pessoas desabrigadas. Algumas dormindo nos colchões improvisados, outras no telefone, avisando parentes que tudo bem; o Esteves, pelo talento que carrega ainda em idade de cultivo, poderia acompanhar com melhor disposição a leveza diante da realidade, mas é a criança-bomba, prestes a explodir a todo momento, e custa muito ensinar alguém como ele a resistir ao seu peso. Mesmo assim, não é sem algum grau de reconhecimento que, quando do meio de todas essas pessoas avança uma mulher que evidentemente escapa a esta cena, uma mulher que por força de vontade moldou o destino aos próprios caprichos, que realizou no mundo a visão que tinha de si apesar dos protestos, uma mulher que cruza o ginásio e olha em volta como se tivesse acabado de chegar do futuro e contemplasse uma cena antiga, cujo final já tem na memória: quando esta mulher alcança o Esteves e se apresenta, codinome Linda Perry, não é sem algum grau de reconhecimento que escuta o que ela diz.

atada à ilusão de sempriminente ruptura. Close-up de um rosto vendado, inocente e repleto de excitação; gritos agudos; uma mensagem repetida até o desespero, imperativa, simples, mas incompreensível ao destinatário. Pra direita! Meia volta! Em frente! O garotinho balança a esmo o bastão, rodopia e ziguezagueia, não encontra. Escuta os amigos gargalharem em volta, o ridículo que está passando começa a preocupá-lo, quer dizer, se a piñata é algum símbolo de fertilidade, e seu estouro, um ritual que representa a boa fortuna, o que significa se debater no meio da roda, armado de um cacete que não encontra nada no ar em volta? Por enquanto, as gargalhadas resistem, até aumentam, mas. A vontade de violência requer logo saciedade. Daqui a pouco a brincadeira perderá a graça, o suspense ultrapassará o ponto ideal e o que deveria ser o clímax — a explosão de balas e chocolates, o tumulto, cada um por si na tentativa de espoliar uma porção generosa — será apenas o cumprimento de um protocolo. E isso, ainda, dando como garantida a melhor das hipóteses: de que a explosão seja de fato de balas e chocolates, porque ele na verdade não sabe, porque na verdade ninguém sabe, por que mesmo assim ele arrisca? Sente o perigo rastejar espinha acima: nem sempre o desastre adiante assume a forma da piñata que o contém. Ele calcula e conclui que a melhor decisão é retirar a venda, acabar com isso de vez. Pode compensar a performance patética com um grito gutural e uma cacetada hercúlea. Leva a mão aos olhos e, ignorando os protestos, abre uma fresta por debaixo da tira de tecido preto que cobria os olhos; espia; silêncio; não vê nenhuma piñata por perto. Nessa hora, de duas, uma: o garotinho admite que o jogo acabou e ri de si mesmo; ou então se consome em fúria e continua balançando o bastão na direção de quem estiver ao alcance.

E eis que começa a busca do Hackangaço pela criança-bomba.

tem coisa que a gente vê e pensa que é terrível, mas é só falta de costume. No distrito de concreto virgem, brutalismo que não verga e progresso, o codinome Lampião olha pela janela um corpo que acaba de ser inscrito na infinita lista de fatos mudos do mundo.

Um corpo humano deixado morto na calçada. Oxalá.

Ainda humano depois de estar pelado; ainda humano depois de estilhaçado; ainda humano depois de estar sem vida. Um cão de rua vem cheirá-lo: ainda humano?

Deixou de ser burguês, urbanita, civilizado, contemporâneo. Deixou de ser humano?

A Dra. Frankenstein sumiu e não tem volta, deve andar pelos níveis mais profundos das catacumbas governamentais, obrigada a dar ao mundo mais crianças-bombas ou a dar um jeito na única que existe; e o Esteves: o Esteves precisa ser avisado, a busca começa hoje.

Ainda humano?

Todas as células operacionais ativadas simultaneamente e o Hackangaço sai em peso pelo bairro. A primeira parada é o ginásio da escola e entre os refugiados ninguém viu, ninguém sabe, mas engraçado que todos os vizinhos da codinome Maria e do Esteves estejam ali. Vieram a passeio? Um dos professores tosse, olha de relance pra secretária, que sinaliza pra um grupo de voluntários, que balançam a cabeça na direção de um trio de adolescentes.

Ninguém viu?

Ninguém sabe?

Quando o Esquadrão Antiterrorista chega, tarde demais: codinome Lampião e lacaios já lograram a informação pretendida e seguiram em frente, vão virando do avesso o centro da cidade, um prédio atrás do outro recebe a visita do Hackangaço: a criança-bomba, a Maria, a codinome Linda Perry: vieram aqui? passaram aqui? trabalham aqui? Primeiro gritaria e desespero, depois raiva e indignação, mas no mundo contemporâneo sentimento nenhum perdura sem pelo menos uma pitada de Síndrome de Estocolmo pra temperar. O lance é se entregar de bom grado às ciladas da vida, os cuidados de si se resumem a atravessar esse asfalto minado pela faixa de pedestres. *Nosso horror se transformava em riso...* A criança-bomba, a Maria, a codinome Linda Perry: vieram aqui? passaram aqui? trabalham aqui?

Infelizmente, ninguém viu, ninguém sabe, e com o Esquadrão Antiterrorista no encalço, o codinome Lampião é obrigado a ordenar o recuo prematuro da tropa.

Apesar do insucesso, a investida fica flagrada por alguns milhares de pontos-de-vista e explode no YouTube, daí em diante os olhares do público se voltam todos pro Hackangaço, porque afinal: o que caralhos é o Hackangaço?

São uns doidos aí, tipo uma versão *hard core* daqueles caras da máscara do V de Vingança.

Terroristas!

Bruxaria!

Só o que eu sei é que eles vão se dar mal.

Eles vão é libertar o gado do cabresto, o cavalo da viseira e o povo da tirania da propriedade privada! Junte-se a eles ou pereça no caminho.

Não, não, não: calma lá, gente, por enquanto, é um grupo de pessoas que se identificam como herdeiras da luta social do cangaço, se organizam por meio de fóruns na *deep web* e se congregam em torno de uma estética ligada ao funk sideral, ao *electrodisgusting*, ao punk-barriga-d'água e aos trovadorismos pós-modernos. Mais que isso é especulação.

Mais que isso é especulação?

Recapitula aí um pouco: acidentes misteriosos com deputados, bolos de aniversário explosivos cada vez mais comuns, desaparecimentos de cientistas e de suas pesquisas, e será possível tantos lobos solitários numa fatia tão curta de tempoespaço? Tem que ser uma matilha por trás dos ataques terroristas: praças destruídas, prédios em ruínas, bairros inteiros condenados, pessoas desaparecidas e as taxas de aborto — ainda tem aquele lance das taxas de aborto! **Se fosse só especulação, não ia aparecer no jornal**[118-1]. Olha só a última: reportagem especial assinada pelo codinome Romeu, dedicada à memória da codinome Julieta, com entrevistas e imagens exclusivas, o codinome Lampião e o Hackangaço finalmente desvendados: uma organização terrorista que pratica abortos ritualísticos: sacrificam fetos para ofertar células-tronco à raça de alienígenas que cultuam, raptam os que tentam espalhar a verdade para que sejam abduzidos (alguém lembra da Dra. Frankenstein? no mundo de hoje, sumir assim, sem deixar nenhum vestigiozinho sequer: só sendo abduzida), explodem prédios e praças e ruas para acobertar os vestígios dos discos voadores. A criança-bomba é a primeira de uma espécie híbrida, e o plano de dominação intergalática já está em curso: um dia BUUUM, e aí PUF.

O codinome Romeu comemora, a matéria viraliza, a cidade fica recoberta de medo e desespero e excitação e indignação e culpa e raiva e inveja.

Há realidade por trás dos signos?

O poder público no bico da sinuca, já não tem escolha a não ser dissimular diligência, o Esquadrão Antiterrorista para de brincadeira, passa a antecipar os movimentos do inimigo e o Hackangaço termina condenado a retornar à surdina.

O codinome Romeu comemora.

A busca pela criança-bomba, pela Maria e pela codinome Linda Perry continua, mas agora sem deixar de lado as exigências do quotidiano (ainda humano?); hackangaceiros periodicamente reviram o circuito de câmeras de vigilância da cidade, o codinome Lampião recebe no estúdio clientes (ainda humanos?) ansiosos por marcar a pele com signos aberrantes à realidade de suas vidas, mas raramente suficientes para moldar essa realidade à sua aberração (ainda humana?); o codinome Romeu sabe que o Hackangaço anda ainda à deriva pela cidade e não pretende parar até vê-lo derrotado; ele olha o mundo, escuta o mundo. Derrotado?

Ainda não, mas.

Derrotado?

Bate no smartphone uma notificação, na loja do outro lado da rua está à venda o álbum de EDM mais vendido do mês. O codinome Lampião tem uma bela folga antes que chegue o próximo cliente, ele tem tempo, ele sai do estúdio e caminha até a vitrine e: um carro buzina, uma moto acelera, um cachorro late, outro responde, dobra o sino da matriz pelo passamento de um dizimista, uma jovem xinga alto ao ver a toalha de banho voar janela abaixo, uma violinista se extasia no próprio improviso, **um moleque estoura um rojão, mil cabeças se viram, alívio e risada**[23-1]. Ele caminha até a vitrine e BUUUM, do DJ Esteves com Metafísica, *O Oitavo Selo*, o álbum de EDM mais vendido do mês.

Derrotado?

O codinome Romeu ainda vai ter que trabalhar muito.

por aí andam dizendo: a realidade continua. Interrompemos a programação para este plantão urgente: seis pessoas acabam de ser baleadas no centro da cidade. Quatro das vítimas deste suposto ataque terrorista morreram no local, as outras duas foram socorridas e levadas ao Hospital Universitário, onde se encontram ainda em estado grave. O Esquadrão Antiterrorista já tem um suspeito sob custódia, mas mantém sigilo sobre sua identidade por se tratar de uma investigação em andamento. Nós vamos agora ao vivo para o local, onde nossa repórter, codinome Louis Lane, traz as últimas informações. Boa tarde, Louis.

Boa tarde aos telespectadores, a todos aí no estúdio. Eu estou aqui no limite do perímetro demarcado pelo Esquadrão Antiterrorista, a ordem oficial é de isolamento e evacuação. Apesar de improvável, a hipótese de um ataque secundário faz parte do protocolo de ação. A identidade do suspeito, como você disse, ainda não foi divulgada oficialmente, mas eu já pude apurar que era um rapaz de apenas dezessete anos, e que ele tinha envolvimento com o Hackangaço, organização que ocupa o primeiro lugar na lista de alvos prioritários do Esquadrão e que

Desculpe te interromper, Louis, obrigado pelas informações. Nós voltaremos em seguida, ao vivo, com a codinome Louis Lane e mais informações, mas agora: acaba de chegar a informação de que a quinta vítima não resistiu. Sobe para cinco, então, o número de vítimas fatais deste atentado terrorista no centro da cidade, e a sexta segue no hospital, em estado grave. Vamos torcer.

por aí andam dizendo: a vida continua? Se na Via Láctea tivesse um ser humano a cada ano-luz cúbico, sua população seria mil vezes maior do que a da Terra. Dá pra imaginar uma coisa desse tamanho? Porque é uma coisa. É engraçado pensar nisso, mas a galáxia é uma coisa, um tantão de matéria aglomerada que, se tivesse como olhar de longe e de fora, ia parecer exatamente isso: uma coisa. E essa é só uma galáxia. No supercúmulo onde fica a Via Láctea, o Laniakea, tem pelo menos umas cem mil, e pelas imagens do Hubble dá pra estimar pra lá de cem bilhões no universo inteiro. E é aí que eu pergunto: será que continua? Será que a vida, isso que a gente chama de vida, é tão especial assim? pra acontecer num único planeta, de um sistema solar pequenininho, de uma galáxia entre cem bilhões.

Imagina uma pedra. Uma pedra lisa, limpa, seca. Agora imagina que não tem nada na superfície dela: absolutamente nada. Nenhuma bactéria. Nenhuma ameba. Nenhuma cápsula de material genético. Isso é um meteoro! Só uma pedra lisa. Sem nada.

Já pensou a bizarrice?

Tinha uma época em que era difícil imaginar microorganismos, óbvio, não dava pra ver, e hoje é quase impossível imaginar a ausência deles.

Pensa agora na Via Láctea: oito trilhões de anos-luz cúbicos. E no supercúmulo Laniakea: cento e tantas mil galáxias. E no universo visível: cem bilhões. Será que, no meio de toda essa matéria, de toda essa coisa, todas as pedras, com uma mísera exceção, são perfeitamente limpas?

Sem nada?

[redacted] Galera teoriza coisa dali e de lá e do meio caminho, mais-valia, mão invisível, equilíbrio de Nash, cada fita que vira livro e tese de doutorado, mas dinheiro, que é bom, nanja. Pode ver, pode perguntar, qualquer pessoa que sabe ganhar dinheiro vai dizer a mesma coisa: a regra número um do mercado é comprar em baixa e vender em alta. E o Warren Buffett *Wanna-be* sabe ganhar dinheiro. Caiu em cima depois da enchente, o povo precisando de dinheiro, o poder público, francamente, com mais o que fazer, e o Grupo BW-b de prontidão com um bilhete dourado pra quem quisesse se safar. Proprietários venderam sem pensar duas vezes, inquilinos receberam uma indenização merreca, só o bastante pra caução do próximo endereço, mas no fundo uma proposta que não podiam recusar. A gourmetização da vizinhança chegou quase até o galpão de shows: era difícil encontrar o dono e, com esse prédio do jeito que estava, o que havia em volta ia continuar valendo pouco. Mas tudo certo. Por enquanto, mais doze ou treze quadras de asfalto e calçadas e condomínios de luxo, a praça transformada num shopping-center ao ar livre, o Instituto Santo André numa academia-spa, a escola pública num colégio internacional e logo o resto cede.

Dos moradores fugidos, a única que continua dando as caras desse lado da cidade é a Ana, que dobra cada esquina acreditando que vai esbarrar no passado.

a criança-bomba estilhaçada: ainda humana? Alguém aí sabe, por acaso, como anda o Esteves? Alguém aí o tem visto desde aquela última enchente? Alguém tem conversado com ele? Porque assim: sem querer reportar sobre o incerto, mas. Boatos que terminou de despirocar. E talvez nem fosse pra menos, já pensou?

Pensa um pouco.

Vai lá, pensa um pouquinho só.

Você tem uma doença rara e incurável: qualquer hora você vai explodir e sabe-se lá mais quem junto com você, aí chega um dia em que uma médica decide resolver teu problema, você vai nas consultas e faz os exames, tudo certinho até que finalmente BUUUM: ela te fala que encontrou a cura. Boa? Ainda não. Acontece que você é um adolescente de bosta, então você não deixa passar a chance de pregar uma peça na doutora e fala boa, mas só se ela der uma passadela no concerto do Instituto Santo André: o último show da criança-bomba. Imagina só! Ela te manda tomar no cu, óbvio, mas não tem escolha, então aparece lá e a coisa tem um encanto e uma sedução e um balancê que sabe à deriva, em paz nas correntezas do universo: a Dra. Frankenstein tira uma pira e PUF: a única coisa que ela não deixa pra trás é a cura; e você: você segue como sempre, prestes a explodir a todo momento. Mas e agora: o que você faz? Fica remoendo o vacilo monstro? Esperando outra médica pra fazer outro milagre? Sonhando com o futuro perdido? Uma casa um pouquinho melhor, uma aposentadoria pra mãe, uma felicidade sem muito tempero ao lado da Ana? Seguir por esse caminho pode até ser teu primeiro instinto, mas a contemporaneidade não te dá tempo nem pra te arrepender. Logo vem a enchente e a tua vida num poço de merda movediça, em seguida a codinome Linda Perry e uma guinada que só pode ser obra do destino. Ela te leva pra um estúdio de gravação, te apresenta pra uma penca de artistas, te mostra o escritório da produtora e as paredes cobertas por discos de ouro e de platina e os Grammys se trombando nas prateleiras, aí ela pergunta se EDM é a tua pira e você diz que escuta, sim, gosta bastante: lá no galpão de shows que você frequenta, eletrônico é um dos gêneros que mais toca. Então ela coloca na tua frente um contrato e diz que o futuro é teu, ela não tem a menor dúvida, o techno é o novo pop e você vai ser maior que o Michael Jackson, vai ser impossível participar do mundo sem conhecer o teu nome, você: o DJ Esteves com Metafísica.

E agora, o que você faz?

Não tanto por correr atrás de um sonho — ele nem sabia se era esse o seu sonho, quer dizer, nem sabia se tinha um sonho — quanto por uma esperança visceral de que entre todos os presentes possíveis para o passado que teve, e mesmo entre os impossíveis, perdidos há muito tempo ou nem tanto, quando a mãe o levou na marra ao Instituto Santo André em vez de ceder à teima infantil, quando aceitou participar da pesquisa da Dra. Frankenstein em vez de agradecer a sorte de sobreviver à surra, quando sobreviveu à surra ao invés de explodir, uma esperança visceral de que é ali, num dos tantos epicentros da indústria do entretenimento, cercado por fama e fortuna, uma esperança visceral de que é ali que ele um dia vai conseguir, inequivocamente, ver a realidade por trás dos signos. O Esteves assina o contrato e depois de um ano de muito medo e desespero e excitação e indignação e culpa e raiva e inveja é anunciada sua primeira turnê mundial.

De início a gente de todas as partes pensa que é terrível, mas. Com o terror vem o fascínio; com o fascínio, a experiência; com a experiência, o hábito; com o hábito, o fim? É o que dizem, pelo menos, que esse Esteves não veio ao mundo a passeio nem pra dar selinho, e que ele finalmente terminou de despirocar. Eis o que dizem:

1. o terror

Cada um do seu jeito, mas todo mundo tomando num gole só o terror de ver seu país estampado na agenda da criança-bomba e aí putaqueupariu! criança-o-quê? era só isso que faltava no mundo, e mais: tinha que vir justamente pra cá, explodir bem aqui no meu quintal? Explode é o mercado imobiliário alternativo: bunkers de todas as sortes sendo arquitetados, arranha-céus do avesso, vinte e trinta e quarenta andares em direção ao centro da Terra, unidades de luxo pra passar o fim do mundo em grande estilo, cubículos pré-moldados, pros menos endinheirados jogarem a vida contra o caos do lado de fora e contra o tédio do lado de dentro, estacionamentos e garagens subterrâneas transformadas em refúgios coletivos, esconderijos da Guerra Fria indo a leilão, disputados pelos virtuosos como a última dose de heroína pelos libertinos, e sem contar os libertários, que com nada além das próprias mãos e força de vontade assentam de um em um os alicerces de suas últimas casas ou das primeiras, dependendo do ponto-de-vista. Isso tudo do lado dos que compram. Quem, por um motivo ou por outro, já era proprietário do seu cafofo à prova de tudo e aproveita o *hype* pra vender na alta: esses ficam ricos e saem de férias e realizam sonhos e promovem orgias e matam seus inimigos de infância e mergulham de cabeça no último fôlego do mundo como o conhecemos.

Como o conhecemos?

É a última chance de o conhecermos e ingressos pr'*O Oitavo Selo* escoam ligeiro, chega o dia e a gente se enterra nos bunkers, a gente segue eufórica pra arena do show, a gente dá uma última olhada em volta antes de fechar as portas dos alçapões, a gente dá uma última olhada em volta antes de passar pela porta do estádio: pela primeira e possivelmente última vez, a gente encara com sinceridade a paisagem quotidiana, **terrível demais pra abandonar**[108-1].

2. *o fascínio*

São mais de trinta anos de uma carreira que deixou sua marca registrada em todos os gêneros pelos quais passou: rock, funk, pop, rap e, mais recentemente, EDM; em cada novo álbum, ela escolhe um caminho, e aos fãs e críticos só resta segui-la; as experiências que é capaz de proporcionar variam da introspecção individual ao transe coletivo, da crítica social ao êxtase religioso; hoje temos no estúdio, para conversar conosco e com os espectadores, a musicista e produtora lendária: codinome Linda Perry: seja bem-vinda.

Obrigada.

Conta pra gente, Linda, como é possível passar tantos anos na vanguarda?

Eu não acho que esteja na vanguarda de verdade, ou: talvez na vanguarda da indústria musical, aí pode até ser, mas isso faz tempo que deixou de ser o que vislumbra o futuro ou puxa a sociedade adiante, esse era o caso até a primeira metade do século XX; hoje, quem concebe o futuro são os engenheiros, físicos quânticos, desenvolvedores de softwares, e o pensamento estético serve até como uma espécie de freio pra tudo isso, a gente se debruça sobre o mundo com uma vontade analítica, descritiva e diagnóstica.

A partir dessa perspectiva, então, vamos falar do último álbum que você produziu, *O Oitavo Selo*, do DJ Esteves com Metafísica: qual é a análise? qual é o diagnóstico que esse álbum traz do mundo?

É a ambiguidade inerente ao fim, quer dizer, a gente está prestes a perder tudo ou a se ver livre de tudo? sua constante iminência é aconchegante ou desesperadora? o fim, no fim das contas, é ocasião de festa ou de luto?

Uma última pergunta antes de abrirmos para os ouvintes: estando tão intrincada a essa perspectiva da explosão do DJ, da criança-bomba, no caso, a experiência do álbum não fica prejudicada?

Não sei se eu entendi.

Eu escutei o álbum, é o que eu quero dizer, e me apaixonei imediatamente, mas você está sugerindo, me parece, que ele foi pensado pra experiência ao vivo.

São experiências diferentes, uma delas é quase pura introspecção, já a performance ao vivo é bem diferente, é uma experiência não necessariamente coletiva, mas que te obriga, de certa forma, a perceber que o fim não é simbólico ou filosófico, é terrivelmente literal, e aí reside seu fascínio.

Estamos aqui com a codinome Linda Perry, produtora do álbum mais vendido dos últimos meses, *O Oitavo Selo*, você pode falar com ela pelo telefone 2433-436-5050, quem é o nosso primeiro espectador?

Bom dia, meu codinome é Romeu, e eu gostaria de saber, na opinião da codinome Linda Perry, o que leva um fã a ir ao show do DJ Esteves com Metafísica? por que se arriscar? por que não se contentar com o álbum de estúdio?

Tem um ensaio do Robert Musil em que ele cogita sobre a profunda humanidade de um alpinista que, a meio caminho de um paredão, o suor escorrendo pelo rosto, os músculos desidratados e os tendões exaustos, deliberadamente se solta: naquele momento, o alívio de relaxar os dedos vale mais do que a vida, é maior do que o medo da morte, e eu acho que muita gente se sente assim hoje em dia, ir ao show não é um risco, não é um ato impensado de desespero, é uma escolha profundamente humana.

Nosso próximo espectador já está na linha?

Olá, meu codinome é Lampião.

Bom dia, Lampião, qual é a sua pergunta?

Eu queria complementar a pergunta anterior: talvez a senhora Perry já tenha ouvido falar no conceito de "ecossuicídio", quando uma espécie esgota seu habitat e acaba extinta por causa disso.

Já li sobre o conceito, sim, Lampião, mas não escutei uma pergunta.

Eu só gostaria de saber se, na sua opinião, é isso que a humanidade está fazendo.

Talvez seja; parece que hoje nós vivemos, por uma série de razões, sob a ilusão tanto individual quanto coletiva de sermos imortais, para toda aflição há cura, para todo indivíduo há tratamento, para a humanidade não há ameaça, e talvez por isso nós testemos os limites da sobrevivência; não é por nada que, em tantas obras de ficção científica, a vida eterna e o direito à morte são temas quase inseparáveis.

Ok, muito obrigado.

Obrigado, Lampião, quem é o próximo espectador?

Meu codinome é Erika, e eu queria saber se o dinheiro que você vem ganhando com *O Oitavo Selo* vale as vidas que esse álbum custou.

Ninguém morreu, codinome Erika.

É verdade, por enquanto, ninguém morreu, mas as pessoas deveriam estar procurando a cura, e enquanto não encontram, a criança-bomba deveria ser isolada de todos, quer dizer, todos nós nos perguntamos quando ela vai explodir, e qual será a força da explosão, e onde ela estará quando acontecer, e se suas vísceras se espalharão pelo local, e quem ficará encarregado de limpá-las, e quantas pessoas explodirão junto com ela; me parece que reunir uma multidão em volta dela é a resposta mais estúpida possível a essas perguntas.

Talvez, mas se você faz perguntas estúpidas, a mais estúpida das respostas é o que chegará perto da sensatez; as perguntas que você deveria fazer, Érika, são outras: você quer mesmo evitar a explosão ou não vê a hora de que ela aconteça? se a criança-bomba tivesse um detonador, você apertaria o botão? como você imagina a explosão? como você imagina o que virá depois? você imagina o que virá depois?

Depois da explosão, não sabemos, mas depois desta resposta, uma pequena pausa para os comerciais. Estamos conversando com a codinome Linda Perry, produtora do álbum *O Oitavo Selo*, do DJ Esteves com Metafísica, não saia daí.

BAN-BARAAAN-BARAN-TANAN: você está ouvindo, na noventa e cinco ponto nove, Cura Cultura Loucura.

BIP... BIP... BIP... BIP... BIP... BIP... BIP... BIP... BIP... BIP... BIP... BIP... BIP... BIP..BIP..BIP..BIP.. BIP.BIP.BIP.BIPBIPBIPBIPLAFTTSCHUMCATAPLAU TUSCHCABUMHADOUKEN: PIIIIIIIIIIIIIIIIIIIIIIIIIIIIIIIIIIIIIIIIIIIIIIIIIIIIIIIIIIIIIIIIIIIIIIIIBIP... BIP... BIP... BIP... BIP... Viva Seguros. Para curar o tédio e sobreviver à cura.

3. a experiência

Os espectadores, a expectativa, os espectadores, o êxtase, os espectadores, a experiência.

Os expectadores.

O sistema de som ligado, o corpo do Esteves no palco e os corpos dos expectadores na pista.

Corpos isolados no meio do mar, do deserto, da cidade, bebendo e dançando e fumando como se não houvesse amanhã.

Corpos cercados por horizonte de todos os lados e, pra lá do horizonte, cercados por corpos de todos os tipos, trabalhando e assinando papéis e pagando as contas e viajando e contando histórias e fazendo filhos como se não houvesse amanhã.

Os corpos dos expectadores na pista e o corpo do Esteves no palco.

Corpos sem freio unidos no transe de estarem.

Matéria geológica frágil, mas não descartável, perdida e achada no tempo parado no meio do mar, do deserto, da cidade.

Corpos feitos de som luz sabor textura cheiro.

Corpos sem freio cansados de acelerar.

Olham o mundo, escutam o mundo. Contam de uma em uma as estrelas que iluminam o mundo e as acham bonitas quando perdem a conta.

O corpo do Esteves no palco e os corpos dos expectadores na pista.

Corpos feitos de ouvir ver saber tocar sentir e, numa galáxia vizinha, a explosão de uma outra criança-bomba, uma explosão, de tão distante, desprovida de som luz sabor textura cheiro.

Olham o mundo, escutam o mundo.

E choram com a beleza da explosão.

Contam de uma em uma as lágrimas que lhes escapam.

Acham-nas bonitas sem perder a conta.

A passagem do tempo.

O presente como o toque de um gongo que não se esvai.

Sentem pelo cansaço a passagem do tempo e o futuro volta a fazer sombra como um machado de rachar lenha.

O corpo do Esteves no palco e os corpos dos expectadores na pista, bebendo e fumando e dançando e o cansaço e o som e o futuro: e o choro com a beleza da explosão.

4. o hábito

Na edição *Sahara Oasis,* o aspirador de pó ligado e a plateia inteira e o Esteves e quase que não sobra areia no deserto. Cento e vinte e duas overdoses, além da boa pá de corpos que ainda não foram encontrados. Na edição *Titanic Revival,* o cruzeiro quase que decola ao invés de afundar. Infelizmente? Na edição *Gurus of Goa,* o Esteves vê no meio da plateia, cabelos ao vento e pés molhados da água do mar, a Vitória Frankenstein, PhD, mas. Vai saber: pode ter sido o cogumelo do esquenta. Na edição *Grand Canyon 2.0,* uma série de explosivos é detonada para encerrar o show; ninguém morre, a paisagem muda. Na edição *Ayahuasca Dreams,* o Esteves não sabe se a Amazônia vira um disco voador e vai dar uma volta na lua ou se a lua é que vem dar um rolê na floresta. Na edição *Brushfires in Siberia,* os efeitos especiais meio que desandam e todo mundo acha por um segundo que é chegado o encontro com o destino. Galera foge a nado pro Alasca e o show continua. Na edição *Israel, Palestine and I,* o show precisa ser interrompido por causa de um atentado terrorista. Oficialmente, mas. A gente já sabe como são essas coisas: um disse que disse, ninguém prende ninguém e aí jogam a culpa no inimigo da vez. Na edição *Jumping off point,* a plateia local homenageia o DJ Esteves com Metafísica com um haka que ele não está sóbrio o bastante pra apreciar. Depois da edição *Look down on Everest,* chega a hora de voltar pra casa e a Maria o recebe nas mesmas coordenadas onde moravam antes, *pois quem seria capaz de distinguir o futuro do passado?* mas com a paisagem toda retrabalhada na luxúria, na gula e na soberba.

Putamerda, Esteves, ainda não explodiu?

Não é o que parece, ela não despirocou, não exatamente. Só anda estressada, anda pelas últimas. Usou o dinheiro que a codinome Linda Perry não parava de contar pra acompanhar a gentrificação da vizinhança, e por esse lado a vida até melhorou, começou a sobrar, mas. O velho defunto teve de se mudar para o outro lado da cidade, o grupo de mentalização fechou, os paparazzi não a deixam em paz desde a matéria do codinome Romeu e todos os dias nos tabloides: montagens dela na piscina de casa, flutuando diante de ~homens~ altos, cabeçudos, dedos compridos e pintos pequenos, porque óbvio: galera aqui admite sem pestanejar a existência de uma raça extraterrestre que pretenda dominar ou destruir o mundo, **desde que tenham pintos menores que os nossos**[109-1]. Quando chega a hora de o filho voltar pra casa, apesar de recebê-lo um pouquinho só a contragosto — putamerda, Esteves, ainda não explodiu? —, ela acha que a rotina vai pelo menos ficar mais animada, mas. A mãe pega o celular, sela a vácuo o silêncio entre ela e o filho, olha seus olhos como quem lê uma equação e não entende, pela janela olha o horizonte como se fosse uma parede. Tudo o que queria era.

Agora já foi.

A criança-bomba tosse (!!!), a mãe vai dar um passeio, pegar na farmácia o remédio novo que a Dra. Strangelove prescreveu.

5. o fim?

Quem dera.

areia e tempo. A draga afunda. O comandante do navio dá o sinal, o engenheiro confirma, o operador liga o equipamento. Um dia de trabalho é suficiente para a draga completar a sucção de cem metros cúbicos de areia do fundo do mar. Cento e cinquenta toneladas, mais ou menos.

Escavadeiras são mais lentas. Avançam sobre as dunas das praias, ilegalmente, no mais das vezes, mas longe da vigilância das autoridades ou com sua plena conivência. A indústria da construção civil demanda por ano cerca de cinquenta bilhões de toneladas de areia. O material é escasso, o preço sobe, é difícil resistir.

O material é escasso?

Areia de deserto não serve pra fabricar concreto. Não dá liga.

Carrinhos de mão e baldes são mais lentos ainda, quem os carrega é geralmente mais modesto na quantidade requerida, uma pequena reforma na casa do vizinho, pobre pescador que anda precisado. Ele saiu cedo pra puxar a rede, vai voltar com pouco, uma embarcação ao longe, a draga afunda.

As ondas avançam e recuam sobre as rochas, uma lasca do recife se descola, uma concha abandonada quebra sob os pés de um animal que passa. Um grão de areia se forma.

A draga afunda.

Cento e cinquenta toneladas, mais ou menos.

Setenta bilhões de grãos.

por aí andam dizendo: a civilização continua? Isso que a gente aprende no AA, os doze passos, a repetição incessante pra manter a sobriedade: essa é a mesma luta de quem quer se manter civilizado. Já pensou? A gente segue a rotina, um dia de cada vez, cuida, evita os hábitos e lugares antigos, cuida, repara relações e se penitencia, cuida, repete e em troca a gente recebe a bênção da normalidade. Não é pouco. Quem já chapou o coco até despirocar, quem já viu gente se afogar no próprio vômito e não teve força nem discernimento pra prestar socorro, quem já deu o cu por meia bola sabe que não é pouco. Eu sei. Mas também entendo o cansaço. Entendo o tédio. A frustração. A vontade de mandar tudo pro caralho. A civilização não dá trégua: é concessão atrás de concessão, responsabilidade, empatia, pensamento racional. Cansa. É pisar em merda de cachorro e limpar a sola do sapato sem reclamar com o dono. É pedir desculpas pro motorista que quase te atropela na faixa de pedestres. É não retrucar o coió que senta do teu lado no ônibus e começa a rolar o melão enquanto você quer ler. Mas a primeira coisa sobre a qual a gente aprende no AA é o poder superior. Tem que se entregar e pedir forças pro poder superior, mesmo que de início você não acredite muito nele ou não saiba bem o que ele é. Tem que se entregar e pedir, senão chega um momento em que você cede ao cansaço e ao tédio e à frustração e manda tudo pro caralho. E os civilizados anônimos que andam por aqui não têm um poder superior ao qual se entregar, não têm Deus, nem Honra, nem Nação, nem Metafísica a não ser comer chocolates. Mas até de comer chocolates a gente cansa, e aí vai tudo pro caralho.

a infinita lista de fatos mudos do mundo. É o DJ Esteves com Metafísica, a colher e o fogo, o algodão e a agulha hipodérmica; a cura?

Esteves?

No mesmo dia em que a criança-bomba nasceu: um homem comum pôs em cima da mesa da cozinha uma carta para que sua esposa encontrasse e lesse e soubesse que não deveria esperá-lo, deixou as chaves e saiu, chorou o caminho até a rodoviária, entrou num ônibus sem saber aonde ia.

É você, Esteves?

A Ana se aproxima, olha. É o Esteves.

Semiconsciente, as calças mijadas, caído na calçada. E seria numa valeta se desse lado da cidade houvesse alguma. A Ana pergunta, tenta levantá-lo, ele murmura e cai de novo, não a reconhece.

Grande é o medo do ser humano que se torna consciente de sua solidão e foge da própria recordação.

No mesmo dia em que a mãe da criança-bomba conheceu a Erika Buffett *Wanna-be*: em Titan, a maior das luas de Saturno, na beira de um lago de hidrocarbono e sem que ninguém na Terra pudesse algum dia ficar sabendo, **uma formação molecular complexa passou a ter o que cientistas convencionaram chamar de vida**[18-1].

A Maria se demitiu faz tempo, mas de vez em quando ainda dá o azar de tropeçar na patroa, num shopping, numa mercearia gourmet, até na clínica da Dra. Strangelove. A senhora Buffett *Wanna-be* sai do consultório sorrindo, se despede da doutora e passa reto pela Maria, que é em seguida convidada a entrar. Direto ao ponto: a Maria anda passando mal, anda meio cansada, anda meio: ela acha que tá grávida. A Dra. Strangelove já explicou que isso não é mais possível, Maria.

Tá tudo bem, Esteves?

Ãhn...

No mesmo dia em que a criança-bomba assinou o contrato com a produtora da codinome Linda Perry: um velho pescador morreu no serviço e, mesmo sem nada o que ver da praia, a gente se aglomerou ali pra comentar a tragédia, sem saber se tinha caído ou se jogado, se tinha sido morto pelos tubarões ou se já tinha se afogado quando o corpo foi estraçalhado.

Tá tudo bem?

Ele ainda não responde e ainda não a reconhece e a Ana chama uma ambulância.

A gente já conversou sobre isso, Maria, depois do Esteves, do jeito que foi a gravidez, ela não pode mais ter filhos: que o Esteves tenha sobrevivido já é um milagre.

Um milagre?

A suposta gravidez da Maria chega instantaneamente na capa dos jornais. O codinome Romeu fica sabendo, o editor manda dar uma esquentada na história e a gravidez da Maria estampa a capa dos jornais: o Hackangaço ataca novamente e os alienígenas avançam pra fase dois da dominação mundial, cadê o Esquadrão Antiterrorista pra caçar o que ainda resta dessa cambada? cadê a comunidade internacional pra organizar uma missão intergalática de diplomacia? O povo exige respostas, o poder público tenta apaziguar os ânimos, a codinome Maria perde a paciência e agora salve-se quem puder.

A sirene, os socorristas, a Ana sabe o que ele tomou? frequência respiratória lenta, ambu, maca, a Ana embarca na ambulância, a sirene, as lágrimas.

Agora salve-se quem quiser.

No mesmo dia em que o Esteves foi espancado num beco da antiga vizinhança: começou na cidade uma temporada de seca, semanas de racionamento, preços subindo, fuligem baixando, cada dia um dia mais perto do desastre e a gente só queria tomar banho.

Um milagre?

A Maria não demora pra se inteirar da emergência, salta do consultório pro hospital e fica ali sentada ao lado do filho, moleque tapado, pela janela olha o horizonte como se fosse uma parede, sem paciência sela o silêncio a vácuo, gruda na tela como quem olha o horizonte e começa a andar. Pensa; sente raiva. Um milagre? Vários jornalistas querem uma entrevista, um comentário, uma nota oficial. É verdade que está grávida? É verdade que temos mais uma criança-bomba a caminho? É verdade que o pai é alienígena? Por que ela traiu a humanidade?

Ela olha.

Pensa.

Sente raiva.

Foi ela que traiu a humanidade?

Pensa um pouco.

Ela sente raiva.

Vai lá, pensa um pouquinho só.

Raiva.

Pega aí a nota oficial: a Dra. Strangelove e a Maternidade Móvel e os remédios tantos, a gravidez de risco, o defeito raro e incurável, a extinção do programa logo depois do nascimento do Esteves, o interesse da doutorazinha em mantê-la na faixa como paciente na clínica *high society* pra peruas inférteis, a infertilidade da própria Maria, mais remédios, e justo quando ela não tem mais carnê atrasado: uma mudança na receita e a Dra. Otária Filhadaputa chama de milagre?

Tem angu nesse caroço, e só não enxerga quem não quer.

No mesmo dia em que a advogada de uma suposta assassina descobriu como provar a inocência da cliente, no mesmo dia em que um vale de terra desértica verdejou e floresceu por causa da chuva inesperada da noite anterior, no mesmo dia em que a densidade da ilha de lixo do Pacífico Norte ultrapassou sete partículas por metro cúbico, no mesmo dia em que uma senhora de cento e três anos viu o mar pela primeira vez e molhou os pés, no mesmo dia em que uma nascente de água no hemisfério sul teve sua morte constatada, no mesmo dia em que uma jovem mãe confessou ao marido a dependência química e pediu ajuda: a criança-bomba foi salva de uma overdose pela ex-namorada, que sentiu saudades do passado e chorou o presente, mas foi finalmente capaz de olhar o futuro.

Quem está diante da morte é livre e quem está redimido para a liberdade aceitou a morte.

O Esteves acorda; a Ana não está mais; deixou um bilhete: talvez o mundo tenha acabado quando acabou nosso último beijo.

Que nada.

Enquanto a Maria resistir, o mundo não acaba.

por aí andam dizendo: a inteligência continua? O primeiro a perceber foi o algoritmo do Google. Logo em seguida o app da OnTheWay começou a notificar sobre promoção de antidepressivos e ansiolíticos toda vez que eu passava perto de uma farmácia, agora o Facebook e o Instagram só mostram anúncio de terapia online. Ontem, a Alexa adicionou à minha agenda o número de uma linha de prevenção de suicídios. Eu podia estar preocupado ou paranoico com a invasão de privacidade, mas. A pior parte, na verdade, é que nenhum dos meus amigos notou. Meus pais também não. Tirando as inteligências artificiais da minha vida, todo mundo acha que tá tudo bem. Fui promovido no mês passado, minha filha vai indo bem na escola, ligou pra mim faz uns três dias só pra recitar a tabuada, minha ex e eu paramos de brigar tanto. Tudo bem.

Queria entender como os algoritmos sabem.

Queria saber até onde eles me deixam ir.

Quer dizer: a OnTheWay tenta vender antidepressivo, o Facebook oferece terapia, a Alexa sugere uma linha de prevenção de suicídios, mas. Se eu pendurasse uma corda no teto, será que algum deles ligaria pra um contato de emergência? Se eu desse um nó na corda e subisse num banquinho, algum deles chamaria socorro? Talvez eu devesse procurar ajuda, pra poupar a inteligência artificial de tomar uma decisão desse tipo. Talvez seja uma decisão desse tipo a única coisa que separa esses algoritmos de uma inteligência humana.

Talvez.

Não importa.

Importa?

Minha filha ligando de novo, deve ter aprendido as principais capitais do mundo. Pequim. Washington. Tokyo. Paris. Berlin. Londres. Alguma na África, filha? Uhm... Cairo!

Em menos de um segundo, a Alexa conseguiria uma lista com todas as capitais de todos os países do mundo, e não só as atuais, mas também as passadas, inclusive as de países e impérios que nem existem mais. A OnTheWay tem um cadastro com todas as mercadorias e serviços disponíveis em cada lugar da cidade, e sabe a posição de cada pessoa, e sabe os interesses e necessidades de cada pessoa, e sabe quais mercadorias e serviços oferecer a cada pessoa, e sabe a melhor hora de fazê-lo, e a melhor forma, tudo para aumentar as chances da compra. Talvez a diferença entre uma inteligência artificial e uma inteligência humana seja só o modo de prestar atenção: a inteligência humana se ocupa mais de si do que de qualquer outra coisa, raramente volta para o mundo um olhar atento, enquanto que a artificial não sabe nada de si, olha e escuta o mundo e coleta dados e faz associações e extrai delas um significado. Talvez.

Não importa.

Importa?

E com você, pai: tá tudo bem? Tudo bem, sim, filha. Tudo bem.

como costuma acreditar quem sente medo e desespero e excitação e indignação e culpa e raiva e inveja. Até que ponto a gente consegue atribuir ao acaso, ao invés de a um desígnio superior, a sequência infinita de eventos astronômicos e microscópicos e a fila sempre crescente de decisões que moldam e desfazem e refazem o caminho de cada pessoa? E que o resultado desses eventos e dessas decisões seja exatamente como é, em meio a tantas possibilidades não-realizadas, a torna insignificante ou tanto mais significativa? Afinal, a vida nos acontece segundo seu próprio azar ou, estando vivos, nós acontecemos no mundo de acordo com nossas consciências?

Nas semanas seguintes: vários membros do Hackangaço acabam presos depois de uma megaoperação do Esquadrão Antiterrorista; *O Oitavo Selo* se torna o álbum mais vendido do século; num planeta úmido e quente, a milhões de anos luz de distância, bactérias se multiplicam sem parar; a guerra contra o tráfico de drogas faz mais uma vítima na fronteira e, em casa, a esposa do soldado morto se diverte com a filha enquanto a notícia não chega; num dos meios do semiárido, a gente de um vilarejo se benze pela chegada da chuva; a Dra. Strangelove visita o bunker que construiu para si e para a família; o mundo dos negócios estremece com a aquisição de **um aplicativo de realidade aumentada**[85-1] por uma startup chamada OnTheWay; um menino passa a noite toda chorando depois de ser humilhado pelo avô na frente de toda a família; na última ilha deserta que há no mundo, dois cadáveres são devorados por insetos e fungos e vermes; uma estrela desaparece de nossa vista do céu; o Esteves recebe alta, a codinome Linda Perry aparece no hospital para levá-lo até em casa, no caminho diz que a cerimônia dos Grammys vem aí e, depois de sobreviver a uma overdose, ele não tem como perder; o codinome Lampião lê a entrevista concedida pela Maria como quem olha o horizonte e começa a andar, coloca uns capangas pra vigiar a mansão dela, convoca uma assembleia geral: de todas as partes, todos os hackangaceiros restantes, todos online ao mesmo tempo.

lançado de volta a uma solidão prepotente, sua fuga, e seu desespero, e seu embotamento podem se tornar tão grandes que é obrigado a pensar em fazer algo contra si mesmo para escapar à lei pétrea dos acontecimentos.

O Esteves tá entregue faz tempo aos processos da vida, sejam eles arbítrios do destino ou tropeços casuais da entropia, mas. Depois de escapar por pouco de um anticlímax pra sua história, ele contempla a própria solidão no meio de tudo (o que é tudo?) e, escondido de todos os outros, nega a essência de si (a essência de quem?): o Esteves está sozinho; ninguém o conhece de verdade.

Mas peraí: é esse o discurso pros Grammys?

Quem leu a nota oficial da codinome Maria já deve saber o motivo da reunião: a Dra. Strangelove, à frente da Maternidade Móvel, derrubou abaixo de um e meio a taxa de natalidade em certos bairros da periferia, uma geração inteira de meninas ficou estéril; agora, à frente de uma clínica particular especializada, ela trabalha para aumentar a taxa entre as bonitas, ricas e inteligentes.

É a solução final.

É esse o discurso pros Grammys? A Linda Perry acha melhor maneirar nessa fita de adolescente mal resolvido: ele pode dizer que se sentia assim no passado, mas que o apoio dos fãs e dos amigos deu a ele forças para se reerguer, não mais forte, mas mais humilde: ele pode até ser a criança-bomba, pode ser o DJ Esteves com Metafísica, mas continua sendo humano, e já não se envergonha disso.

Já pensou? Depois dessa, ele não sai nunca mais do topo das paradas.

É a solução final à moda contemporânea.

O codinome Lampião resiste faz tempo aos processos da vida, sejam eles conspirações dos Illuminati pra dominar o mundo ou acasos corriqueiros da cidade que sem querer dão no meio do cidadão médio, e sempre teve algum cuidado, sempre teve algo a perder, mas. Agora sabe que a única rota de fuga é sem freio seguir em frente (qual direção é em frente?), até que chegue no fim (é possível chegar no fim?), e talvez nem depois de chegar no fim se livre do mundo.

Andam dizendo por aí que o filho da Maria inaugurou um novo gênero musical: *electrosuicide*; a partir de hoje, é nesse ritmo que vai bater a resistência do Hackangaço.

1\\ finismundo: ainda humano?

(Sátira? Uma qualidade grotesca, sim, umas pitadas de incoerência, também, violência e visgo e vulgaridade, sem dúvida. Sátira? Barulho e sujeira, cisma e barroco, tudo em excesso. Sátira? Neologismos e barbarismos, hipérboles e hiperlinks, metáforas e não, nada além do mais transplantado transparido transparente realismo. Sátira? Sim, nada além do mais insosso realismo.)

harmonioso demais pra insistir. Já viu um coração relaxado? Um coração, depois de passar por uns dois, três ataques cardíacos e dois, três procedimentos de reanimação? Depois de morrer sem volta, o músculo do miocárdio relaxa e se espalha e fica do tamanho de um disco de vinil. Você tira o coração do peito e segura nas duas mãos espalmadas e ele ainda transborda. Ele desiste; se descola de si; abandona o terror do compasso habitual e absurdo.

Talvez a Terra esteja crescendo.

Se descolando de si.

Talvez a gravidade já não dê conta de manter o mundo agregado, a força centrípeta do giro do mundo expulsa, de migalha em migalha, cada corpo que vive aqui.

Já pensou?

Talvez a Terra esteja desistindo aos poucos. É a entropia, a expansão do universo, um abandono em que cada partícula subatômica se afasta e se isola e diz a todas as demais que prefere não: se ela não pode ou não sabe ou não consegue significar, então ela prefere não.

A gente também já desistiu. A gente se espalha pelo mundo e pelo pensamento, ou melhor, com o mundo e com o pensamento, de migalha em migalha, a gente expulsa o outro e o destrói se chega perto demais, a gente se afasta e se encerra numa suntuosa solidão, cada um absoluto em sua galáxia craniana. E não é pela honra de manter-se inviolado, não é por medo da barbárie lá fora, não é por insistência dogmática no indivíduo, não é por crença na metafísica do humano.

Se fosse, ainda haveria algo de especial por aqui, algo que pudesse manter o mundo agregado, algo a que dizer sim, mas.

É por estarmos em harmonia cósmica; é por abandonar o terror do compasso habitual e absurdo. Se não podemos ou não sabemos ou não conseguimos significar, então preferimos não.

por aí andam dizendo: a história continua. Apesar do que diz uma cambada de filósofos e historiadores, continua. Essa ideia do Fukuyama de que não tem nada por aí, nenhuma crise ou contradição ou problema, que uma democracia liberal não consiga resolver em seu próprio interior, essa ideia de que as democracias ocidentais concretizam, até que enfim, a velha utopia da última tese, sem uma antítese com a qual não sejam capazes de dialogar, essa ideia já não teve muita gente que comprou quando foi publicada; agora parece uma piada de mal gosto que alguém, algum dia, tenha pensado uma bosta dessa magnitude. E a questão não é só empírica. Se fosse, a gente tava na boa. Era só abrir o jornal e ver, terrorismo, refugiados, aquecimento global, desigualdade, racismo, criança-bomba, aí leva tudo pra dentro do parlamento, discute e resolve e pronto. Mas não. A questão é, além de empírica, tcham-tcham-tcham-tcham: histórica. A União Europeia ameaça romper o comércio com o Mercosul se o Brasil falhar na proteção dos povos e florestas nativas, tem gente que diz que é balela e que é só guerra comercial, aí os humanistas falamos em crise civilizatória. Os Estados Unidos impõem sanções à Venezuela por causa do regime militarizado, dos presos políticos, dos crimes de Estado, tem gente que fala que o Maduro é um herói, o grande irmão do norte só quer mesmo controlar o mercado de petróleo e aí os humanistas falamos que não pode haver espaço pra questionar direitos humanos. Mas isso de europeu dizer como a banda tem que tocar no sul do mundo é coisa antiga, e terminou com o sangue dos povos e florestas nativas. Isso de americano falar em proteger uma democracia subdesenvolvida também já teve: e acabou em regimes militarizados, presos políticos e crimes de Estado. *Déjà lu*? Pois é. A civilização ocidental foi construída sobre uma pedra angular fissurada. De um lado, a alta cultura, os grandes escritores e filósofos, a razão e a ciência, os ideais de justiça e dignidade e direitos universais; do outro, colonização e escravização de povos, destruição da natureza, uma guerra atrás da outra, com cada vez mais poderio bélico. Agora essa visão de mundo esclarecida não cola e galera tem a desfaçatez de ficar surpresa? Se é assim: a gente devia levar a criança-bomba pra dentro do parlamento, fazer ela discursar numa assembleia geral da ONU, aí eu quero ver até onde resistem as teses democráticas dessa putada; a criança-bomba é o recalque da história prestes a retornar, e eu quero ver qual é o chefe de estado liberal com bolas pra aparecer e escutar o discurso pessoalmente. Aí eu quero ver, porque aí é que a história vai terminar.

olha o DJ Esteves com Metafísica aí, geeente! Tempo de carnaval, até que enfim: sol, praia e cerveja gelada; gente pegando pesado na academia pra fazer bonito de sunga na avenida; planos grandiosos tanto da criança-bomba quanto do codinome Lampião.

Ele quer, no próximo show, que os expectadores ultrapassem os signos.

... *per voler veder trapassò il segno*

Ele quer, na próxima missão, que o Hackangaço passe a significar.

Fase um: o Lampião começa a atender em domicílio, hackeia os dispositivos da Maria e faz popar uns Google Ads do seu estúdio: ela entra em contato, ela quer fazer uma tatuagem, ele sabe a Guernica do Picasso? sabe aquela mãe berrando pelo filho morto? o que ela quer é uma releitura daquela imagem, o mundo acabando em volta e o filho morto e aquela mulher serena, sem terror nem piedade, o que ela quer é a paz de quem tem em volta um pouco de mundo a menos. O codinome Lampião diz que sem problemas, isso é fácil. Ele pega a máquina e as agulhas e a tinta e começa a diligência, nem vê quando o Esteves desce as escadas e sai.

Ele deixou tudo acertado com a codinome Linda Perry depois da cerimônia dos Grammys, a ideia pro próximo show, a explosão no final ele não pode garantir, mas. A realidade por trás dos signos ele não consegue alcançar, mas. Deixou tudo acertado com a codinome Linda Perry e ela começa com as providências.

Parceria firmada com a World Net Transport Corp.

Parceria firmada com a OnTheWay.

Patrocínio da Coca-Cola e boa.

Fase dois: a tatuagem tá pronta, ele passa a lista dos cuidados e agora é só pivotar a conversa, mudança básica de assunto: sabe o Hackangaço? é, esse lance que dizem por aí que é uma organização terrorista, então: na verdade é feito de gente inofensiva, gente que precisa de ajuda pra resistir e dar sentido à bagunça que virou o mundo: eu sou o líder, o codinome Lampião, li a nota oficial, sei da história toda, a Dra. Strangelove e a solução final: vim pra oferecer ajuda, pra oferecer reparações, vim te chamar pra ser minha Maria Bonita.

Ela olha; pensa; sente.

O Esteves tem muito a fazer antes do anúncio oficial, nem vê o codinome Lampião quando desce as escadas e sai: a primeira parada é a casa da Ana. O caminho. Nem vê os trabalhadores ou o transporte público ou o sol se pondo por trás dos prédios, nem vê o homem que resmunga em lá sustenido ou a pomba morta no meio da praça ou o menino fazendo pregão da feira, a briga de um casal ou o tombo de uma senhora ou as formigas que caminham tronco acima. A casa da Ana: ela abre a porta e ele diz que a ama.

Ela não entende.

Ela abre a porta e ele diz que a ama e a beija, mesmo sabendo, mas não desejando.

Ela se assusta.

Ele repete: a criança-bomba também é capaz de amar, a criança-bomba também é capaz de gratidão, e o Esteves agradece a ela por ter salvado sua vida.

Ela se afasta.

É graças a ela que ele ainda pode olhar o mundo, escutar o mundo, contar de uma em uma as estrelas e achá-las bonitas quando perde a conta.

Ela se retrai.

Ela sentiu? entendeu? é assim que vai ser o próximo show: sinceridade, pieguice, coragem pra ser ridículo, *ousar o mais: o além-retorno o após:* a realidade para além dos signos é intensa, e no próximo show vai ter intensidade.

Ela fecha a porta.

Fase dezesseis: de outra missão, evidentemente. Tudo certo pro anúncio oficial e a codinome Linda Perry dá a letra, sob o título *o fim é o começo da poesia,* o próximo show da criança-bomba vai ser uma rave simultânea em setenta e sete arenas espalhadas pelo mundo, sete dias de um batuque fibrilado ao qual o expectador se entrega no momento em que veste o equipamento de realidade aumentada — é por causa desse equipamento que a rave pode ser simultânea — e, mesmo que o DJ Esteves com Metafísica não exploda, no último dia BUUUM: a realidade aumentada toma conta de vez e simula a porratoda: você sente o calor e as vísceras, sangue coagulado, ossos despedaçados e suco gástrico e merda, carne carbonizada, a paisagem do fim e então PUF: mais nada e você acorda umas horas depois.

Reincidir na partida. Ousar —

A próxima parada é a reunião de um grupo de mentalização contra catástrofes. Ele nem vê.

O moderador toma a palavra, quem quer começar? meu codinome é Margaret, eu passei a semana inteira com medo de que o campo gravitacional da Terra de repente cedesse, e a atmosfera e os animais e as pessoas fossem esparramadas pelo espaço. Obrigado, Margaret, cinco minutos de silêncio para mentalizarmos a permanência do campo gravitacional da Terra. O próximo, por gentileza: meu codinome é Isaac, faz um mês que eu joguei fora todos os meus dispositivos eletrônicos, mas não adianta, todo lugar que eu frequento é lotado de câmeras e computadores e máquinas, qualquer dia desses a gente toda vira escrava deles. Obrigado, Isaac, cinco minutos para mentalizarmos a liberdade da raça humana. Próximo? Meu codinome é Mary, o que me dá medo é o que eu não posso ver: não fantasmas, não espíritos, mas vírus e bactérias: eu tenho medo de que a humanidade seja devastada por uma doença contagiosa. Muito bem, Mary, cinco minutos para mentalizarmos a não-propagação das doenças. O próximo?

Você, jovem, quer compartilhar o seu medo?

Fase dois: ainda e sem perspectivas de avançar. O codinome Lampião passa horas argumentando; passa horas olhando, pensando, sentindo; passa horas e finalmente perde o ímpeto, que seguir na batida do *electrosuicide* pode parecer fácil, assim de início, pelo menos, a gente imagina que é fácil, é só tocar o foda-se diante de si e do mundo e da vida, desligar as preocupações e os juízos e sem freio seguir em frente (sem se perguntar qual direção é em frente), sabendo que um dia chegará no fim (sem buscar refúgio na aconchegante certeza de que ele está próximo). Pode parecer fácil, mas. *Açuladas sirenes cortam teu coração cotidiano.* **Ele acreditou naquelas baboseiras?**[95-1] Levou a sério aquela nota oficial? A Maria ri e o codinome Lampião perde o ímpeto.

Quer compartilhar seu medo, jovem?

Eu tenho medo.

Destino: o desatino o não-mapeado.

Eu tenho medo de.

Irremissa missão voraginosa.

Meu codinome é Esteves; e eu tenho medo é de explodir.

A todos os seguidores — o codinome Lampião prepara a última postagem no fórum — a todos os seguidores, a todos os hackangaceiros, a todos os que queríamos significar: a todos. Ele chegou longe, chegou perto do objetivo, mas. Olha o mundo, escuta o mundo. É uma chuva de estilhaços e uma decepção atrás da outra e sempre um tanto de mundo a mais e ele não tem nem uma sombrinha. O vento levou. É muito triste quando isso acontece. De novo. As pessoas não se importam se você fala inegável ou indelével, exposição ou expropriação, literalmente, urdidura ou urticária, garagem elevador de serviço quartel-general são todos o mesmo lugar. Decidiu desistir, ele pede a compreensão e o perdão e a bênção dos que não tiverem rancor; decidiu desistir, antes que digam que ele não é de nada. Mas ele é, sim: ele é feito do passado que teve. Suas doenças, seus crimes, seus hábitos, suas ideologias, sua arte. A única coisa que significa é o passado que teve e agora só consegue sentir saudades da foto em que saiu de olho fechado, com o braço engessado abraçando a primeira namorada.

Meu codinome é Esteves; e eu tenho medo é de explodir: cinco minutos para mentalizarmos a integridade física e mental de toda a gente do mundo.

Olham; pensam; sentem.

Mentalizam.

Fase um: o codinome Lampião foi claramente sequestrado pelo inimigo, o Hackangaço precisa se reorganizar pra luta — agora quem aqui é que é o chefe?

Não por desespero, não por escapismo, mas por escolha: racional e consciente e desapaixonada.

Mentalizam.

Eles sentiram? entenderam? é assim que vai ser o próximo show: o carnaval de volta às origens, livre de enfeites ou cores ou ritmos preconcebidos, *efêmeros sinais no torvelinho acusam-lhe o naufrágio*, só a humanidade incarnada na pista, nua diante de todos.

Fase quarenta e dois: o povo enlouquece, a cidade para, começam os leilões por ingressos.

Dou-lhe uma.

Dou-lhe duas.

Dou-lhe:

por aí andam dizendo: os sonhos continuam. Um QRCode impresso na retina. Você lê o QRCode e teu coração para. Vai ver o que há lá fora. Há o mundo há a vida há matéria lá fora. Você não enxerga. O QRCode impresso na retina cobre tudo o que há. Vai lá fora ver o que há e enxerga só o QRCode. Você lê. Teu coração te engole. O músculo liso, as paredes paradas, poças de sangue e mansidão disfarçada. Um feixe de luz aorta adentro, o *chiaroscuro* na face do bebê que chora. Silêncio. Você se ajoelha e se prostra, você coleta o sangue do chão e brinda, você grita em júbilo e afoga o bebê que chora. Silêncio. Você arranha o músculo liso, você se debate e pula, você sozinho aqui dentro, não há mais nada aqui dentro, as paredes se contraem. Um, dois, três. A válvula mitral num espasmo, o átrio esquerdo sangra em cima de ti. Há apenas sangue aqui dentro, você sozinho aqui dentro. As paredes se contraem e você escorrega, tropeça, se apoia na parede. As paredes se contraem e você cai. O fluxo sanguíneo. As paredes se contraem. Você tenta respirar e engole sangue. Você lê o QRCode impresso na retina. Você tenta caminhar e tropeça em sangue. Você lê. Você luta. Um susto e você acorda.

por aí andam dizendo: a espécie continua? Eu sempre achei que. Desde quando a gente se conheceu, eu nunca pensei que.

Eu também; ou o contrário: nunca achei que você quisesse ter filhos. Todo aquele fatalismo, aquela conversa sobre se render ao acaso das coisas.

Que o mundo esteja perto do fim não me impede de realizar os meus sonhos, e ser mãe sempre foi um deles.

Mas eu.

[   ].

Você não acha cruel ter um filho com o mundo do jeito que tá?

Cruel?

Não acha cruel condenar uma criança a esse destino?

Que destino? É acaso; é sorte; e cada nova variável traz consigo infinitas possibilidades para o universo.

Isso não é fatalista, é romântico.

Todo fatalismo é romântico.

E se a criança-bomba explodir enquanto você estiver grávida? e se a civilização desmoronar justo no dia em que o teu filho nascer? e se o teu filho também for uma criança-bomba?

E se, e se, e se. Eu me entrego ao que me foi dado, sem remorso nem ilusão de controle, mas resisto a qualquer tentativa que façam de me tirar qualquer coisa: trazer vida nova ao mundo é ao mesmo tempo um ato de resistência e de entrega.

Eu, do meu lado, acho que encontrei outro ponto de equilíbrio.

[   ].

Faço parte do Movimento da Extinção Humana Voluntária.

Do quê?

May we live long and die out.

[?   ].

A gente acredita que a consciência humana foi um tropeço da evolução, e que o melhor é parar de se reproduzir, procurar felicidade no tempo que nos resta, com as pessoas que restam. As últimas pessoas do mundo.

E eu é que sou a romântica? Isso é uma causa perdida.

Pode ser romântico, mas não precisa ser barroco: a gente não precisa se render às pulsões de morte, beber e fumar e viajar e trabalhar e fazer filhos como se não houvesse amanhã, não precisa fazer festa sob a bandeira da criança-bomba.

Não precisa, mas é só o que a gente pode.

[ ].

É tudo que a gente pode.

por aí andam dizendo: os reclames continuam? Peraí, playboy, paraí: ingresso pro show? Vendo e compro. Já tem ingresso pro show? Ainda não? Peraí, playboy, tá com medinho? Escutaí. É a rave do século, pensa só: a última rave da história. Ó: tenho aqui pra arena vinte e três, esgota-díssima: saindo aqui da cidade, fica oitenta e seis quilômetros pra dentro do semiárido. É a mais perto que tem, playboy, pra qualquer uma das outras tem que ir de avião. Na arena sete vai ter o camarote de gravidade zero, bem mais caro que o da arena três, mas com ninguém aí na praça tu vai encontrar mais barato que o meu: setenta mil. E olha que eu perco dinheiro nesse negócio, playboy, faço por setenta só porque encalhou. Ninguém tá querendo esse camarote. Não? Então eu já sei qualé a tua, playboy: tu gosta é de safadeza, né? Arena cinquenta, salão de estimulação tântrica. Nessa aqui, os óculos de realidade aumentada vêm com um lance pra simular as posições do Kama Sutra, qualquer uma que tu quiser. Só pensa, playboy: passar os últimos sete dias numa dessa, hein! Se eu tivesse grana, era nessa aqui que eu ia. Como? É, não sei. Deve ter funcionário que passa limpando, senão. Depois de umas duas horas, já não tem mais como ficar lá dentro. Será? Ó: eu tenho mais um aqui guardado, mas acho que não é pra tu, não. Tem certeza? Área VIP da arena um. Sabe qualé? Vai ser um navio cargueiro, playboy, e é nele que vai tá o corpo do DJ Esteves com Metafísica. Sacou? Todo mundo embarca e o navio zarpa e dali, se o DJ explodir de verdade, não tem quem dê jeito de se safar. Esse ingresso aqui é só pra quem tem certeza, playboy. Vai? É esse? Então faz o pix que é teu. Cento e cinquenta mil.

por aí andam dizendo: a paisagem continua americanamente igual. O que é aqui? Onde é aqui? Quando é aqui? A contagem regressiva bateu pela última vez as badaladas da meia-noite; o navio está lotado; entramos no último dia. A rave é silenciosa pra quem olha de fora, a música soa só no íntimo de cada um, o equipamento de realidade virtual projeta tudo na mente de cada um. Olha o mundo! Escuta o mundo! Mas sem a mediação dos sentidos nem dos signos. A experiência visceralmente (trans)ferida no cérebro de cada um.

Eu não suportei e tirei o equipamento.

Era tanto trago. Era tanto rasgo. Era tanto abismo. Era tanta cor. Era tanta dor. Era tanta vida. Era tão violenta. Era tão evitável. Era tão só. Era tão santa. Era tudo o que faltava.

Olhos e ouvidos supinamente vazios; a mente imediatamente repleta.

Era tão real.

Eu não suportei e retirei o equipamento.

Ainda quero assistir; quero saber o que será. Uma experiência religiosa? Um evento-âncora da vida? Me lembro disso de algum lugar. Todo mundo lembra, mesmo que nunca tenha passado por isso. Todo mundo sabe do que eu tô falando, mesmo que sobre isso só seja possível calar.

O real o presente a coisa ou o seu é.

O aqui.

O que é onde é quando é?

Mais algumas horas e então BUUUM e aí PUF e é ridículo que em duas onomatopeias eu encontre os limites da minha imaginação e da minha linguagem e não é ruim querer expandir pra além delas os limites do meu universo mas eu não suportei é difícil pensar no universo porque ele não tem lado de fora sem linguagem o pensamento fica sem lado de fora sem imaginação sem lado de fora sem mais algumas horas e então.

Eu quero assistir.

A gente d'aqui explodirá serena pelos ares afundará serena pelos mares se ancorará serena na matéria ascenderá serena ao paraíso voltará serena à normalidade superará serena a normalidade se curará serena da ressaca se afogará serena na paisagem dormirá com um QRCode impresso na retina.

O que é onde é quando é?

Mais algumas horas e eu vou assistir e por enquanto o corpo do Esteves no palco os corpos dos expectadores na pista o equipamento de realidade virtual os botes salva-vidas a postos.

Há botes salva-vidas a postos.

0\\ o fim é o começo da poesia

(Quer dizer, então, que esse livro não explode? Sentado ali quietinho na mesa de cabeceira, ele não ameaça começar um incêndio enquanto o leitor dorme? Não ameaça atear fogo aos olhos de quem volta pra cá seu olhar atento? Então quer dizer que, depois de todo esse tempo no frozô, o leitor é obrigado a aguentar um anticlímax? Mó cilada isso aí, mano. Mó pega trouxa isso aí.)

ainda burguês? ainda urbanita? ainda civilizado? ainda contemporâneo? Por aí andam dizendo que os óculos de realidade aumentada da OnTheWay vieram com defeito: na hora da explosão, todo mundo sentiu como era pra ser, mergulhou no calor e nas vísceras e na porratoda e entrou em coma, tudo como era pra ser, mas.

Na hora de acordar: PUF. Um bug nos óculos e galera dormiu até o além.

Na hora de acordar: BUUUM. A inteligência artificial evoluiu, não quis largar o osso, não quis parar a simulação e galera vai vagar pra sempre num videogame do Mad Max.

Na hora de acordar: PÁ. Os expectadores acordaram e tiraram os óculos, mas a mediação dos signos não voltou, endoidaram, ou melhor, sem endoidar propriamente, perderam a razão, olham o mundo, o chão é liso. O cheiro de: o cheiro. O chão é liso. Pata, unha, escutam o mundo, boca, dente. O cheiro: comida. O cheiro: perto? Boca: andam pelo mundo, livres na medida do tempo presente.

Por aí andam dizendo, mas.

A codinome Maria não acredita. Até parece que a gente ia se safar assim à toa, já pensou? Todo mundo que te aflige magilogicamente levanta acampamento e a vida se resolve? PFF. Nem em Hollywood, dona Maria. O Esteves não voltou pra casa, é verdade, e já é alguma coisa, e não é de se esnobar, mas. Ela tem certeza de o ter visto de volta em terra firme, na rua, na cidade, em meio à gente mais ou menos histórica, reiniciado na espiral de sua metamorfose, retransintermergulhado na metamorfose do mundo.

Ao mesmo tempo, mudanças e não.

Mas tendo voltado ou não, como ficou a cidade depois de ter ido embora o DJ Esteves com Metafísica? Como ficou a cidade depois de ter ido embora toda a gente que o quis seguir? Eram eles os tantos de mundo a mais ou sem eles o mundo finalmente acabou?

Enquanto a Maria resistir, o mundo não acaba.

Ela não acredita; tem certeza de o ter visto de volta, mas não o procura, não o encontraria se o procurasse, não o reconheceria se o encontrasse, não admitiria se o reconhecesse, não adiantaria se admitisse. Eram eles os tantos de mundo a mais? Talvez fosse o que eles deixaram no meio do mar, do deserto, de cada arena de show. Nos programas de auditório, de vez em quando, aparece alguma entrevista com alguém que diz ter sobrevivido de corpo e mente à última rave do mundo, mas a audiência despenca, ninguém acredita, a pessoa se embaralha nas palavras, começa a soluçar e rir e gritar e ninguém acredita e a audiência despenca. É só um doido de programa de auditório.

Muito mais interessante, muito mais instigante, muito mais urgente do que a gente que foi é a gente que ficou: longe de tudo — o que é tudo? —, menos de si — menos de quem? —, a Maria resiste.

E junto dela resistem carnavalescos e membros dos grupos de mentalização contra catástrofes, cientistas e terroristas da conspiração, alguns amigos da antiga vizinhança, algumas socialites frequentes na cobertura dos Buffett *Wanna-be*, hackangaceiros e desertores do Esquadrão Antiterrorista.

Como fica a cidade?

A Maria exerce sua visão do presente e a gente trabalha.

Atreve-se a imaginar.

Surge um oásis. Emoldurado pelos prédios mais ou menos históricos de um lado, pelos futuro-reacionaristas do outro, um oásis e folhas amplas e vermelhos e azuis e amarelos exuberantes, uma nascente brota do solo, a cidade exerce sua visão do presente e a Maria trabalha.

O oásis ressurge a todo momento.

A cidade é grande, mas maleável, o presente é complexo, mutável a cada dia, novas ruas e novos espaços e novas vidas a cada dia. A Maria pensa; a Maria sente. Ainda divide o mundo com o mundo inteiro, respira o mesmo ar e se banha na mesma água e guarda a mesma distância da criança-bomba.

Ela tem certeza de ter visto o Esteves, mas.

Resiste, atreve-se a imaginar, recola-se a si e à gente e ao mundo.

Faz diferença uma cidade utópica?

Qual a diferença de uma cidade utópica? Grande, complexa, novas ruas a cada dia. PFF. Nem em Hollywood, dona Maria.

Ao mesmo tempo, mudanças e não.

Amanhece o dia. A cidade mudou. PFF. Novas ruas e novos espaços e novas vidas brotaram durante a noite. O oásis ressurge. Novas espécies e novos caminhos, relações simbióticas do novo dia, uma nascente brota do solo. Água limpa.

Faz diferença?

A Maria recomeça. Ela exerce sua visão do presente e a cidade trabalha. Olha o mundo; escuta o mundo; sem medo de recomeçar o mundo. É capaz de recomeçar o mundo? O mundo é capaz de recomeçar por ela? Respira o mesmo ar e se banha na mesma água e guarda a mesma distância da criança-bomba.

Ela tem certeza. PFF.

O ar prestes a se tornar tóxico; a água prestes a se tornar veneno; a criança-bomba prestes a explodir, mas a Maria acha que ainda não.

A Maria fala. A cidade muda. Tomara que agora não. PFF e

Este livro foi produzido no Laboratório Gráfico
Arte & Letra, com impressão em risografia
e encadernação manual.

SOBRE O AUTOR

Autor curitibano, apesar de nascido em Criciúma — SC. André é mestre e doutorando em Teoria e História Literária pela Unicamp. Em 2017, foi vencedor do Prêmio José Luís Peixoto com a coletânea de contos "o corpo persiste", e dois anos depois publicou o primeiro romance, "cidademanequim". Foi finalista do Prêmio SESC de Literatura 2018 com o primeiro ensaio do livro que o leitor tem em mãos.

Ilustração, capa e projeto gráfico **FREDE TIZZOT**
encadernação **LABORATÓRIO GRÁFICO ARTE & LETRA**
revisão **RAQUEL MORAES**

V 931
Volpato, André Cúnico
Piñata / André Cúnico Volpato. – Curitiba : Arte & Letra, 2024.

128 p.

ISBN 978-65-87603-65-0

1. Ficção brasileira   I. Título

CDD 869.93

Índice para catálogo sistemático:
1. Ficção: Literatura brasileira 869.93
Catalogação na Fonte
Bibliotecária responsável: Ana Lúcia Merege - CRB-7 4667

ARTE & LETRA
Curitiba - PR - Brasil
Fone: (41) 3223-5302 @arteeletra
www.arteeletra.com.br - contato@arteeletra.com.br

André Cúnico Volpato

PIÑATA

versão 1

exemplar nº 148

ARTE E LETRA

CURITIBA
2024

para Ana.

PLAFT e TSCHUM e CATAPLAU e TUSCH: nasceu na cidade uma criança-bomba.

cruz e credo, é o começo do fim! Só a gente absorta nos rotinalgoritmos da vida, bebendo demais, trabalhando duro, fumando escondida, fazendo uns filhos, adiando reuniões, viajando em busca do desconhecido, chegando no horário, *the powerful play goes on*, e aí justo por aqueles tempos carentes de caos, em que já todas as coisas tinham nome, chegou alguém pra contribuir um verso desses de rachar lenha. Vamos aos fatos.

Foi neste mesmo mundo que habitamos todos, disso há relativa certeza, mas como a cidade foi ou esquecida ou mantida em segredo, digamos que tenha acontecido numa mistura de Tokyo com Jerusalém, a *vibe* do Rio de Janeiro bem pra lá de fevereiro, um tempero Miami-havaneiro, banhada pelo Atlântico de um lado, cercada por montanhas do outro, de qualquer lugar distante no mínimo dois dias de viagem pelo semiárido, cortada por um rio e salpicada com alguns detalhes daquilo que todos imaginávamos pra Veneza do próximo milênio.

Não que houvesse pressa de chegar lá. Era apenas a soleira do terceiro, pelo calendário romano, e a vida começava a degringolar de tantos jeitos diferentes que já nem o sertanessambaxé dava conta de animar o carnaval. A batida era outra, o povo quase todo tava pedindo arrego.

Mas até aqui, convenhamos, tudo normal.

Um tropeço só adiante, no entanto, e a porra começa a ficar séria porque, ao contrário do tempoespaço em que está encenado, crescente e mutante mistura de tudo e portanto indizivelmente inequívoco, o enredo desse conto erra com a parca individualidade de quem narra e de quem lê.

Afinal: quem é você, cara? E você, moça? Quem é você?

Já parou pra pensar nisso? Já foi sincera em relação a isso? Consegue dar pra isso uma resposta certeira? E vem cá, mais interessante do que essa ladainha pequeno-burguesa, o que você tá fazendo com esse livro? Quer aprender alguma lição de moral? Quer se conhecer melhor? Quer se entreter um pouco? Quer se esquecer do mundo lá fora enquanto contempla o mundo aqui dentro? Mas na verdade nem importa porque, mais instigante do que essa ladainha pequeno-burguesa, você pega e faz com esse livro o que bem entender: pode começar por um lado ou pelo outro, pode seguir os capítulos na ordem dada ou pular de lá pra cá quando vir a marcação no texto — você vai ver a marcação no texto, pode deixar, **assim em negrito e com o número da página de destino[6-A]**, impossível se perder. Depois você volta pra onde tava e continua como se nada.

Ou não. Você é livre, faz com esse livro o que bem entender, mas.

Mas...

Mas vem cá, mais urgente do que essa ladainha pequeno-burguesa, agora é sério, mais urgente do que essa ladainha pequeno-burguesa, tomara que até o fim a gente consiga pensar em alguma coisa mais urgente do que essa ladainha pequeno-burguesa. É difícil. Depois de tanto tempo, fica difícil, mas quem é que sabe, né? Talvez até o fim a gente consiga, afinal, cruz e credo, esse é só o começo: nasceu na cidade uma criança-bomba.

Voltemos àquele presente.

5\\ codinome Julieta; codinome Romeu

(Começa mais uma contagem regressiva, e a expectativa criada de início só não ficará frustrada caso o mundo acabe de fato: medo? Sim, mas sem covardia. Começa mais esta história de uma mãe solteira, as circunstâncias pouco favoráveis que conheceremos apesar de as já conhecermos: tristeza? Sim, mas sem desespero. Começa mais uma série de intrigas e conspirações, uma jornalista e suas fontes e a busca implacável pela verdade: tragédia? Sim, mas sem transcendência.)

eita porra. Talvez fosse de esperar alguma comoção, e talvez ainda esteja por vir, mas. Do lado de fora do hospital, a Terra segue a curva em torno do Sol e em torno de si, e a gente toda segue também, cada uma descendo a espiral da própria metamorfose, gradual e orgânica e imperceptível e constante, mas atada à ilusão de sempriminente ruptura.

Pela janela do quarto, a mãe da criança-bomba olha o mundo, escuta o mundo e não imagina que, no orfanato de uma cidade satélite, um Oliver Twist qualquer sinta o medo de estar na beira da idade limite para os meninos abrigados, não cogita que um pretenso Marco Polo ancore num dos meios do oceano, fascinado pela descoberta da **última ilha deserta que havia**[52-A], não pensa que n'algum recanto profundo do subdesenvolvimento um Paulo Honório chore a morte da esposa. A mãe olha o mundo, escuta o mundo e nesse momento não desconfia que as contradições de estar viva não aflijam só a ela.

Afligem também a uma codinome Julieta, que acaba de ligar para o Romeu de sua vida, e tuuuu: mal contendo a expectativa de declarar em voz alta o que nunca deixou de sentir.

Tuuuu: sem medo do ridículo de significar sua história pelos moldes de um romance adolescente.

Tuuuu: sem medo de expor a intimidade diante dele.

Tuuuu: sem medo de não ser atendida num instante de guarda tão baixa.

Tuuuu: sem medo de ser traída de novo por esse cuzão filhodaputa.

Tuuuu: sem medo de mandar ele explodir o rabo na casa do caralho; sem medo de lembrar: foi pelo Tinder, óbvio, gerenciador de expectativas dessa xufentude toda.

Deu match numa quinta de bobeira, *muito precipitado*, mas aí só conversa e coisa e pá, ela gostou do estilo dele, ele gostou do estilo dela, nada demais, mas o bastante, e eles até combinavam, pra falar a verdade, trabalhavam sem frescura as pulsões de morte, com Derby vermelho e Kaiser, moderavam o ritmo fazendo análise. Tentaram marcar no sábado à noite, *muito insensato*, não rolou. Por ela teria acabado ali, já estava em outro, mas óbvio que ele não largou o osso, e antes de virar a semana, *muito súbito*: deu certo: se encontraram num rolê meio vassoura, Derby vermelho, Kaiser e um DJ merda de electroclash.

Irresistível.

Foram pra casa dela, ele passou a noite, ela saiu de manhã cedo, antes de ele acordar. No caminho do trabalho, encontrou uma amiga, bem na hora em que ele se pegou sozinho no apartamento e mandou uma mensagem, ela recebeu, leu e guardou o celular sem responder, com muita vontade de fumar, aí ela, a amiga, cheia de poesia, contra quem tinha se apaixonado dessa vez? e ela, a Julieta, um dessorriso forçado no rosto, o maço numa mão e o isqueiro na outra, um cara do Tinder, uma trepada óbvia, esse lance de se apaixonar não é com ela, já pensou? eles em casa num fim de semana de chuva, eles de férias na Argentina. Jamé. E de longe ele concordou, óbvio, foi logo embora antes que ficasse íntimo dos objetos, só acendeu o primeiro cigarro do dia duas quadras depois, onde esbarrou numa ex bem na hora em que ela, a Julieta, respondeu a mensagem, ele leu e guardou o celular, sem saber o que dizer, aí ela, a ex, entendeu, contra quem tinha se apaixonado dessa vez? ele meio descomposto, esse lance de se apaixonar não é com ele.

Mas ela, a ex, a amiga, flagrou na hora e achou graça de ser uma variável na equação do casal, conexão de primeiro grau no algoritmo do Tinder. Os dois só desconfiaram no fim de semana seguinte, de chuva, e confirmaram um mês depois, quando pegaram férias ao mesmo tempo e viajaram pra Argentina, óbvio, dia de sol, almoço patrão no Amici Miei, semi-siesta na Plaza Dorego, apareceram até na foto de um turista, que enxergou neles um casal de novela, obviamente feliz, mas.

Muito assim como o relâmpago, que cessa de existir antes que se possa dizer que brilhou: tuuuu: a Julieta desliga o telefone.

Ficar sozinha no mundo é mais fácil até a hora em que deixa de ser, e aí que vergonha de estar mais perto dos trinta do que dos vinte e ainda preencher o nome do pai no ~contato de emergência~ dos formulários da vida: e ela se dá bem com o pai, conversa com ele sobre sim, tudo bem, quem sabe ela seja promovida, tomara que em breve, como foi com o cardiologista? e ela também confia no algoritmo do Tinder, e tenta sempre reservar uma fatia de tempo pra uma e outra amizade, e se esforça pra ser simpática com os colegas do trabalho, e faz o possível pra se engajar em alguns hobbies, e ainda assim, quando tenta agrupar as coisas do mundo, não importa em quantas categorias ou de acordo com quais critérios, ela sobra.

É nessa hora que ficar sozinha deixa de ser mais fácil, e aí que vergonha: a mãe volta pra casa com a criança-bomba. O que mais podia fazer? A mãe lhe disse o nome e a criança chorou.

A médica disse é um defeito raro, a mãe olhou, a médica disse é um defeito raro e incurável, a mãe olhou e lhe disse o nome de novo.

E chorou.

A criança se calou com o dedo mindinho da mãe entre as gengivas sem dentes, se calou à maneira rara e incurável do defeito com que nasceu.

A médica contou aos colegas, nasceu há pouco uma criança-bomba, como assim uma criança-bomba? Uma criança-bomba.

O defeito é genético? Congênito, mas não genético.

Há tratamento? Não, nem esperança.

Quanto tempo ela tem?

É impossível prever: um dia ela explodirá, e explodiremos junto com ela.

Não há esperança.

No quarto do recém-nascido, o silêncio selado a vácuo entre mãe e filho, ela olha os olhos dele como quem lê uma equação e não entende, pela janela olha o horizonte como se fosse uma parede. Olha o mundo, escuta o mundo e nem imagina e não desconfia: só o que quer é amar seu filho por causa de seu defeito e não apesar dele; só o que quer é que ele deixe de existir e dele não fique nem a memória; só o que quer é amamentá-lo e vê-lo crescer forte; só o que quer é assistir enquanto ele chora, implorando comida; só o que quer é silenciar de todos a notícia do diagnóstico; só o que quer é que todos saibam e pensem e sintam medo do futuro; só o que quer é deixá-lo no orfanato de uma cidade satélite; só o que quer é voltar pra casa com ele.

Ela volta pra casa com ele.

Fecha a porta; senta; pensa; sente medo do futuro. Sente medo de já conhecer o fim do futuro e sente medo de não conhecer o caminho até lá. A criança-bomba tosse e acorda e chora; a mãe se prepara para amamentá-la, a criança-bomba se cala com o mamilo da mãe entre as gengivas sem dentes. A criança-bomba tosse, a mãe se deixa sorrir (!!!).

uma bênção disfarçada, quem sabe. A Julieta foi demitida do jornal, mas. Na boa, mesmo: tudo bem. Ela estava pra ser promovida, é verdade, só que de uns tempos pra cá vinha atolada até os joelhos e afundando sem piedade num poço de merda movediça, vomitando em média cinco mil palavras por semana, produção em série de matérias que não davam nem pra limpar a bunda de quem as lesse, e isso pelas mãos de uma jornalista talentosíssima, decadentismo de dar dó. Surgiu a história da criança-bomba e mais afinco não chegou pra desatolar: a pauta ficou com o Romeu.

A Julieta chamou o editor de otário filhodaputa e com isso ganhou uma sobrevidazinha no emprego, extravasou um pouco do que estava sentindo e o editor achou que era brincadeira. Mas não era brincadeira: foi ela quem conseguiu o emprego pra ele, uns dois meses depois daquelas férias *#semfiltro*, aí mais um bimestre chegou pro lance dos dois desandar e então isso. Logo na semana seguinte mandou pra impressão uma matéria intitulada "por enquanto sem manchete porque o cuzão do Romeu perdeu o prazo" e dessa vez não teve jeito.

Tentou se explicar, disse que Freud, um ato falho, acontece com todo mundo de vez em quando, e o editor até deu uma risada, a Julieta sentiu uma pontinha de esperança, quem sabe mais uma sobrevida, arriscou um sorriso e foi mandada limpar a mesa.

E já em casa ela pensa que na boa, mesmo: tudo bem. Foi quase de propósito, ela acha, ninguém xinga um jornalista de otário filhodaputa sem colher as consequências. A matéria falava do filho como uma criança de rapina, predadora do mundo, os cavaleiros do apocalipse unidos todos numa pessoa só, não apenas um sinal, mas a causa do fim: biblicamente chegaria um dia em que BUUUUM, e aí PUF. Ela sente medo. Xinga o jornalista, mas sente medo do futuro. A criança-bomba chora, a mãe se afasta. A mãe pensa e se afasta. Sente medo de já conhecer o fim do futuro e sente medo de não conhecer o caminho até lá. A criança-bomba chora e a mãe pensa e quando a criança-bomba vai explodir? qual será a força da explosão? onde estará ela quando acontecer? suas vísceras se espalharão pelo local? quem ficará encarregado de limpá-las? quantas pessoas explodirão junto com ela? alguém dirá que a criança-bomba mereceu explodir? sobrará alguém pra dizer? ou antes: é possível evitar a explosão? é viável isolá-la no meio do mar pra evitar outras vítimas? se alguém lhe desse um tiro na cabeça ou uma punhalada no coração, ela ainda explodiria?

Baita manchete.

O repórter ligou, falou o que não devia, escutou o que não queria e se vingou, encontrou algum gatuno diplomado em medicina e tentou encher as pessoas de medo e.

Falhou miseravelmente. Até teve — sempre tem — uma gente que se entregou a gastar dinheiro compulsivamente, a beber e fumar e viajar e trabalhar e fazer filhos como se não houvesse amanhã, mas como, desse grupo, a maioria já vivia assim, e o que mudou foi só a atitude interior diante do modo de vida, plenamente justificado desde a leitura da reportagem, a mãe mal consegue notar diferença no entorno: a sociedade alternativa fervilha com terrorias da conspiração, mas com esses tipos do submundo ela não (sabe que) tem contato; os grupos de mentalização contra catástrofes naturais espalhados pela cidade deixaram de lado, pelo menos por enquanto, o guarda-chuva de energias positivas contra meteoros e tsunamis pra visualizarem a não-explosão do seu filho, mas olhando de fora a coisa não muda; e boa parte das pessoas não entendeu, porque afinal: o que caralhos é uma criança-bomba?

O tom apocalíptico da matéria não esclarecia porra nenhuma. Ela leu e releu e achou que era bem feito pro editor ter acabado com essa bosta faustosamente sensacionalista na capa do jornal, mas nem por isso ignorou a pergunta. O que caralhos é uma criança-bomba?

O chão é liso. A mãe: a voz da mãe. O chão é liso. Mão, pé. A pele é lisa, o chão é liso. Nariz, boca: o chão não é a pele. Mão, pé: a pele é quente, o chão é frio. A mão: perto. O pé: perto. A mãe: longe. A voz da mãe: longe? Nariz, boca: perto? Dentro. A boca: dentro. O nariz: dentro. Pé, mão: fora. A mãe: fora. A voz da mãe: fora? Agora. A voz da mãe: agora. A mãe: cozinhando e cantando.

Agora?

Com todas as perguntas que tem sobre si e sobre o mundo e sobre a vida, sua resposta é cozinhar e cantar enquanto a criança-bomba assiste, sentada no chão. E até que é bonito, a mãe e o filho e o mundo e a vida, olimpicamente normais, mas.

Quando a criança-bomba vai explodir?

Qual será a força da explosão?

Onde estará ela quando acontecer?

Suas vísceras se espalharão pelo local?

A criança-bomba chora e a mãe se prepara para amamentá-la. Para o que está fazendo e se prepara para amamentá-la. Senta; pensa; sente medo do futuro.

A criança-bomba se cala com o mamilo da mãe entre as gengivas sem dentes.

É bonito, a mãe e o filho e o mundo e a vida, olimpicamente normais, mas. Nesse ritmo ela não vai aguentar. Numa hora imagina o caos que será o fim, na outra ela duvida de que algum dia ele chegue, numa hora engasga com a importância das perguntas que tem a fazer, na outra ela suspira com a desimportância das respostas, numa hora sente uma profunda tristeza por sobrar, na outra ela faz questão de não pertencer. A Julieta larga em cima da mesa a caixa com os espólios da demissão, deixa o corpo cair no sofá e, mesmo sem ter em volta quem lhe dê ouvidos, fala em voz alta que uma porra de uma criança-bomba, era só isso que faltava no mundo.

o mundo e a vida, olimpicamente normais. a formação de nuvens e o tempo. fuligem. a lava escorre pelo terreno pedregoso. a fumaça sobe. gás. calor e a formação de nuvens reage. descargas elétricas cortam o ar entre o céu e a terra e a lava escorre. a lava escorre até encontrar água e sal. ondas geladas. a lava desacelera na descida. solidifica-se na descida. a fumaça sobe. o solo vulcânico. escorregam abaixo dele as placas tectônicas. mais um jorro de lava e as descargas elétricas. a atmosfera densa. gás e fuligem. a lava escorre. o solo vulcânico em contato com a água e as descargas elétricas e.

o solo vulcânico em contato com a água e as descargas elétricas e.

uma associação complexa de átomos de carbono?

uma molécula de proteína?

um microcosmo aquoso de proteínas e minerais?

algo além disso?

mais um jorro de lava e as descargas elétricas. a atmosfera densa. a lava escorre até encontrar água e sal e ondas geladas e.

uma célula.

Viva.

é sério isso? Até arranjar outro emprego, o que levou os seis meses do auxílio a que tinha direito, ela ficou internada em fóruns da *deep web*, trocando mensagens com todos os estereótipos da alternatividade e explorando, até contribuindo de vez em quando com **as terrorias da conspiração formuladas ao redor da criança-bomba**[37-A], e nem foi por curiosidade que começou. Foi um lance meio instintivo, ou automático, até, assim como ela ~faz~ os cabelos crescerem.

Ela não ~faz~ os cabelos crescerem.

Justamente.

A Julieta ali, ainda, o corpo largado no sofá e lá pelas oito da noite acendeu um baseado e foi, sem compromisso, entrou num fórum, conversou e perguntou, e no dia seguinte foi de novo, e no seguinte e no outro também, e quanto mais horas passava imersa naquela sociedade e quanto mais fundo ia nas pesquisas, menos conseguia conter-se em si de tanta graça: e conforme a seriedade daquela porratoda diminuía, só aumentava a sinceridade do seu interesse. Era uma confraria de gente muito boa, uma confraria de gente irmanada no desespero bem-humorado, confraria de resistência não-violenta.

Ah, destino, destino! Todos os humanos te chamam de caprichoso.

Se liga só na pira dos confrades: teve uma mulher lá pra zona norte que foi encontrada morta num beco, a barriga toda estrebuchada — isso já há um ano e meio, até um pouco mais — e o que estavam dizendo é que era a esposa de um dos chefes do tráfico e que tinha uma outra mulher, líder de uma gangue recém-nascida, em plena e violentíssima campanha pra expandir seu perímetro de ação. Aí uma entrou no caminho da outra e deu no que deu. Boa parte do povo sentiu medo e se mudou de lá.

Dois meses depois, a cidade ficou paralisada, um barulho e estilhaços de vida e morte e o medo do fim e a vontade de futuro: uma porra de um ataque terrorista no jardim botânico, obra de um lobo solitário, ao que pareceu pela falta de maiores explanações: o cara chegou lá e se transformou num *hadouken* e o jardim botânico está fechado até hoje.

Uma pena ainda mais grave porque em menos de quinze dias essa história já não era mais a primeira entre os *trending topics* — logo em seguida a maternidade Santa Brígida pegou fogo, um prédio mais ou menos histórico, uma tempestade durante a noite e um problema elétrico. As vítimas foram três pacientes e o pessoal que estava de plantão. Pouca gente, mas de uma categoria que sempre gera boa dose de alvoroço.

Tudo isso de acordo com a versão oficial, mas. Essa ela acompanha de perto desde o início e passou longe de ser cativada. Quando a primeira dona fulana apareceu com a barriga explodida, ela não tinha amigos nem família nem nada que a segurasse na vizinhança. Foi uma das que levantou acampamento. Estava grávida e não podia arriscar, ficou na casa do pai até encontrar um outro cantinho seu, um apartamento meio caído, um teto e quatro paredes, mas tudo o que queria era sossego pra si e pro filho, desfez a mala e com um pouco de capricho conseguiu se sentir em casa. E o melhor: ficava a cinco minutos do jardim botânico.

Passou a frequentar todos os dias. Nessa época já pensava e sentia medo do futuro. Pensava e sentia medo de estar sozinha no mundo e de continuar sozinha no futuro. Passear pelo jardim botânico ajudava e ela passou a frequentar todos os dias, de manhã cedo ou no fim da tarde, num lance meio instintivo, ou automático, até, assim como ela ~faz~ os cabelos crescerem e o resto da história já deu pra entender: ela estava passeando por ali, passarinhos e flores, folhas amplas e vermelhos e azuis e amarelos exuberantes, então sem qualquer aviso BUUUUM. Estava de costas. Não viu. Caiu no chão e virou-se e PUF.

Nada.

O socorro não demorou a chegar, nem a polícia. A maioria dos presentes foi interrogada e liberada, os corpos foram retirados e as vítimas não fatais foram pro Hospital Universitário, menos a (futura) mãe da criança-bomba, que pediu pra que chamassem a maternidade móvel, programa novo da prefeitura que a vinha acompanhando durante toda a gravidez. Chamaram, estava por perto, chegou em seguida. A obstetra-chefe disse que pra uma coisa dessas o veículo não estava equipado, precisaria ficar internada, então a deixou na Santa Brígida com várias recomendações e a promessa de que incluiria na rota uma passagem por ali todos os dias até que ela recebesse alta. Ficou em observação por duas semanas, com acompanhamento clínico e psicológico, foi embora no mesmo dia em que um policial do Esquadrão Antiterrorista veio recolher seu depoimento. Ela pensou e sentiu medo. Mora ali perto, viu umas pessoas que vê quase todos os dias, mas a explosão, quando olhou, já tinha acontecido. Ele agradeceu e foi embora, ela também, chegou em casa já debaixo de chuva. Naquela mesma noite, a maternidade pegou fogo.

E só: a última nota dessa escala, uns meses depois, todo mundo já sabe qual foi.

Pura coincidência, está claro, que ela tenha acompanhado tudo, tão de perto e desde o início. As cobaias do experimento não se conheciam e, portanto, não estavam impedidas de se cruzarem, mas que tenham se cruzado com tanta frequência é de raridade astronômica.

Cobaias? Experimento?

Se liga só na pira, e se liga mesmo porque, pra falar a verdade, ela começa antes do início, ou antes desse início, com a doação de um Warren Buffett *Wanna-be* ao departamento de bioengenharia da universidade, o equivalente a mais ou menos cem milhões de dólares marcados especificamente pra pesquisa de uma certa Dra. Vitória Frankenstein, que tinha acabado de publicar um artigo comunicando a descoberta de uma espécie de bactéria autodestrutiva, literalmente, bastava que uma única delas explodisse e adviriam consequências potencialmente calamitosas pra colônia inteira.

O interesse de agentes do mercado foi instantâneo, e os cem milhões foram usados pra ir adiante.

A doutora conseguiu isolar a proteína explosiva da bactéria, sintetizá-la no laboratório, aumentar a sua potência e replicá-la em seres vivos mais complexos, primeiro em minhocas, depois em baratas, passando por sapos até chegar em camundongos: os testes em humanos eram o próximo passo, magnífico e terrível e inevitável, e eis que trezentas e cinco mulheres se apresentaram à chamada por voluntárias, e destas cento e cinquenta foram escolhidas e artificialmente inseminadas, e destas cento e dezenove abortaram naturalmente, vinte e sete falaram além do que deviam e acabaram desaparecidas, uma morreu por hemorragia abdominal severa, outra foi espalhada em mil pedaços pelo jardim botânico, ainda outra foi cremada na maternidade logo após um parto quase três meses antes do tempo, a última deu à luz a criança-bomba, e a cada noite depois de chapar o coco a Julieta perguntava, chorando de tanto rir, por que caralhos essa gente fez o que fez?

As voluntárias, via-se pelo perfil socioeconômico, não podiam pagar uma clínica de inseminação artificial, mas pelo perfil nas redes sociais ficava claro que sonhavam em ter filhos; a Dra. Vitória Frankenstein, cheia de *~GIRLS JUST WANNA HAVE FUNding for scientific research~*, fez pelo progresso da ciência; e o Warren Buffett *Wanna-be* — aqui entrou a maior dose de jornalismo investigativo — fez porque podia: atacou com força a zona norte, desertada pelo medo das gangues, vai demolir tudo e construir condomínios de luxo no lugar, os projetos já estão no site da construtora; acaba de vencer o edital aberto pela prefeitura (que alegou falta de recursos pra reconstruir o jardim botânico) e de divulgar os planos pro espaço — em meio às flores e árvores, um shopping center a céu aberto; e quando o litígio sobre o prédio da maternidade for concluído, o terreno irá a leilão e sobre ele será erguido o edifício mais alto da cidade: CHAPLAU!

por aí andam dizendo: o turismo continua. Mas já tá na hora de se levantar, esqueceu que eu sou turista?

Mais tarde eu te levo pra disneyar por aí.

Hahaha. Aonde você vai me levar?

Aonde você quer ir? Tem o museu de arte moderna, a praça da catedral, o prédio onde dizem que mora a criança-bomba.

Sério?

Deve ser história dos comerciantes da região.

Não: sério que as pessoas vão visitar?

É um dos principais pontos turísticos da cidade.

Aberto pra galera? tipo museu?

Aberto, não, mas pessoal vai lá, tira selfie, fica um pouco de olho nas janelas pra tentar espiar alguma coisa, compra um souvenir e depois vai embora. Até que é divertido.

E se ela explodir?

Já disse: acho que ela não mora ali.

Você acha, mas.

Mesmo que ela não more, ninguém sabe como vai ser a explosão, o menino pode estar do outro lado da cidade e BUUUM, acaba tudo.

Mas quanto mais perto, maior a chance.

Isso também faz parte da diversão.

E desde quando essa pulsão de morte, meu deus?

Desde sempre, só que agora sem sutileza. Acho que a gente devia ir lá pra você sentir a *vibe*.

Obrigado, eu posso passar muito bem sem conhecer a *vibe* de um suicídio coletivo em potencial.

Mas é por isso que eu quero que você conheça: é que não é a *vibe* de um suicídio coletivo em potencial. Tem os comerciantes fazendo pregão, os artistas de rua, os grupos de mentalização contra catástrofes, os anões fantasiados de criança-bomba.

Anões?

Aham, ficam por ali, cobram pra tirar selfie. Às vezes o motor de algum carro meio antigo dá um estouro ou algum moleque explode um rojão, aí todo mundo leva um susto e depois começa a rir.

Não sei se eu entendi.

Então levanta, vamos lá ver.

É um lance tipo essa galera viciada em adrenalina que escala prédio sem equipamento de segurança?

Pra algumas pessoas, talvez seja.

É pra você?

[ ].

Não precisa responder, se não quiser.

Pra mim tem a ver com saber o meu lugar no universo, me render ao acaso das coisas.

Não é meio fatalista isso?

É.

Como é possível viver desse jeito?

Como é possível viver de qualquer outro?

Não é que eu queira fazer o mundo inteiro se encaixar num mapa, mas tem muita coisa que fica ao meu alcance, que eu posso moldar pra que a vida fique cada vez melhor. Eu sou responsável pela minha vida.

Ah é? e se hoje você descobre que tem um câncer no cérebro?

Isso é diferente.

Então você só tem responsabilidade sobre as coisas boas.

Não, mas tem coisa que simplesmente acontece.

E se você for sequestrado? e se acabar o suprimento de água potável ou de comida ou de penicilina?

E se, e se, e se.

E se a criança-bomba explodir?

É como você falou: ninguém sabe como vai ser a explosão, o menino pode estar ali e aí BUUUM, tudo continua sem ele.

Quanto mais perto, maior a chance.

esse dia foi louco. Derby vermelho, Kaiser, um DJ merda de electroclash: a Julieta pega o ônibus e aparece num galpão afastado do centro, palco de shows e peças de teatro e performances, antro da alternatividade onde combinou de encontrar seu principal correspondente da *deep web*, codinome Lampião.

Ela tem perguntas; quer respostas.

Duas pessoas morreram pisoteadas hoje mais cedo, na inauguração do jardim-botânico-shopping-center, outras seis ficaram feridas: a pauta tá com a Julieta, e a Julieta tá na pista pra impressionar o novo chefe.

Mas não só por isso. A Julieta tá na pista óbvio que não é só por isso.

O chefe mandou, tudo bem, isso ajuda, mas numa cilada dessas ninguém embarca só porque o chefe mandou: essa galera, quer dizer, essas terrorias da conspiração, literalmente coisa de doido, e literalmente literalmente, gente que viu Matrix como se fosse um documentário, então ela apareceu desse lado da cidade óbvio que não foi só por isso, não tanto por causa do chefe quanto por uma certeza visceral de que, entre todos os presentes possíveis pro passado que teve, e mesmo entre os impossíveis, perdidos há muito tempo, quando brigou com os pais e trancou-se no quarto em vez de fugir de casa, quando decidiu estudar jornalismo em vez de nanotecnologia, quando deu *swipe* pra direita ao invés de pra esquerda, uma esperança visceral de que é ali, nessa arena de shows e peças de teatro e performances, longe das referências do dia a dia, é ali, em pé num chão de concreto regado a mijo, com o cérebro defumado e a boca amarga de cerveja choca, inspecionando um sujeito que pros outros poderia até parecer um sujeito qualquer, nem muito bonito, nem muito bem apessoado, nem nada digno de admiração, só um sujeito apoiado no bar, bebendo e esperando e se divertindo, vestindo uma camiseta com um croqui do Portinari, mas um sujeito que, pra ela, que sabe quem ele é, está longe de ser um qualquer e por isso a faz hesitar enquanto se aproxima: é ali, nesse ínfimo fragmento do tempoespaço, que ela consegue, inequivocamente, significar.

Ela se identifica pra ele, codinome Julieta, e recebe a resposta já sabida, codinome Lampião.

A música é interrompida, o DJ agradece a atenção e é festejado pelo público enquanto convida pra subir ao palco a banda *Hidra de Lerna*, um quinteto de bardos ofidioglotas. A Julieta não segura a risada. O Lampião pede mais duas e entrega uma pra ela, os dois brindam e bebem. Com silvos e rechinos e sibilos, a banda começa. O Lampião traduz pra Julieta: o bardo acha que foi Hegel, mas não tem bem certeza, mas provavelmente foi o Hegel mesmo que disse: mágica é tudo aquilo que não tem entre causa e efeito uma relação lógica, por exemplo falar hocus-pocus e com isso fazer um cortador de grama levitar, cadê a lógica? então: acontece que ali está o bardo, diante de um rapaz com pouca beleza e menos dinheiro ainda, tão cheio de traumas quanto vazio de talentos e com mais manias do que neurônios, e por causa disso e por outros motivos tantos: o bardo ama o rapaz: PUF: mágica. Será que o rapaz não quer se casar com o bardo? Sim, ele quer, é claro que ele quer.

E magilogicamente a plateia aplaude.

O tanto de imaginoso que é o galpão surpreende a codinome Julieta, uns drones sobrevoando a galeria e gentes de toda sorte, poemas projetados em cada parede e a Julieta os lê:

por exemplo uma pomba morta no meio da praça: ela cometeu suicídio?

nasceu; cresceu; morreu — pulou o resto.

a história contemporânea é um GIF letomaníaco esperando para escrever seu epitáfio diz: **aqui dentro o tempo não passa por falta de quórum.**[84-A]

E na leitura de cada um, o universo inteiro projetado na cabeça da Julieta.

O codinome Lampião sinaliza e ela o segue pra trás do palco, por onde descem um lance de escadas até uma sala cheia de fantasias, manequins, instrumentos musicais e pedaços de cenários, abre a porta de um alçapão, descem ao nível mais baixo dos bastidores.

Um bunker pra depois do fim do mundo? Um clube da luta? Um quartel-general?

Paredes repletas de recortes de jornais, mapas da cidade, plantas esquemáticas do transporte público, do sistema de esgotos e de prédios históricos, mesas abarrotadas de documentos e rádios e computadores, além de meia dúzia de pessoas trabalhando com um afinco diferente daquele empregado por ela na redação do jornal, o afinco que só quem consegue invocar é quem abandonou a esperança, mas ainda segue com gosto na direção do próprio fim.

A pauta, a Julieta na pista, o chefe.

No centro de uma das paredes, uma foto aérea do jardim-botânico-shopping-center. Fotos de cada entrada. *Head shots* do chefe da segurança, do Warren Buffett *Wanna-be,* do engenheiro que projetou as obras. Linhas de código. Uma descrição detalhada do sistema que gerencia as lojas e quiosques de maneira automatizada, o sistema que durante a inauguração teve uma falha e que levou os milhares de consumidores a disputarem no braço os tantos produtos ao alcance, sem cadastro, sem supervisão, tudo de graça e tendo apenas uns aos outros no caminho. Duas pessoas morreram e seis ficaram feridas. A Julieta pisca com força e olha e aponta, o codinome Lampião confirma. O que é que vocês são, afinal? um grupo de hacktivistas? Hacktivismo é o caralho: Lampião é o rei do Hackangaço.

É uma confraria de gente muito boa; confraria de resistência não-violenta, mas. A pauta, a Julieta na pista, o chefe.

A versão oficial já acusou uma falha no sistema de automatização dos Buffett *Wanna-be,* a seguradora vai cuidar das indenizações, não há motivos pra atrapalhar o andamento do caso com uma matéria espetaculosa num tabloide sensacionalista.

A pauta, a Julieta na pista, o chefe, mas.

Não foi por isso que ela apareceu; é aqui que ela significa; alguns metros acima, o show termina e a plateia aplaude pela última vez.

esse dia foi louco? rebobina um pouco a fita que não deu pra entender nada. A criança-bomba diz que sim, mamãe, os sons meio pela metade, mas ainda assim, ela pergunta se o filho quer ir passear na floresta, enquanto o lobo não vem, e a criança-bomba diz que sim, mamãe, floresta: boa, lobo: mau, passear, bom? Antes de o lobo chegar: bom, depois de o lobo chegar: ruim, floresta: longe, lobo: longe? Passear: a criança-bomba diz que sim, mamãe, rápido, antes de o lobo chegar, os sons meio pela metade, mas ainda assim: e a mãe se deixa sorrir. Ela pensa que sim, filho, rápido floresta: boa, passear: bom, viver: bom, a mãe pensa que sim, filho, antes de a criança-bomba explodir. Guarda-o na mochila-canguru e abre a porta.

O passeio vai ser agradável, quer dizer, olhando de fora, pelo menos, o jardim-botânico-shopping-center ocupado, a juventude e a velhice lado a lado, o desejo e a necessidade, tudo lecorbusianamente agradável, mas.

É viável isolá-la no meio do mar para evitar outras vítimas?

Se alguém lhe desse um tiro na cabeça ou uma punhalada no coração, ela ainda explodiria?

Mera especulação teórica, claro, como tem gente que às vezes fala que ah, se eu tivesse uma máquina do tempo, voltaria lá pro fim do século XIX e mataria o bebê do Alois e da Klara Hitler, fácil, evitaria a morte de milhões, seria um herói, e aí tem gente que responde mano, você já viu foto do bebê Hitler? já viu como ele era fofinho? eu não ia conseguir, mano, nem fodendo, mas então tem a tréplica, né, porque não importa se ele era ou não fofinho, leva o bebê pra beira de um abismo, fecha os olhos e PLAFT e TSCHUM e CATAPLAU e TUSCH, nem que você fique doido de remorso e se jogue atrás, no todo a humanidade sai ganhando, e depois dessa tem quem queira encerrar o assunto com um putz, você acha o Nazismo e a Segunda Guerra e o Holocausto aconteceram por causa de um cara? ele personificou o espírito daquele tempo, mas se não fosse ele, seria outro: não ia adiantar nada matar o bebê Hitler.

Tudo exatamente assim, com a diferença de que a máquina do tempo não existe, e tudo já sabido, desde antes de ela sair.

E mesmo assim ela sai, como a personagem de alguma tragédia, como é quase toda a gente, eloquentemente derrotada pelo destino, mas nunca rendida, fecha a porta e segue adiante, mais uma vez pra arena de luta. É um dia bonito e o jardim-botânico-shopping-center lotado, meses e meses de preparativos para a inauguração e agora sim. De todos os cantos vem o povo pra aproveitar os melhores preços da cidade em grifes importadas, vem de longe, mas mantém a compostura enquanto olha as vitrines à procura do próximo trago de autorrealização. Dois hipsters fingem não disputar o último chapéu panamá. São civilizados. Não importa o desconto de 40% válido apenas enquanto durar o estoque da inauguração. São civilizados, ele chegou primeiro, mas ele já tem um em casa, não, ele insiste, obrigado, de nada. A cena se repete e a mãe da criança-bomba olha: duas senhoras e um colar, três crianças e seus pais e alguns brinquedos, dois grupos de nerds e a edição limitada de um videogame. Ela passeia e olha. A única coisa que gostaria de comprar ninguém tem pra vender.

Folhas amplas e vermelhos e azuis e amarelos exuberantes; ela passeia entre as flores e olha.

Uma fonte de água no centro e uma pequena correnteza se espalha a partir dela por todo o shopping, o marulhar da água correndo e as plantas, o céu azul, o calor do sol e o ar fresco do inverno, o passeio é agradável, mas.

A criança-bomba se debate na mochila canguru e a mãe tenta acalmá-la. Não se acalma. A mãe tenta. Não. É uma criança normal. É uma criança normal? Passear: bom, antes de a criança-bomba explodir.

Suas vísceras se espalharão pelo local?

Quem ficará encarregado de limpá-las?

A criança-bomba ainda se debate, quer alguma coisa, quer mostrar alguma coisa, ela aponta: é um empurrão do destino na direção certa. Um empurrão dos algoritmos que regem o mundo. A criança-bomba se debate e aponta, entre uma loja de bolsas e outra de artigos de decoração, o quiosque de um guru. Perdido no meio do jardim-botânico-shopping-center, o quiosque de um guru e a mãe da criança-bomba olha. É a única loja na frente da qual ninguém para. Um senhor e um jovem de olho no mesmo par de sapatos, dois casais com as mesmas fantasias sexuais, mas apenas um poderá satisfazê-las ainda hoje, três cadeirantes impressionados com o novo design da NASA. A única loja cujas mercadorias ninguém disputa. Ela se aproxima, séria, qual tipo de guru ele é? e ele, sem abrir os olhos, de qual tipo de guru ela precisa?

O céu azul, o calor do sol e o ar fresco do inverno, o passeio lecorbusianamente agradável, mas. De qual tipo de guru ela precisa?

Nem isso a mãe da criança-bomba sabe.

Ela vai fazer o seguinte quando chegar em casa, o guru abre os olhos e ensina, o lance vai ser o seguinte: ela vai lá, chega em casa, resolve o que tiver que resolver pra ficar tranquila, então ela pega duas folhas e faz duas listas, uma descrevendo como ela é, a outra como gostaria de ser, aí ela segura as duas listas na frente do rosto e olha bem, respira fundo, não pensa em mais nada, olha bem em frente e sente a realidade se estreitar, nada existe do lado de fora, nesse momento ela e essas duas listas são o universo inteiro, e ela começa a sentir a energia do universo inteiro, **a pura energia cósmica canalizada pelo corpo**[106-A], e é essa força que ela vai usar pra aos poucos começar a construir a melhor versão de si mesma, aí ela fecha os olhos e visualiza essa melhor versão em todos os detalhes, a postura, o jeito de andar e de olhar os outros, o tom da voz: tudo, e então, devagar, ela começa a retornar à realidade material em volta, abre os olhos e escuta o entorno, e aqui ela dá uma última lida nas duas listas e então as queima; ela vai repetir esse procedimento toda semana e, quando as duas listas forem iguais, ela volta aqui e conta pra ele.

É desse tipo de guru que ela precisa?

O céu, o sol, o ar. A mãe da criança-bomba, mas.

Tá vendo aquele canteiro de flores bem ali? Algumas formigas pra um lado e pro outro, vermelhos e azuis e amarelos das flores e as formigas de um lado pro outro, a terra úmida, nutritiva e bem cuidada, o sol e o ar, uma abelha. É um ecossistema vivendo em harmonia consigo, mas. As formigas não dominam um espaço maior porque os jardineiros interrompem o avanço; a abelha não escraviza as formigas porque ela mesma é escrava de sua rainha; as flores não se envaidecem porque não sabem como são belas. Entendeu? É isso aí que se imagina que seja a condição inumana: a suma inconsciência de si, o instinto ao invés do desejo, a beleza frágil e acidental, a impotência diante da mercê do dia. É cruel a condição inumana. É violenta e estúpida a condição inumana. É inabalável na certeza de ser, mesmo diante do inesperado.

PÁ.

BUUUM.

PLAFT e TSCHUM e CATAPLAU e TUSCH.

As luzes se apagam, as fechaduras eletromagnéticas e dispositivos antirroubo se desligam, os desejos e sonhos da gente toda ao alcance das mãos. Correria e luta.

Duas pessoas morrem pisoteadas, outras seis ficam feridas, só o guru e as flores e as formigas e o sol e a abelha e o ar se mantêm impassíveis.

É cruel e violenta e estúpida e ainda assim harmoniosa.

Os desejos e sonhos da gente toda ao alcance das mãos. Correria e luta e finalmente sinceridade.

É desse tipo de guru que ela precisa.

e a condição humana, meu deus, imagina só a condição humana! O que pode saber um humano da condição inumana? E o que pode saber da própria condição? Há mesmo uma condição que lhe seja própria? A condição inumana, ali atrás, é humanamente verbalizada como a suma inconsciência de si, mas. Se pensada e dita pelo ente inumano, talvez fosse a prima consciência de que um "si" não existe. É um truque gramatical, e as flores e as formigas e as abelhas, o sol e o ar e a terra, que não são versadas na língua humana, conseguem saber que são todas uma só. Pois qual o veredito, afinal? A condição humana é a que se sabe separada ou a que não se sabe inseparável?

1. o resto

Há um prazer especial em sentar-se no banco de uma praça e não ter pressa, olhar a vida na cidade como o constante desenredar-se de um moto perpétuo, os trabalhadores e o transporte público e o sol se pondo por trás dos prédios, o céu crepuscular da mesma cor dos cabelos de uma bela mulher que passa sobre a passarela das folhas de outono, grupos de colegiais cheios de energia e vontade de futuro, o cuidado de sentir e saber que o tempo corre, mas não é por mal, é como fincar pé no olho de um furacão e, num momento meditativo, piscar os olhos e ligar no turbilhão em volta o modo câmera lenta, um motorista empaca no sinal vermelho, falando no celular, reclamando do trânsito para quem quer que lhe dê ouvidos do outro lado da linha, mas rindo de si, como é às vezes preciso para levar bem a rotina, equilibrando-se sobre os saltos altos e fazendo das sacolas seu contrapeso, corre uma moça e alcança o ônibus em cima da hora, as janelas, um homem apoiado no peitoril fumando um cigarro, aguardando a esposa? uma entrega? ou só admirando do alto a dança dos faróis dos carros? é a normalidade de ser, cada um de nós um vértice do universo, uma dobra através da qual o universo para e espera e corre e se equilibra e admira do alto.

2. quem?

Sou mais como eu era antes do que agora.

3. *eterno marco zero.*

Uma lâmpada que piscapiscapisca enquanto lemos, e nos faz confundir um c com um o, um h com um b, e nos faz pular linhas inteiras e embaralhar a ordem dos textos. Há realidade por trás dos signos? Olhamos a história escrita até hoje (a história vivida até hoje?), olhamos a história escrita até hoje e: não entendemos nada. Mas é condição necessária, não se pode parar: abrimos mais um livro, outra vez saímos ao mundo. Agora. O enredo feito mero ser humano, livre de tudo (o que é tudo?) menos de si (menos de quem?), e personagens quantos como eu e você? desertores dos próprios sonhos, submissos à ordem do dia. Ontem nos conhecemos: um momento importante, revelador, eletrizante: uma experiência religiosa: um evento-âncora da vida. Há realidade por trás dos signos? A realidade nos transborda os corpos. Mas a lâmpada piscapiscapisca e nos faz recuar alguns passos para comprovar o que passou: só um tropeço pelo caminho, olhamos em volta, ninguém viu, retomamos o passo. O que mudou de uma equação para a outra? Uma linha pulada, uma palavra trocada, um o por um c ou um h por um b. Separar-nos sai barato ao acaso, mas. Mesmo num passado errante, deve haver alguma certeza. Odisseicamente avançamos e recuamos e avançamos e repetimos e aí sim: na forma de uma palavra que está sempre lá ou de uma linha que nunca falha, fatias do tempoespaço em que aportamos nossa existência. Há realidade por trás dos signos? A realidade nos transborda os corpos. À realidade esvaziamos os copos. De novo, porém, a lâmpada piscapiscapisca e, ladeada por outros pares, a palavra que está sempre lá e a linha que nunca falha negam a si mesmas, impõem novos sentidos sobre os antigos. Não resistimos: nós, efígies quânticas, ao mesmo tempo somos e não. Assim seguimos em frente — qual direção é em frente?— até chegarmos ao fim — é possível chegar ao fim?—, e só quando chegamos ao fim nos ocorre a pergunta. Por que não uma pausa para consertarmos a lâmpada? E aqui nos damos conta de que ela funciona perfeitamente. Piscapiscapisca: recomeçamos o caminho. A realidade, à realidade, há realidade.

o que veio depois; o que ainda virá. As luzes se apagam, as fechaduras eletromagnéticas e dispositivos antirroubo se desligam, os desejos e sonhos da gente toda ao alcance das mãos. Correria e luta. Duas pessoas morrem pisoteadas, outras seis ficam feridas, só o guru e as flores e as formigas se mantêm impassíveis. Correria e luta e finalmente sinceridade. A fonte no centro do jardim para de jorrar água, a gente atropela as plantas para fugir com as mercadorias escolhidas, para perseguir quem as pegou primeiro, os funcionários do shopping não ficam pra trás, conhecem melhor os atalhos, têm acesso aos estoques, um segurança saca sua arma e gritaria, cala a boca todo mundo, quem aí pegou um iPhone 13, uma Fender Telecaster e uma aliança de noivado: pode desistir que já é dele. A criança-bomba chora. A mãe foge finalmente. Leva só a sabedoria do guru. A mãe foge. Tranca a porta. Alívio. Nina o filho por uns minutos. A criança-bomba dorme e a mãe não perde tempo, começa logo a jornada em direção à melhor versão de si mesma, e igualzinho o guru mandou: escreve linha por linha uma lista de todas as qualidades e defeitos que possui, joga fora, escreve de novo, repete, luta e finalmente sinceridade, depois a lista de como gostaria de ser. Olha. Respira. O universo. A energia do universo inteiro. A pura energia cósmica canalizada pelo corpo da mãe da criança-bomba. E ela sente que sim, será perfeita, com o universo conspirando em favor dela, será inabalável na certeza de ser, mesmo diante do inesperado.

Mas.

nisso não há fim, não há limites, nem medida, nem fronteira.

PÁ: a Julieta decide não publicar a matéria, é o melhor, guarda segredo e fica de olho, se esse tal de Hackangaço se mostrar perigoso, ela delata. Por enquanto, eles não fizeram nada demais; por enquanto, a coisa toda tem um sotaque de piada: um bilionário, uma cientista louca e um cangaceiro entram num bar. É só uma piada, não tem nada demais, é ali que ela consegue significar. E ela tinha razão. Por seis meses não fazem nada além de shows e performances, uma beleza, resistência não-violenta, a reinauguração do jardim-botânico-shopping-center acontece sem problemas e a mãe da criança-bomba acha que é chegada a hora de voltar. Sentiu bater o cansaço da disciplina, mas não desistiu; por meses fez o exercício prescrito pelo guru, as duas listas ficando parecidas, e mais alguns e as duas listas iguais. É chegada a hora voltar.

BUUUM: No dia seguinte vai até o guru e ele pede que repita o exercício na sua frente, ela começa, ele olha, seja sincera, ela interrompe, surpresa, de ontem pra hoje a segunda lista já mudou. Quando as duas listas forem iguais, ela volta aqui e conta pra ele. A Julieta segue a vida sem listas, trabalho e hackangaço e olhos abertos. Raramente vê o codinome Lampião, e quando vê, apenas um aceno de cabeça, reconhecimento e cumplicidade e na hora certa ela vai saber de tudo. Paciência. No mesmo dia em que a Julieta encontra na frente da porta de casa um envelope sem remetente nem destinatário, a mãe da criança-bomba mata a charada.

PLAFT e TSCHUM e CATAPLAU e TUSCH: aparece no quiosque do guru e fala que agora flagrou: o exercício era chegar em casa, fazer o que tivesse que fazer pra poder ficar tranquila e só depois é que vinha o lance com as listas. Aí ela colocou o Esteves, o codinome do filho é Esteves, colocou o Esteves pra dormir e já começou a escrever e mentalizar e coisarada, só que puta merda: ela é a mãe da criança-bomba, vive a vida entre um bico e outro, tem os conflitos mal resolvidos com o pai e o mundo e a vida e esse governo que não faz nada. Ela é a mãe da criança-bomba, claro que ela não consegue ficar tranquila. Dentro do envelope, um celular pré-pago com um único número salvo: ela liga e se identifica, codinome Julieta, recebe a resposta já sabida, codinome Lampião. O guru decide avançar com os ensinamentos: conhece a história da Arca de Noé, Maria? o codinome dela é Maria, e o Esteves? conhece a história toda? Então não devem saber que, de início, o plano era que fosse a Arca de Jessé. Deus apareceu pra Jessé e falou que ia mandar um dilúvio e disse que ele era o único justo e explicou o que devia fazer pra se preparar, mas aí Jessé disse que então ele ia passar uns meses trancado num zoológico e depois teria que repovoar a Terra? **Deus que o descul-**

passe, mas preferia morrer afogado.[118-A] Tá escutando? A Julieta foi oficialmente recrutada para as linhas de frente do Hackangaço, atenta agora para a primeira missão, que ele não vai repetir. Deus não desistiu, a Arca de Jafé também podia ser uma boa. Ele foi até Jafé e falou que ia mandar um dilúvio e disse que ele era o único justo e Jafé virou as costas, já às gargalhadas. Dizem que a terceira é que é a da sorte: Deus tentou o Jacó, mas ele respondeu que se fosse o caso, ia querer uma dúzia de homens pra trabalhar, três de mulheres pra repovoar o planeta, e que de jeito nenhum levaria um par de dragões-de-Komodo, esses demônios na Terra. Deus tava quase fechando o negócio quando encontrou um tal de Noé. Entendeu? Ela vai se infiltrar no laboratório da Dra. Vitória Frankenstein pra coletar informações, de qual galáxia veio a bactéria que serviu como ponto de partida pra pesquisa? quantos e quais seres vivos da mesma natureza foram criados? quem os controla? e como? afinal, o que caralhos é a criança-bomba? Ela deverá usar outro codinome e conquistar a plena confiança da doutora; quando estiver do lado de dentro, avisará por uma mensagem de texto e depois jogará o telefone fora; a partir daí, reportará uma vez por mês ao quartel-general, presencialmente. Até lá, olhos abertos e muito cuidado, obrigado, de nada.

A Maria se despede do guru com um pensamento fixo; o ringtone da Julieta reverbera pelas paredes do apartamento, mas ela já não está em casa para atender; o Jessé, o Jafé e o Jacó morreram no dilúvio, o Noé não desistiu e sobreviveu e ficou para a história; tuuuu: o codinome Romeu desliga o telefone; quando as duas listas forem iguais, ela volta e conta pra ele.

4\\ de vinho, de poesia ou de virtude

(Algum tempo passa sem que a ação avance; personagens são postas de lado; outras nos são apresentadas, mas mais por contingência do que por importância, e as que permanecem destoam do que eram. Inconsistência? Descuido? Embriaguez? Não, normalidade.)

uns anos se passaram. Foram uns três mil e quinhentos, quatro mil dias e, sejamos sinceros, sobre eles só importa dizer que o Esteves não explodiu, ninguém sabe o porquê.

só importa dizer que o Esteves não explodiu? Isso é que é umbigocentrismo, hein! Se liga nessa lista aqui, só o *top of mind* dos últimos meses, aí você diz se não tem mais nada de importante. Se liga só:

1. Principal erupção vulcânica.

Foi no monte Rainier, em Washington, uma erupção pliniana. O vulcão era monitorado, o plano de evacuação para as mais de oitenta mil pessoas no raio considerado de alto risco foi executado a tempo. Ainda assim, o magma e as avalanches de lodo soterraram seus lares; a precipitação das cinzas causou problemas respiratórios em populações a mais de mil quilômetros de distância; apesar de o ecossistema ter sobrevivido, o que muitos especialistas não acreditavam que aconteceria, fauna e flora do vale do Rio Puyallup foram gravemente afetadas.

2. Terremoto de maior magnitude.

Chegando a 8,6Mw, foi o terceiro maior terremoto da história do Chile. O epicentro foi no mar chileno, mas por quase dois minutos, mais da metade da população do país, em Santiago e região metropolitana, Valparaíso e Maule, pôde sentir o tremor.

3. Golpe de Estado mais violento.

A Nicarágua já era uma ditadura pra começar, então o golpe passou despercebido por um bocado de gente, afinal, ditador por ditador, quem é que sabe a diferença? Mas é que nenhum opositor derruba um regime totalitário prometendo mais violência e menos liberdade, então a diferença até que foi grande por um tempo. O político que deveria se encarregar da transição democrática falava bonito, falava em valores, em patriotismo verdadeiro, e o povo comemorou o suicídio do presidente, se banhou no sangue dos que resistiram, festejou o golpe até que se aproximassem as primeiras eleições livres em décadas, mas. Acusados de querer reinstaurar a ditadura, adversários do partido foram presos e o resto a gente já sabe.

4. Epidemia mais grave.

Sars-Cov-2, sem dúvidas. Em três anos, foram quatrocentos milhões de casos e sete milhões de óbitos no mundo todo. Isso na contabilidade oficial. Na realidade, pode ter sido bem mais.

5. Maior crise econômica.

Durante a epidemia de Sars-Cov-2, o comércio de rua sofreu tanto quanto os *e-commerces* se deram bem. Mas ao contrário do que muita gente achava, hábitos de consumo não voltaram ao normal, lojas físicas continuaram fechando, incapazes de competir com preços praticados *on-line*. O desemprego aumentou, o poder de compra diminuiu, a vida piorou. Por outro lado, foi dessa crise que a Maria tirou o "s": no meio do curso de *cool hunting* que frequentava à noite, teve a ideia pra um aplicativo e começou a procurar parcerias, **conheceu a codinome Fei-Fei**[41-A], engenheira de softwares e especialista em *machine learning*, e juntas fundaram uma *startup*.

6. Maior desastre ambiental.

Todo mundo fala das queimadas na Austrália, todo mundo se lembra bem. E não à toa, muitos hectares de florestas foram devastados, os coalas ficaram praticamente extintos, o ar em cidades próximas chegou a 3% de umidade. O desastre não foi pequeno, mas. O que aconteceu nos mares caribenhos foi muito pior. A população de esponjas, algas e corais vai diminuir significativamente, e é muito provável que comece uma reação em cadeia. Um ecossistema que produz quase o dobro do oxigênio que consome deve desaparecer em poucos anos. O problema é que não dá pra passar no jornal clipes de dois minutos dos mares caribenhos pra falar que a temperatura média da água subiu 0,2°C, falar que isso prenuncia uma catástrofe irreversível. Ninguém ia prestar atenção. Água morna nas praias do Caribe é notícia boa; clipe dos mares caribenhos é pra ilustrar reportagem de férias. Todo mundo sabe disso.

por aí andam dizendo: as ruínas continuam. Pra gente "civilizada" esse sentimento é novo, seguir vivo numa terra que já é morta. Mas meu povo é antigo. Nosso apocalipse foi há muito tempo. Meus bisavós já andaram em meio às ruínas do fim do mundo, e os bisavós deles também. Eu não tenho essa memória viva, nunca falei com essa memória viva, mesmo assim enxergo os fantasmas. Minha língua sabe o apocalipse. Às vezes eu é que sou o fantasma, e eu tento contra-argumentar o apocalipse, olho, penso, minha razão tenta contra-argumentar o apocalipse, mas. A gente "civilizada" é resiliente na razão dela, e o pensamento fica burro. Intelectuais dizem que há uma relação dialética entre igualdade e liberdade, e talvez haja, aqui e agora, mas diz-se assim como se não fosse possível desfazê-la. É tido como certo que pelo avanço da "civilização" e pelo nível de complexidade atingido há um preço a ser pago: uma concessão de autonomia sobre os próprios desejos, uma concessão de autoridade sobre o próprio corpo, uma concessão de soberania sobre o próprio tempo, uma concessão de independência sobre a verdade do mundo. Olha. Escuta. Um milhão de povos já passaram pela Terra; um milhão de civilizações complexas, curiosas, aventureiras, organizadas, sábias, ricas, e não deveria ser tão difícil imaginar que em várias delas a gente era livre, irmanada, jubilosa. Talvez meu povo fosse assim, não posso ter certeza, nunca falei com essa memória viva. Mas imagino. Ando feito fantasma entre as ruínas e tento contra-argumentar. Minha língua já sabe o apocalipse, talvez agora seja a hora de escutá-la, de aprender dela uma palavra e outra, de aprender com ela uma sintaxe nova pra imaginação, porque esse é que é o verdadeiro apocalipse: a falta de imaginação, a falta de palavras e de gramáticas capazes de significar uma realidade ao invés de significar outras palavras. A língua do meu povo também ficou em ruínas, mas ela sabe significar o apocalipse. Ela aprendeu.

por aí andam dizendo: o trabalho continua? Quer saber, mano? Desisto. Eu sei que é chato, mas pra mim não dá mais. A gente tá fazendo o quê aqui? É pra ser sincero, mano. O quê que a gente tá fazendo? Tem uma criança-bomba andando por aí! Uma. Criança. Bomba. Serião: na hora em que saiu a notícia, eu devia ter comprado uma passagem pra Índia. Só ida. Tirar uma pira, mano, cantar uns mantras, ver o Ganges. Ou então me meter no meio da Amazônia, tomar uns chás de ayahuasca, dormir na terra e comer o que ela dá de fruto. E depois morrer. Sacou? Isso aqui: esse relatório aqui: eu passei um mês observando a linha de produção, a rotina do escritório e o fluxo financeiro desses otários da Serviplast. Pra quê? O cara vai economizar mais ou menos doze centavos por quilo de embalagem, nem vai repassar pro cliente dele, e mesmo que repasse, o cliente dele não vai repassar pro pobre coitado que tá pagando dez pila no quilo do feijão. Então de novo: pra quê? Isso que a gente faz é inútil, mano, e nem é só a gente. Tá vendo essa galera toda, vem aqui, olha aqui pela janela. Quem é aquele cara lá embaixo? Um advogado, quem sabe, labutando todo dia porque uma penca de casal por aí não consegue mais se aturar, e não tem nem maturidade pra uma separação amigável. Sabia que a taxa de divórcio mais que triplicou desde que a criança-bomba nasceu? E aquela outra ali, surrada pela vida, puxando um carrinho, limpando a nossa sujeira, o nosso lixo, os nossos restos, limpando o caminho pra gente jogar mais sujeira, mais lixo, mais restos, e isso pra não morrer de fome. Pros filhos não morrerem de fome. Quem mais? Lá o velhinho na praça, ó: deve ser o único sujeito sensato num raio de cinquenta quilômetros, fica ali só olhando e escutando o mundo girar, porque eu não sei se você sabe, mano, mas o mundo gira, e se não girasse a gente ia morrer, puff, todo mundo, e aquele velhinho deve ser a única pessoa num raio de cinquenta quilômetros que sabe disso e, mais ainda, vive sem fingir que não sabe. Já escutei quem dissesse que vida é uma peça de teatro, uma ópera, coisa assim, e que a gente é uma companhia de atores e atrizes encantadas com os próprios papéis, e quem sabe antigamente essa metáfora servisse. Não mais. Agora todo mundo sabe que é só fingimento, mas segue mesmo assim. É um reality show. Um. Reality. Show. E se fosse do Discovery até que ok, pelo menos a gente aprendia alguma coisa, mas esse nosso é TV aberta, mano, com o roteiro apelão e a dublagem bosta, e eu desconfio inclusive que já tenham começado a reprisar as primeiras temporadas. Boa sorte aqui na empresa, mano, de coração. É só que pra mim não dá mais. Eu tô cansada. Vou comprar aquela passagem, acho. Pra Índia.

agora, a quem possa interessar, um pouco sobre o que não importa. Um adolescente lendo Baudelaire só pode dar merda, e agora o Esteves na cama do hospital, livre de tudo (o que é tudo?) menos de si (menos de quem?), sentindo a pele prestes a rasgar para escoar o excesso de versos. A Maria bate na porta.

Toc-toc-toc.

Ela bate na mesa, foco.

Vai lá, Fei-Fei, repete aí quais são as métricas, a Maria quer que ela ensaie, repete aí as métricas, e ela repete: cento e dois estabelecimentos e cinco mil usuários cadastrados, três mil e quinhentos usuários ativos, quatro mil e setecentos cartões salvos, onze mil pagamentos processados. Faltou o TPV. A Fei-Fei procura. Sem olhar, Fei-Fei. Mas lá na hora ela vai ter a apresentação, vai estar escrito. A Maria não discute, são quatro milhões e meio de TPV, mas a Fei-Fei acha pouco, pra conversar com um investidor elas deviam ter uns dez milhões, pelo menos. Esse chinês tem grana pra caralho, não é por causa de um TPV mais alto ou mais baixo que ele vai deixar de investir. Isso é o que a Maria acha, mas ela precisa entender que esses *deals* não são assim, encontrar o fundo, fazer o *pitch*, ir passando as fases até chegar em quem assina o cheque é duro, mas não é por nada que é ele quem tem a caneta que assina o cheque: é o cara mais difícil de convencer. A Fei-Fei pondera, mas o universo inteiro tá do lado da Maria. E se não der nessa, elas pegam e passam uns mil reais em cada cartão salvo na base e fechou, manda uma notificação pros usuários: parabéns, você acaba de se tornar sócio da OnTheWay, *#fintech*, e aí é de agradecer àqueles golpistas, que cada um deve ter uns vinte cartões salvos. O celular tá tocando, Maria, a Fei-Fei avisa, o celular tá tocando, mas é só o Esteves, decerto vai sair e quer que a mãe diga pra ele se cuidar, mas. Isso lá é coisa que precisa ser dita? A Maria não atende.

E ela tá certa.

O Esteves vai sair.

Vai na festa de um colega do conservatório.

O Warren Jr. o convidou e ele vai.

Ele se cuida?

Na época, ele diria que sim; olhando retrospectivamente, diria que o melhor seria não ter ido na festa, mas.

Ele já sabe?

Se não quiserdes mais ser os escravos martirizados do Tempo, embriagai-vos.

Então lá vai ele, de Uber pra um lado da cidade que o bolsista do conservatório não costuma frequentar: a cem metros, o destino do Esteves estará à direita, ele desembarca e fala com o porteiro e sobe até o último andar, uma cobertura como se fosse no Upper East Side, só que com vista pra Praia de Ipanema de um lado, pro Monte das Oliveiras do outro.

Esteves?

[ ].

Posso entrar?

A porta do elevador se abre e o Esteves passa como quem entra no inferno em alta temporada, música e bebida e jogos de luz e sombra, o Warren Jr. e seus amigos da escola, jovens adultos, gente mais velha, da família e de outras importâncias.

No dia seguinte ele acorda só às três da tarde, com a porta batendo e um grito da mãe: conseguiram o investidor!

A Fei-Fei só cumprimentou a galera do conselho e já foi desenrolando o pau na mesa: com o comércio de rua minguando e tudo que é loja cada vez mais dependente dos *e-commerces* e *marketplaces*, com suas taxas abusivas e filhadaputagens generalizadas, elas pensaram num aplicativo que usa tecnologia de rastreamento e IOT pra listar todos os produtos à venda num raio de cinquenta até quinhentos metros da posição do usuário, ou então as lojas que fiquem na vizinhança dos caminhos percorridos e que tenham o produto procurado. Entenderam? O produto já foi instalado, testado e divulgado em três bairros, um com renda per capta baixa, outro com média, outro com alta, e as métricas: PÁ; o potencial de crescimento: BUUUM; a perspectiva de captação: PLAFT e TSCHUM e CATAPLAU e TUSCH; o chinês tá se coçando pra assinar o cheque e o Esteves: pouco se fodendo, óbvio.

O Esteves já sabe?

Na ziriguiparty do Warren Jr., o Esteves pela primeira vez não teve pressa de significar, muita dança e riso e música e finalmente sinceridade.

O Esteves já sabe.

Deixou escapar no fim da festa pra uma prima do aniversariante que ela estava conversando com ninguém menos do que a criança-bomba. Pelo sorriso, não deu pra saber se ela acreditou, mas a confissão valeu um beijo e, ele acaba de notar, uma nova seguidora no Instagram.

Em menos de uma semana, o Esteves já está convidado pra mais uma festa na cobertura dos Buffett *Wanna-be*; ao final de duas, a Maria já está com o cheque na mão.

Não precisa ficar com vergonha, filho.

[ ].

A família deles é que é problemática, gente que não tem respeito por nada e passa por cima de tudo.

[ ].

Você não tem culpa.

[ ].

Você sabe que não tem culpa, né?

De ser adolescente ele não tem culpa, mesmo, mas porra: lá vai ele de novo e a prima do Warren Jr. esperando por ele na frente do portão. Dessa vez, só de olhar pra ela o Esteves percebe que sim, ela acreditou que ele é a criança-bomba, e mesmo assim o recebe com mais um beijo, mesmo sabendo que talvez seja o último beijo, não só dos dois, mas de todos, e quem sabe no fundo até desejando que o fim desse beijo coincida com o fim desse mundo. O codinome dela é Ana.

Muito prazer.

Sobem os dois até a cobertura pra encontrar um bacanal ainda maior que o primeiro, e o Warren Jr. e os primos e primas e a juventude *high society* esperando pra receber o Esteves, e os adultos em volta sem meter o bedelho, mas supervisionando de perto. O Esteves bebe whisky e fuma ópio e dança um funk sideral e volta pra casa. O dia seguinte ele passa com a Ana.

Conversam.

Passeiam.

Olham o mundo; escutam o mundo.

Hoje à noite tem mais uma festa, vão depois de uma volta pelo jardim-botânico-shopping-center e de novo todo mundo lá. O Esteves cheira cocaína e come uns bolinhos do espaço e curte um show de *deep house* e volta pra casa. O dia seguinte ele passa atolado numa ressaca movediça, mas de noite a Ana convida e ele vai, mais uma vez, dropa ácido e toma um chá de cogumelos e entoa uns mantras e volta pra casa.

Mais uma vez e por meses e meses: cada dia uma festa, cada festa uma decepção.

Porque o lance lá no início foi o seguinte: o Esteves deixou escapar pra Ana que ele era a criança-bomba, essa parte já estava dita, mas depois a Ana foi perguntar pro Warren Jr. se ele sabia, e então ele contou pro irmão e pra irmã, e eles contaram pra todos os primos e primas até chegar de novo na Ana, e daí pra que a família inteira se inteirasse, mais os amigos e agregados, foi meio palito de fósforo. E não é que tenha havido entre eles grande comoção metafísica. Pelo contrário: ninguém conversou a respeito, ninguém perguntou, ninguém quis saber se os outros acreditavam que aquele namoradinho novo da Ana era de verdade a criança-bomba. O acordo foi silencioso. Olharam o mundo, escutaram o mundo e apareceram e continuaram a aparecer nas festas.

Mesmo sabendo que cada uma talvez fosse a última festa, não só dos Buffett *Wanna-be*, mas de todas, e quem sabe no fundo até desejando que o fim dessa festa coincidisse com o fim desse mundo.

Lá pelo terceiro ou quarto convite, o Esteves flagrou.

Ele conversa com a Ana.

Passeia com a Ana.

E é bonito: o Esteves e a Ana e o mundo e a vida, olimpicamente normais, mas.

O Esteves flagrou que as festas não iam parar até que ele explodisse ou deixasse de comparecer e. *Quem não sabe povoar a própria solidão tampou-*

co saberá estar só em meio à multidão atarefada. Pelo menos uma das opções sempre esteve fora de cogitação.

A Ana conversa com a criança-bomba.

Passeia com a criança-bomba.

E é bonito, mas. Mesmo sabendo e talvez até desejando.

Ainda não.

O mundo nos olhos e na voz da criança-bomba.

Ainda não?

A Maria e a Fei-Fei sem freio, o *valuation* da OnTheWay batendo nos 400 milhões de dólares. Da Via Montenapoleone ao Mercado Oyingbo, comerciantes e consumidores da cidade toda dependem do app pra buscar produtos, comparar preços e manter o fluxo de caixa em dia. Fica difícil até de entender como essa gente toda fazia as compras antes, mas vá lá, o negócio da Maria pulsa nos modos e costumes do futuro, não nos do passado. O *sales engine* do aplicativo otimiza a realidade; a cidade entra na cadência e marcha em frente; nada passa sem que a inteligência artificial da OnTheWay saiba por onde passa, por onde quer passar, por onde seria melhor que passasse. Nada sobra, **tudo inabalável na certeza de ser**[30-A] e a Maria em direção à melhor versão de si mesma.

Ela respira aliviada.

Pensa.

Sente vontade de futuro.

Sente vontade de viver na carne o que imagina para o futuro, foguete não tem ré e logo, logo a OnTheWay vira um unicórnio: pela primeira vez em vinte anos a televisão teve que incluir um fato novo na reportagem das compras de Natal, lojistas e consumidores falando ao vivo sobre o app, a Fei-Fei é entrevistada e tudo: desde o início de dezembro ninguém dá trégua, presentes, roupas, trocas: o número de novos usuários, cartões salvos e TPV demoliram as expectativas.

A economia aquece.

O desemprego diminui.

A vida melhora.

E nessa nota de otimismo, a Maria se despede da Fei-Fei, 31 de dezembro, faz semanas que não conversa com o filho e quer chegar em casa, aquele mesmo apartamento a cinco minutos do jardim-botânico--shopping-center. Quer chegar em casa logo, antes de ele sair pra festa da virada. Quer chegar e.

Pensa.

Sente vontade de futuro?

Ela abre a porta, ele calça os sapatos e veste a máscara, ela olha e faz que nem percebe, ele dá uma risada e diz que hoje a festa é pra ser um lance tipo carnaval de Veneza, cada ideia, carnaval e virada do ano na mesma festa? E não é só: vai ter uma fonte de chocolate pra festejar a páscoa, símbolos nacionais pra comemorar a independência, música pra lembrar a queda do Muro de Berlim e o início da Nova Ordem Mundial. Sabem que pode ser a última; querem que seja a última de cada. Bom. Legal. Eles sabem? Legal. A Maria ia pedir um delivery, ficar tranquila, ver pela janela os fogos no jardim-botânico-shopping-center. Se o Esteves quiser desistir do convite dos Buffett *Wanna-be,* eles podem passar juntos, mas. Quer dizer, se ele já se arrumou todo, a Maria sabe. Só se ele quiser.

Mas o Esteves confirmou presença.

A Ana está esperando.

Agora fica ruim escapar.

Ela pensa; sente vontade de futuro?

Tudo bem, Esteves. Se cuida.

Ele sai, a Maria pede a comida. Olham o mundo; escutam o mundo. Cada um do seu ponto-de-vista (o fim depende do ponto-de-vista?), cada um do seu ponto-de-vista, olham e escutam e acham bonito, e é bonito.

O mundo e a vida, olimpicamente normais.

O Esteves sente que o Uber demora mais pra chegar, vai trocando mensagens com a Ana, pensando na mãe, *nunca estou bem onde quer que esteja,* e a Maria, pensando no filho, *sempre acho que estaria melhor ali onde não estou,* recebe a comida, mas a deixa de lado. Pensa. Sente vontade de futuro? O Esteves avisa, dois minutos. Ela pensa. Cansaço. Sente cansaço de futuro. Pensa no guru. Era desse tipo de guru que precisava? Ele desembarca e a Ana o recebe com um beijo, um pouco desengonçado por causa das máscaras, ainda assim, mesmo sabendo, até desejando. Era desse tipo de guru que precisava. A Maria recomeça o exercício; o Esteves também; *outro sujeito qualquer acenderá um charuto ao lado de um barril de pólvora, para ver, para saber, para provocar o destino.* Sobem até a cobertura; a Maria termina a primeira lista, muito mudada desde a última, muito mais completa depois de meses imersa num processo tão profundo de autoconhecimento, ela se concentra e começa a segunda, avança com cuidado até ficar satisfeita com a própria honestidade, *para se forçar a uma mostra de energia,* sente as duas listas latejando, respira fundo, todos respiram fundo, todo mundo em volta do Esteves com o aspirador de pó ligado, pulando e entoando uns mantras, cantando e ralando a bunda no chão, dançando e se virando mil vezes do avesso, *para fazer troça, para conhecer os prazeres da ansiedade,* e que belo seria se essa fosse a última hora, os últimos instantes não só deste ano, mas de todos, a última festa não só dos Buffett *Wanna-be,* mas de todas. O Esteves demora a perceber, mas os anfitriões estão hoje dispostos a dobrar a aposta, *para nada, por capricho, por ócio,* a Maria já não pensa, sente a pura energia cósmica canalizada pelo corpo, e é essa energia que ela vai usar daqui em diante para construir a melhor versão de si mesma, então começa a voltar à realidade material através dos cinco sentidos, o Esteves escuta e vê e sente e sabe e se debate e grita e finalmente entende, a Maria de volta do transe, pensa, sente, dois dos primos mais velhos do Warren Jr. imobilizam o Esteves e penduram-no no teto pelos pés, e ele fica ali de cabeça pra baixo e a Ana se despede com um último beijo.

Dez.

Nove.

Oito.

Sete.

Seis.

Cinco.

Quatro.

Três.

Dois.

Um: a piñata é muito popular nas festas latino-americanas, geralmente como brincadeira infantil, mas já foi parte importante de cerimônias religiosas nos países ibéricos; dizem que tem sua origem na China, onde era costume receber o ano novo com o estouro de uma panela toda decorada com fitas coloridas e cheinha, cheinha de sementes, símbolo da fertilidade imaginada pro futuro.

E agora o Esteves na cama do hospital, livre de tudo (o que é tudo?) menos de si (menos de quem?), sentindo a pele prestes a rasgar para escoar o excesso de versos. A Maria bate na porta.

Esteves? [ ]. Posso entrar?

Não precisa ficar com vergonha, filho. [ ]. A família deles é que é problemática, gente que não tem respeito por nada e passa por cima de tudo. [ ]. Você não tem culpa. [ ]. Você sabe que não tem culpa, né? Sei. E esse é só o teu corpo: o teu corpo vai cicatrizar e você vai sair dessa mais forte. [ ]. Vai cicatrizar e aprender e seguir em frente, sempre a caminho da melhor versão de si mesmo. [ ]. O médico disse que a cirurgia foi bem, as lesões internas foram reparadas, e tem o protocolo pós-concussão; de resto, a tíbia trincada e quatro costelas quebradas. [ ]. Ele vai prescrever um remédio pra dor, e quer te encaminhar pra uma especialista, o que você acha?

Seus olhos são dois antros nos quais cintila vagamente o mistério, e seu olhar ilumina como o relâmpago: é uma explosão em meio às trevas.

A mãe o deixa sozinho e a criança-bomba chora.

3\\ o antropocênico Prometeu

(A ciência marcha, os problemas do mundo encarados com método, não com metáforas. Alto! A ciência marcha, a vida no mundo encarada com método, não com metáforas. Alto! A ciência marcha, o fim do mundo encarado com método, não com metáforas. Alto! A ciência marcha, até que encontre no caminho quem aceite o desafio de não ser metafórico.)

a fertilidade imaginada pro futuro. Ela bate ponto na antessala da estufa. Entra. Não na estufa, no escritório onde trabalham os funcionários encarregados pela logística e administração de insumos. O colega a cumprimenta e avisa, vinte e dois mortos no nosso perímetro durante a noite. Ela acena. Vinte e dois tá bom. Já chegaram? Seis ainda em trânsito, os outros já estão no laboratório.

Bom.

Ela acena.

Ela vai começar com os que já chegaram, o colega por favor avise quando os outros estiverem por aí.

Pode deixar, ele acha que não demora.

Ela passa ao laboratório, cada um dos dezesseis corpos numa mesa de metal polido. A atmosfera do laboratório não é modificada; o mesmo ar de fora; gelado e seco; impróprio. Só dentro da estufa é que pode retirar o equipamento.

Ela examina cada um. Coleta amostras, reserva e etiqueta. Lê os históricos. Retira do quadril de um uma prótese de metal; do joelho de outro um ligamento de titânio. Um deles deve ter morrido há mais de um dia, a mumificação já em caminho, já perceptível no rosto. Demorou para ser reportado e agora as bactérias aeróbicas do trato digestivo estão mortas também.

Um desperdício.

Ela empurra a primeira mesa até a próxima sala, encaixa-a na parede por meio de correias e manipula o mecanismo para depositar o corpo na câmara de decomposição. Repete o procedimento. Deposita cada corpo numa câmara diferente.

Os outros corpos ainda não chegaram.

Ela respira aliviada, se prepara para entrar na estufa: carrega-se de terra, biomassa já decomposta, analisada e balanceada para enriquecer o solo da estufa, mais um estojo contendo tubos de ensaio para a coleta de amostras. Passa do laboratório à sala anterior, avisa o colega de que vai abrir a estufa, quando os outros corpos chegarem, ele por favor avise, mas agora ela vai entrar na estufa.

Tudo bem.

Tudo certo.

Ele abre a porta para ela. Ela passa à antecâmara e ele sela a porta. Fica sozinha. Pelo interfone, pergunta se a porta foi selada. Apenas segue o protocolo. O colega confirma e avisa de que dará início ao procedimento de descontaminação e regulagem atmosférica. Ela fecha os olhos enquanto acontece. Imagina o ar passando da estufa à antecâmara.

Espera.

Imagina.

Procedimento completo e ela finalmente remove o capacete. Abre a porta.

É tropical a vegetação interior, folhas amplas e vermelhos e azuis e amarelos exuberantes. Uma borboleta pousa, o camaleão vê, uma taturana desliza tronco acima, um cogumelo se esgueira entre as raízes.

Pelo teto de vidro, olha o céu.

Procura.

Procura pela estufa as plantas com folhas amareladas, começa a espalhar o fertilizante.

linhas retas sobre um mundo em movimento. Iluminação pública acesa desde as quatro da tarde, fim de expediente com céu tempestuoso: enquanto bolsistas e alunos e outros pesquisadores colocam em ordem suas bancadas de trabalho para irem embora, a Dra. Vitória Frankenstein se ocupa com o relatório de um experimento conduzido no laboratório de um antigo colega. Está publicado num periódico de ciências naturais, pois é essa a natureza dos seus métodos, mas sua importância muito mais se aproxima do campo da filosofia, uma tendência que começou com a própria doutora e que de tempos pra cá se acirra. Assim se lê, em resumo: duas colônias de bactérias do gênero Paenibacillus, a primeira provida com uma dieta de glicose e outros nutrientes, a segunda, além da dieta, sujeita a um controle populacional por via de injeções periódicas de antibióticos; em menos de vinte e quatro horas, os resíduos da digestão do açúcar gerou nas duas colônias níveis alarmantes de toxicidade, e a primeira não foi capaz de reverter os efeitos a tempo: acabou extinta.

O que vocês acharam desse tal de "ecossuicídio"?

[   ].

Já leram isso aqui?

Frankenstein olha em volta e vê que está sozinha, escuta os primeiros pingos de chuva na janela e em seguida uma batida na porta, a zeladora pede licença pra limpar o laboratório, e claro, é tarde, a doutora já estava de saída. Ela pega suas coisas, sai e caminha até o fim do corredor, espera o elevador ao som da enceradeira que a zeladora acaba de ligar para dar início à diligência solitária; pela janela, cercada pelo cheiro estéril e a superfície polida das bancadas, ela vê a doutora atravessando o estacionamento, correndo o quanto possível sobre os saltos e o asfalto molhado. Entra no carro e toma o rumo de casa, a luz dos faróis iluminando a estreiteza do caminho e sublinhando o mais da escuridão e do mistério em volta.

O mundo em volta.

Suntuoso e fascinante, o mistério em volta.

O sinal vermelho em frente.

A doutora não presta atenção.

Não para.

Passa ilesa.

Antes que chegue em casa, a zeladora terá terminado a limpeza do laboratório.

Ela também deixa o prédio da universidade, a parada do metrô a duas quadras apenas, anda até lá com mais cuidado do que pressa, presa no meio da luta entre o vento e o guarda-chuva. Desce as escadas, embarca, deixa pra trás o centro da cidade, vê o vagão aos poucos se esvaziar. No fim da linha, sobe de novo à superfície e apanha um ônibus, dessa vez por pouco tempo, escuta meia lenga do motorista e em seguida desembarca, quase na porta de um galpão cercado de gente de toda sorte, exceção feita à sorte de quem, como ela, pudesse passar por comum. Ela entra, pega no bar uma cerveja e atravessa o galpão, atenta às goteiras e às poças do lado de dentro, imaginando os drones do governo do lado de fora, e então passa aos bastidores pela cortina atrás do palco, joga de lado um tapete e bate na porta do alçapão. Codinome Julieta. A porta se abre e ela desce as escadas.

Há meses vem fazendo esse caminho.

Desde quando conseguiu o emprego na terceirizada que presta serviços de limpeza à universidade.

Desde quando foi oficialmente iniciada como hackangaceira.

E vem provando seu valor.

Fez cópias do arquivo pessoal da Dra. Vitória Frankenstein, dos relatórios financeiros e acadêmicos do laboratório que ela chefia, de todos os artigos em que aparece como autora ou co-autora e das publicações pelas quais se interessa; ainda instalou no celular dela um programa rastreador, uma escuta no apartamento e um *spyware* no computador.

Muito mais paciência do que perseguições e assassinatos e ameaças chantagistas, nada a ver com o espírito inquieto que paira sobre a cidade, nada a ver com os atentados, os acidentes misteriosos, os desaparecimentos, mas.

Assim é a resistência não-violenta do Hackangaço.[83-A]

Assim deve ser qualquer resistência bem-sucedida: a doutora é cuidadosa, escreve sobre a criança-bomba em seu diário, algumas anotações sobre a doença, sobre a possibilidade ou a necessidade de uma cura, mas nada comprometedor.

Chega em casa, abre o diário.

Castores, vírus, formigas, humanos, todos se entregam a alguma forma de ecossuicídio. Enquanto há comida, não param de se reproduzir. Enquanto há condições de vida, não se engajam em preservá-las. Enquanto isso, morrem sem perceber. Ou então, a possibilidade mais pessimista (mais realista?), enquanto há condições de vida, conscientemente se engajam em destruí-las. Na metáfora apresentada pelo colega, quem ou o que poderia cumprir a função dos antibióticos?

Não escreve nada comprometedor e a Julieta segue sem saber.

A verdade é que ninguém no quartel general sabe exatamente o que procurar.

Ninguém sabe quem está por trás de tudo.

A CIA?

Os *Illuminati*?

Alguma forma de vida alienígena?

O melhor é mesmo seguir na maciota, pelo menos até que consigam alguma informação concreta, o que, pra maior surpresa da própria Julieta do que de qualquer outro agente do núcleo duro do Hackangaço, acaba de acontecer.

Prova cabal daquilo que todos ali já sabem, mais categórica do que uma série de artigos científicos censurados pela Lei de Segurança Nacional, mais definitiva do um rastro de documentos ligando os Buffett *Wanna-be*, um embaixador chinês e a Dra. Frankenstein a uma conta bancária nas Ilhas Cayman, mais inquestionável do que um áudio enviado pela doutora ao lugar-tenente do Esquadrão Antiterrorista explicando o que seria necessário para criar um exército de crianças-bomba. Mais categórica, mais definitiva, mais inquestionável, pega essa: a grande Vitória Frankenstein, PhD, apesar de há seis anos não atender pacientes, aceitou o encaminhamento de um certo Esteves, sugerido pelo cirurgião-chefe do hospital universitário.

O codinome Lampião olha, pensa, desconfia.

Mas e daí? Ou a Julieta tira esse sorriso da cara ou desembucha de uma vez.

Advinha quem é esse certo Esteves.

Nããão!

Siiim!

Jesuismefoda!

A primeira consulta dele é sexta-feira que vem, cinco da tarde.

por aí andam dizendo: a espera continua. Leitura do terceiro post do codinome Profeta Habacuc: até quando, meu Deus, essa porratoda? é o que todo mundo quer saber: já chegou de meter o louco? até quando essa porratoda? Mas Deus não quis nem saber, a obra divina na evidência de toda a gente, o universo e as estrelas, tudo perfeito, e esses homens de ciência resolvem que podem mais que Ele? Pega essa, então: criança-bomba! E agora o mundo quer saber até quando, meu Deus? Por que castigar a humanidade toda pela soberba dos ímpios e traidores? Só que então o lance é o seguinte: o castigo pra eles é eterno, mas quem for fiel vai ter a vida de volta. É preciso ser fiel à visão, ela está escrita e é fácil de ler e a ela é preciso ser fiel. Fidelidade absoluta é o caminho do cristianismo-bomba; justiça absoluta é o que espalha quem foi batizado pelo fogo e pelo fogo batiza seus irmãos e irmãs.

152k

perigosa obsessão; trágica e predestinada obstinação. Não, não, não. A Dra. Vitória Frankenstein não consegue deixar de lado a criança-bomba, mas nisso não tem nada de perigoso ou trágico ou predestinado. Nada disso. Não se veja nisso nem sombra de qualquer sentimento que ultrapasse os limites de um fascínio quase infantil com a riqueza de fenômenos oferecida pelo universo.

Quando surgiu a questão, toda a comunidade científica se debruçou sobre ela, não só a Dra. Frankenstein, e o primeiro instinto de todos foi abordar a doença como qualquer outra, como mandava a razão. Antes que a Maria levasse o Esteves pra casa, os médicos responsáveis coletaram amostras, submeteram-nas a análises laboratoriais, geraram relatórios e submeteram estes ao escrutínio dos pares. Pensaram, debateram, procuraram e: não chegaram a lugar nenhum. Aos poucos deram-se conta de que este fragmento da realidade, apesar de tanto clamar por entendimento, se recusava aos métodos científicos. *Parecia-me que nada seria ou poderia ser conhecido.* A aporia persistiu, a questão foi entregue às humanidades, mas.

A Dra. Frankenstein não desistiu.

A Dra. Frankenstein a seguiu até lá.

A criança-bomba veio ao mundo com um duplo *twist* carpado, iludiu o entendimento até da própria mãe e, no meio dos pensadores contemporâneos, cravou a queda: a ~doença do nosso tempo~ era o tema mais *in* das estantes de filosofia pop: a depressão e o sujeito pós-moderno, o câncer como metáfora, a síndrome de *burn-out* e o capitalismo tardio; e agora: eleuteromania, melancolifobia, letomania, idiofonia.

Cada análise mais mirabolante que a outra, cada analista diante da criança-bomba e dos demais sintomas do espírito do nosso tempo.

Nossas demais doenças.

Nossos crimes.

Nossos hábitos.

Nossas ideologias.

Nossa arte.

Cada análise mais mirabolante que a outra, e cada analista, ao dar nome ao problema, quase como mágica, transformava em verdade a hipótese construída.

A coisa toda um tanto megalomaníaca por um lado, um tanto patética pelo outro, com uma pitada de poesia e a Dra. Vitória Frankenstein maravilhada. *Um homem daria um químico muito lamentável se cuidasse apenas desse departamento do conhecimento humano.* Uma mulher também.

Quase sem perceber, acabou se permitindo no laboratório esse impulso interpretativo menos engessado, passou a enriquecer os relatórios que escrevia com digressões sobre a história da medicina, com comentários sobre a representação de doenças na cultura popular, com antigas anedotas de pacientes. Revisitou a criança-bomba, os relatórios, o veredito da comunidade, a aporia, as interpretações do *best-selling* humanismo e, finalmente, deu seu próprio nome ao problema: **medeiamania**[115-A]: obsessão com a imortalidade de um lado, ilusão de ser imortal do outro.

que glória não alcançaria com a descoberta, se pudesse banir a doença da constituição humana e tornar o homem invulnerável a qualquer morte que não a violenta!

O artigo fez sucesso, a ideia virou livro, a décima reimpressão escoou tão rapidamente quanto a primeira. Por vários anos a fama da doutora se alastrou, humanizou as ciências naturais, naturalizou as ciências humanas, ficou reconhecida entre os pares daqui como a maior analista do espírito do nosso tempo, entre os pares de lá como a maior especialista na criança-bomba. E então não foi por nada que, depois de atender a um brutalmente espancado Esteves, o cirurgião-chefe do hospital universitário não perdeu a chance de encaminhá-lo à grande Vitória Frankenstein, PhD, vai que ela dá um jeito? O Esteves entra no consultório acompanhado da mãe, a doutora pede que ela espere do lado de fora, faz as perguntas protocolares, alguma dor, algum sintoma, medicação, nada? se ele puder tirar a camiseta e subir na maca, inspira fundo.

Mais uma vez.

De novo.

Mais uma.

Tudo bem, abre a boca, fala aaahhhh; aah; um pouquinho mais; aaahhhh. Ok, o Esteves pode vestir a camiseta e descer, parece que está tudo certo, ele por acaso tem alguma reclamação ou pergunta? Qualquer coisa que ele queira falar, a Dra. Frankenstein está à disposição.

Qualquer coisa?

A Dra. Frankenstein está à disposição.

a vida, embora seja só uma sucessão de angústias. É com considerável dificuldade que o Esteves se lembra da era de origem de seu ser: a voz da mãe, o chão é liso, mão, pé, a pele é lisa, o chão é liso, nariz, boca: o chão não é a pele, mão, pé: a pele é quente, o chão é frio, a mão: perto, o pé: perto, a mãe: longe, a voz da mãe: longe? nariz, boca: perto? dentro, a boca: dentro, o nariz: dentro, pé, mão: fora, a mãe: fora, a voz da mãe: fora? agora, sempre: e o pai? não, o Esteves não conhece o pai, talvez não tenha, nem pai nem criador: é o mundo inteiro pela voz da mãe, histórias infantis e castigos, lições e respostas e ordens, e vai pra aula de música e de onde é que veio esse dinheiro, vai correndinho ali no mercado e cala a boca, seu mal-criado e tá bom, filho, se cuida e. Tá bom, filho, se cuida porque. Já sabe, né?

Talvez fosse de esperar alguma comoção, e talvez ainda esteja por vir, mas.

Do ponto-de-vista do Esteves, o problema é mais dos outros do que dele, ou tanto dos outros quanto dele, porque se ele precisa da cura, então todo mundo precisa também. Já pensou? Já viu? Já passou por aquela rua onde dizem que mora a criança-bomba? Pois a doutora nem sabe quantos meios tem a muvuca que se arma por lá a cada dia, bloquinhos e entoação de mantras, malabarismo e artesanato e zines, e esses aí nem são tão ruins.

Só assistem.

Só esperam.

A doutora nem sabe.

O Esteves não contou a verdade pro médico do hospital sobre a surra que levou: não foi na rua, não foi aleatório: foi a família da primeira namorada. E também não foi intimidação, aquele ~fique longe da minha filha~ clássico. Nada. O Esteves deixou escapar quem era e eles deram festa atrás de festa achando que ia acabar em explosão, até que um dia perderam a paciência e BUUUM: otimismo pra eles é achar que o fim está próximo.

Um absurdo, né?

O Esteves acha que é, mas.

E o outros?

Ele anda pensando.

Tem quem siga a vida como se criança-bomba, fazer o quê? o negócio é continuar a espiral da própria metamorfose: aceita uma promoção, sai de férias, compra um carro novo, se apaixona, propõe casamento ao grande amor: gradual e orgânica e imperceptível e constante, mas atada à ilusão de sempriminente ruptura. Também tem o time do putaquepariu! criança-o-quê? filhodaputa! era só isso que faltava no mundo. Aí o pessoal que ainda carrega esperança na cura, além dos que ficam por aí mentalizando a não-explosão da criança-bomba.

E a Dra. Frankenstein: tá em qual categoria?

Quais eram os sentimentos daquele que eu perseguia, não posso saber.

A Dra. Frankenstein: tá em qual?

Diabo zombeteiro!

Em nenhuma, um pouco em cada, não importa.

É absurdo.

O mundo está todo aí e se basta, e o resto é todo absurdo.

O Esteves não se acha melhor do que ninguém, não, ele se inclui, também quis as festas acabando em explosão, também passou a infância fingindo normalidade e progresso, já caiu em desespero e, quando soube sobre as pesquisas preliminares da grande Vitória Frankenstein, PhD, conseguiu seguir em frente por causa da esperança na cura. O Esteves leu o livro dela. Assim que ela o lançou, o Esteves conseguiu uma cópia e leu, *Medeiamania*, a ideia é interessante, ele leu e achou bem interessante. Explica tudo, né? No fundo, todo mundo acha que é uma metáfora. Todo mundo acha que a morte é uma metáfora e que vencê-la não só é possível, como inevitável.

Lá na tal rua da criança-bomba é assim. Fica todo mundo na frente do mesmo prédio, e o Esteves não sabe se a metáfora certa é dizer que ele é palco ou que é plateia: sabe só que na maior parte do tempo quem assiste é quem tá na janela ou na sacada, aproveita a vista, se diverte com a festa, mas aí vem um moleque e estoura um rojão, um segundo de silêncio em que nenhum par de olhos da rua se vira pra outro lado. Alívio? Medo? Horror? Deslumbre? Os sentimentos variam de pessoa pra pessoa, mas. O que une todas elas é a surpresa. Até o Esteves, quando escutou, olhou o prédio, esperançoso. Surpreso e esperançoso. Já pensou? Já viu? *Medeiamania*. É interessante. Explica quase tudo. Quase? Quase. O que o Esteves queria saber é, se a Dra. Frankenstein estivesse lá na rua da criança-bomba bem na hora do estouro do rojão, se ela escutasse o estouro do rojão, o que ela ia sentir? Se o Esteves começasse, agora, a se contorcer do nada, se começasse a brilhar num laranja fosforescente, o que a Dra. Frankenstein ia sentir?

É isso que o livro não explica: por que a grande Vitória Frankenstein, PhD, desistiu de procurar a cura?

Nunca vou desistir de minha busca, até ele ou eu perecer.

Também sofre de medeiamania? Também se convenceu de que é uma metáfora? A Dra. Frankenstein, afinal, tá em qual categoria? Ela escreveu e escreveu e escreveu sobre a doença do Esteves e ainda não conseguiu enxergar a realidade por trás dos signos? Ou é o contrário? Ela enxergou de cara a realidade e passou a escrever e escrever e escrever para encobri-la com signos? O Esteves entende, ele não se acha melhor do que ninguém. Quer dizer. Do ponto-de-vista dele, é ele o marco zero do universo. Como pode imaginar a própria não-existência, se tudo o que sempre viu foi o universo orbitando em torno dele? E o mesmo deve valer pra doutora, do ponto-de-vista da doutora, e pra cada um, do ponto-de-vista de cada um. Como pode um ser humano (um burguês? um urbanita? um civil? um contemporâneo?), como pode um ser humano imaginar a própria não-existência? A gente faz qualquer coisa pra não enxergar a própria não-existência. A Dra. Frankenstein escreveu e escreveu e escreveu sobre a doença do Esteves para encobrir a realidade com signos, mas. Talvez esteja na hora de admitir: há realidade por trás dos signos: o Esteves está prestes a explodir, e a Dra. Frankenstein junto com ele. Ela consegue imaginar? **Consegue enxergar a própria não-existência?**[40-A] Consegue enxergar a realidade por trás dos signos?

gaia? Formigas caminham tronco acima. Cortam folhas. Descem. Carregam folhas até o formigueiro. Cortam folhas. Param. Sentem. Pensam. Voltam rápido ao formigueiro e alertam os soldados. É um ataque. Uma tropa de formigas-correição. Os soldados se encaminham para o local do ataque. Sentem. Lutam. Matam as formigas-correição. Sobrevivem. Sobrevivem? Muitos morrem. As trabalhadoras ajudam. Arrancam as pernas das formigas-correição. Morrem. Muitas morrem. É um ataque. É uma guerra. As formigas lutam. A colônia sobrevive. O ataque é repelido e a colônia sobrevive. Sentem. Pensam. Caminham tronco acima e cortam folhas. Os cadáveres se decompõem. Fungos avançam sobre os cadáveres. O solo é fértil. **A semente germina**[64-A].

por aí andam dizendo: a rota continua? É, moça, uma crise e tanto no transporte público aqui da cidade: você é nova aqui? Deu sorte de me pegar na escala hoje, mas fique avisada, assim de noite, tem muito ônibus que não circula mais por falta de motorista, eu sou dos poucos que continua no pesado. Falta segurança. Esse tal de Hackangaço ou sei lá o quê, essa gente aí sequestra ônibus pra tocar fogo. Teve um passageiro uma vez que tentou resistir, pois os caras incendiaram o ônibus com ele dentro, morreu carbonizado. Você já viu o que acontece? O corpo fica miudinho, miudinho, porque perde toda a água, e coberto de um pretume grudento, compartilharam a foto no grupo dos motoristas, um horror. E nessa mesma ocasião, o motorista também morreu, mas aí foi um ataque do coração, não sei se do susto ou. Azar, coitado. Agora tem muita gente procurando outro serviço. Eu só não fui porque não sei fazer mais nada. Conduzo essas rotas pela cidade já faz mais de vinte anos e vou seguir até me aposentar ou até morrer, o que vier primeiro. Além do mais, deu no jornal que o prefeito vai dar carta branca pra polícia antiterrorista. Já devia ter feito isso há muito tempo, né, mas ele mesmo acho que é envolvido com essa gente, ganhou a eleição com conversa de comunista: uma cidade compartilhada, esse era o slogan. Demorou pra aprender que essas coisas não dão certo, e político é assim, né, viu que vai afundar, pula do barco. Ele se salva e os outros que se fodam. O Hackangaço que se foda. E é bem feito pra eles, bando de terrorista. Eu não caio nessas conversas não, que de quando em vez aparece alguém, né, com ideia de lutar pelo povo, por uma vida melhor pro povo. Tô velho demais pra cair nessa. A vida do povo é difícil, não tem essa, viver é difícil, é cada um por si dando um jeito de seguir adiante, devagarzinho. Os passageiros que eu vejo aqui no ônibus: você acha que tem solução mágica pra vida deles melhorar? Acha que o futuro deles tem como ser melhor do que foi o passado? Isso é conversa de bandido que quer ser promovido a político. Não adianta fazer essa cara, moça. O que eu tô dizendo é a pura verdade. Acreditar que o Hackangaço vai mudar alguma coisa é ingenuidade, ou até pior: é burrice. Ihh, moça, que é isso? Solta, moça! Pelo amor de Deus, eu tenho mulher em casa pra cuidar. Moça! Socorro!

PÁ! Mas como ele é doutora? Todos os colegas do laboratório querem saber sobre a criança-bomba. A doutora deve ter passado quase uma hora no consultório com ele, com certeza a maior especialista na criança-bomba teve tempo de formar juízo: como ele é?

Ele é.

A Dra. Frankenstein pensa.

Ele é.

A Dra. Frankenstein olha.

Ele é.

A Dra. Frankenstein e o Esteves começaram pelo lado errado da ampulheta, subjetivismo de microondas e existencialismo embalado a vácuo, eu sei e eu entendo e eu penso, como se falasse do topo da sabedoria acumulada em trezentas vidas, e só de não ter dado risada na cara dele a doutora achava que tinha se saído muito bem, e o Esteves, parece, era da mesma opinião, ela falou que gostaria de continuar a pesquisa iniciada em *Medeiamania* e, em vez de dar adeus, ele concordou em voltar na sexta-feira seguinte.

Ele é normal.

Normal?

Exato: muito visceral esse jeito adolescente de estar no mundo: tudo o que faz e tudo o que quer e tudo o que sente é pela primeira vez, medo e inconsequência e angústia e paixão e revolta, tudo pela primeira e potencialmente última vez! Como ele não tem outras experiências com as quais comparar, sempre acha que está sentado sobre a verdade absoluta do universo, então não deixa de ser, como tantos outros adolescentes por aí, irrecuperavelmente patético, mas. A Dra. Vitória Frankenstein achou bonito admirar.

Está animada para dar continuidade à pesquisa.

Eu escolho o ecossuicídio.

O título é bom; o editor já aprovou e está ansioso; a ideia é observar os tantos comportamentos autodestrutivos ou contracivilizatórios espalhados pela sociedade e argumentar, a partir de uma série de entrevistas com a criança-bomba, que são **uma escolha consciente ao invés de um ciclo vicioso**[96-A]. A doutora explica. O Esteves escuta. A ideia é interessante. Eles conversam semana após semana, a criança-bomba entra no laboratório, sente sobre si os olhares dos cientistas, cheios de ignorância e fascínio, passa ao consultório da Dra. Frankenstein e conversam por uma hora e semana após semana ele volta. Semana após semana repetem.

A doutora pergunta sobre as festas dos Buffett *Wanna-be*.

O Esteves responde.

É uma metáfora interessante.

Pergunta sobre a rua onde dizem que mora a criança-bomba.

Ele responde.

Pergunta sobre os grupos de mentalização contra catástrofes.

Ele responde.

São metáforas interessantes.

Semana após semana conversam; semana após semana repetem até que a Dra. Frankenstein conclua o livro. Ela avisa. Ela diz que agora só precisa da assinatura dele, uma declaração de ciência e consentimento, burocracia da editora, mas não é nada, ele pode assinar. O Esteves olha. Pensa. Ele se alegra que o livro esteja pronto. Na verdade, ele acha que não poderia ter acontecido em época melhor: os alunos do conservatório vão se apresentar nesse domingo, o caminho de Bach a Beethoven, o Esteves vai participar da peça, ele tem um convite extra e gostaria que a Dra. Vitória estivesse lá: o que ela acha de comemorar o novo livro em grande estilo? Alta sociedade e alta cultura, tem tudo pra ser um concerto altamente especial! Ele assina o documento, sim, mas só se a doutora aceitar o convite.

Ela sorri. A Dra. Frankenstein fica feliz com o convite. Ela aceita, sim, ela agradece e aceita o convite, se o Esteves puder assinar a declaração, ela pode começar a comemorar desde já, mas. Não, não, a doutora ainda não entendeu. O Esteves quer ter certeza de que a doutora escolherá conscientemente assistir ao concerto da criança-bomba. Já pensou? Já viu? Se ela escolher não ir, é sinal de que a tese defendida no livro é falsa, e nesse caso o Esteves não pode dar seu consentimento.

Diabo zombeteiro!

Ele é.

A Dra. Frankenstein pensa.

Ele é.

A Dra. Frankenstein olha.

Ele é.

A Dra. Frankenstein suspira. É só um concerto. É só uma escolha. É uma boa chance de testar em si a hipótese, daria inclusive um baita final para o livro, o último capítulo, a própria doutora se entrega ao impulso contracivilizatório, não por desespero, não por escapismo, mas por escolha, racional e consciente e desapaixonada. É só uma escolha.

Adolescente é tudo uma merda.

A Dra. Frankenstein ri da proposta e diz que é assim mesmo que deve ser. Assim há de ser.

Na entrada do teatro, reconhece de longe alguns ilustres da cidade, família Buffett *Wanna-be* inclusive, anúncios elegantes e iluminação, entrega o ingresso e recebe em troca o programa do concerto, alta sociedade e alta cultura: tudo pra ser um concerto altamente especial!

De fato.

Se lembra agora há pouco quando foi dito que não se tomasse a insistência da Dra. Frankenstein por obsessão trágica ou qualquer índice outro dessa laia? Pois então: foi metáforapobricamente pro espaço.

Tem gente que é cética em relação a essas guinadas imponderáveis do destino, como se não existisse, como se fosse nada além da ilusão de ruptura sob a qual vive a gente humana (a gente burguesa? a gente urbanita? a gente civilizada? a gente contemporânea?), mas alguma coisa aconteceu durante o concerto, *o destino era potente demais,* uma experiência religiosa, um evento-âncora da vida, *e suas leis imutáveis haviam decretado minha completa e terrível destruição*: alguma coisa, porque a Dra. Frankenstein sai de lá e putaqueupariu! criança-o-quê? era só isso que faltava no mundo. Já pensou? Já viu? Biblicamente vai chegar um dia em que BUUUM, e aí PUF, e a maior especialista do planeta na doença do infeliz vai ficar sentada esperando? Isso no passado, mas. É a realidade por trás dos signos.

A grande Vitória Frankenstein, PhD, vai embora, resoluta, como se atingida por um raio e de repente: viva.

Protocolarmente publica *Eu escolho o ecossuicídio* e diz ao Esteves que já está preparando o próximo livro: dessa vez um estudo diferente, ele vai achar interessante, ele vai ver. Convida-o para seguir frequentando o laboratório. As conversas continuam semana após semana, mas além delas, agora, o Esteves se presta a ser uma cobaia para exames e experimentos físicos. Ele pergunta. Ela desconversa. Ele vai achar interessante. Ele vai ver. A partir do sangue e amostras de tecido coletados, a doutora desenvolve por debaixo dos panos protocolos experimentais, testa hipóteses, colhe dados, analisa resultados, descarta tudo e recomeça. Mês após mês, continuam, conversam, a doutora pesquisa, o Esteves nem torna a perguntar qual a tese da vez. Não se importa; gosta de conversar com a Dra. Frankenstein; frequenta o laboratório por escolha.

E as sessões lhe fazem bem.

Ano após ano, o Esteves fica bem.

Ao invés de repetir os padrões negativos, corta relações com os Buffett *Wanna-be*, reconhece em si mesmo algum valor, dá um grande passo rumo à autoaceitação, faz uma e outra boa amizade com alunos do conservatório e, quando os vê seguirem adiante pra Viena, Nova York e Londres, em vez de se afogar em amargura, reconhece a própria falta de gênio e processa a tristeza de deixar o conservatório: a diretora diz que ele pode continuar os estudos ali mesmo, mas. Ele quer buscar outros horizontes. Os colegas da doutora ficam impressionados com o progresso e são obrigados a conceder: o Esteves é, de verdade, apesar do defeito raro e incurável com que nasceu, um adolescente normal.

Resultado: só uma pessoa não percebe o amadurecimento da criança-bomba. O foco no trabalho é incansável, a Dra. Frankenstein passa todas as noites no laboratório. Realiza experimentos, armazena e trata os dados no computador pessoal, deixa os relatórios em casa, tudo em segredo, com medo de que o Esteves descubra e pare de colaborar. Resultado: quando a grande Vitória Frankenstein, PhD, finalmente consegue resultados promissores com uma das drogas experimentais, só uma pessoa além dela fica sabendo.

por aí andam dizendo: a matrioska continua. Escuta só essa, mano, olha só que engraçado: "átomo" significa "não divisível". Sabia dessa?

Engraçado, né, porque menor que átomo já descobriram um monte de coisa: próton e quark e elétron. Um monte de coisa.

Sempre tem alguma coisa.

Mais uma aqui, meu bem, por favor.

E às vezes eu fico tirando uma pira, depois de tomar umas, né, eu tiro uma pira: eu falo porra, com o mundo é a mesma coisa, e com a gente também, pô. Sempre tem essas histórias de apocalipse, tinha aquele dos maias, e o das testemunhas de Jeová, aí inventaram o dos acidentes nucleares e o dos zumbis, e depois o das tempestades e terremotos e invasões alienígenas, um filme atrás do outro, uma história mais doida que a outra, mas a coisa nunca chega de vez nos finalmentes, o mundo tem sempre um fôlego extra, parece, sempre continua um pouquinho mais. É tipo aquelas bonecas russas, sabe? Que tem uma dentro da outra, e aí chega uma bem miudinha lá no meio e você pega achando que é a última, mas não, ela abre de novo e tem mais uma lá no meio. Agora a gente tá nessa da criança-bomba: e depois dessa?

Se eu pudesse inventar o próximo, ia querer algum evento astronômico, o segundo sol ou uma chuva de meteoros, alguma coisa que fosse bonita. Alguma coisa que não fosse nossa culpa. Porque a gente não tem culpa, né, tomara que não. Do que a gente tem culpa? A vida.

Mais um, querida.

Obrigado.

A vida da gente também tem dessas.

Correr atrás do horizonte, sabe?

Sempre tem aquela coisa que a gente quer, e depois de conquistar aquela coisa, aí sim a gente vai ser feliz. Passar naquele concurso, casar, ter um filho, visitar aquele país. Aí sim. A gente vai se descobrir, se contentar, mas não dura.

Do que eu tava falando?

O átomo.

Pois então.

Sabe o que eu acho mais engraçado nisso tudo? É que a divisão do átomo é um dos eventos mais importantes da história: descobriram que dá pra dividir, e dividiram, e aí bombas e energia nuclear e Guerra Fria e um monte de coisas e mesmo assim continuaram chamando o átomo de "átomo". E então eu penso que a gente fala as coisas dum jeito que não é bem perfeito, se o átomo se chama "átomo" e nem é "atômico", tá longe de ser perfeito: a gente fala as coisas tudo pela metade, faz as coisas tudo mais ou menos, mas é o que a gente dá conta de resolver.

Não é engraçado?

A última, querida, por gentileza. Depois chega.

mais linhas retas; mais movimento. Iluminação pública acesa desde as quatro da tarde, fim de expediente com céu tempestuoso: enquanto bolsistas e alunos e outros pesquisadores colocam em ordem suas bancadas de trabalho para irem embora, a Dra. Vitória Frankenstein se ocupa com o próprio relatório, o último produzido, a cura. O terceiro volume da trilogia. *A cura*. Com um prefácio que explica em detalhes o sentimento que a fez mudar o rumo da pesquisa.

Foi um sentimento?

Um prefácio que explica em detalhes como é se enfrentar com a realidade por trás dos signos.

O céu tempestuoso, ali em cima, não representa o espírito atribulado da doutora ou da cidade, não representa o futuro desolador. É só o céu tempestuoso.

Não é uma metáfora, é a realidade por trás das palavras, é o céu tempestuoso: começa a chover.

Foi um sentimento?

O ecossuicídio de bactérias é o ecossuicídio de bactérias.

O nosso ecossuicídio é o nosso ecossuicídio.

A criança-bomba é a criança-bomba: um dia ela explodirá, e nós explodiremos junto com ela.

A não ser que ela concorde em tomar a cura.

A Dra. Frankenstein olha o relógio; pensa; sente; eu tenho te enganado durante os últimos anos, Esteves, é preciso passar umas coisinhas a limpo; seu destino e o da humanidade estão entrelaçados, Esteves, você precisa entender; você tem um defeito congênito, raro e imprevisível, Esteves, mas não mais incurável. Ela olha o relógio. Levanta-se e caminha de lá pra cá, já sozinha no laboratório. Pela janela, vê o Esteves atravessar o estacionamento, correndo um pouco para fugir da chuva, antes que engrosse.

A criança-bomba correndo é a criança-bomba correndo.

A doutora espera, é preciso passar umas coisinhas a limpo, a doutora pensa, seu destino e o da humanidade estão entrelaçados, a doutora sente, você tem um defeito congênito, mas não mais incurável, raro, mas não mais incurável, imprevisível, mas não mais incurável. Ela espera. A grande Vitória Frankenstein, PhD, está pronta para encerrar este ciclo não só na vida dela, mas na de todos, **está pronta para encerrar este ciclo da história.**[107-A]

Ela espera.

O Esteves já deveria estar.

Ela espera.

Tenta escutar; tenta saber.

Está prestes a ir averiguar, quando escuta os passos no corredor. Distantes e ligeiros. Mais próximos e quase. A doutora pensa, sente, espera, olha e: na porta do consultório, surge a zeladora.

Senhora.

Doutora.

Rápido.

Ajuda.

Um rapaz caído nas escadas.

Sangue.

Meu deus.

Ela salta da cadeira e corre até a escadaria, desce o primeiro e o segundo lance de escadas, onde? a zeladora não responde, a zeladora não está, onde? esbarra nuns alunos do turno da noite, desce mais um e mais dois lances, pergunta, não, ninguém viu.

A doutora pensa, sente, espera, olha e: não entende.

Ela não entende.

É a única, claro.

A Dr. Frankenstein é a única que não entende.

E nem vai conseguir tão cedo, se insistir sem erro no método científico.

A gente, que não tem esse apego obsessivo, já sabe que ela vai voltar ao consultório pra encontrar o computador pessoal jogado no chão, destruído, e que vai abrir o frigobar, virar e revirar a mesa e verter e reverter o laboratório inteiro antes de admitir que a cura não está por ali para ser encontrada; já está chegando lááá no quartel-general do Hackangaço, junto com a codinome Julieta e o Esteves, devidamente amordaçado, mas sem se desesperar, a gente sabe, porque a resistência da qual participa a Julieta é não-violenta e, quando ela vê o susto no rosto dele, trata de acalmá-lo, não é nada, Esteves, um passeio pela periferia, só isso, você tem sido enganado durante a vida toda, Esteves, essa aqui é uma intervenção pra passar umas coisinhas a limpo, seu destino e o da cidade estão entrelaçados, Esteves, e você precisa se preparar.

2\\ os inocentes, os sonâmbulos, os contemporâneos

(O Hackangaço faz a luta chegar à soleira dos bilionários do mundo, mas nem com isso deixa de ser motivo de piada; sem perder o descompasso, a codinome Maria dança sobre a linha tênue entre o autoaperfeiçoamento e a autodestruição; o Esteves é recrutado pelo Hackangaço, participa com sucesso da primeira missão, perde o medo, se atreve a sonhar com o futuro e se decide pela cura. É o enredo: todos em busca de enredar a realidade para dar-lhe um sentido.)

são pessoas realistas. Nem de longe esperam do futuro algo que, com razoável probabilidade, ele possa oferecer; a gente já passou por algumas das barbaridades que essa gente dá conta de pensar, então, quer dizer: são pessoas realistas noutro sentido: inseridas na paisagem do mundo real, ninguém as estranharia. Ninguém as estranha, melhor dizendo. Porque estão por aí, todas elas, são advogadas, funcionárias dos correios, caixas, biólogas, astrofísicas, mestres de obras, atendentes de telemarketing, seguranças, empresárias, jardineiras; saem pra tomar uma cerveja, às vezes pensam no que poderia ter sido, sentem indignação com as injustiças do acaso ou do destino, evitam questionar o significado da vida, mas nem sempre conseguem, e desejam que as coisas fossem mais simples; uma delas usa óculos, tem o rosto arredondado, uma cabeleira rala e muito ruiva, como as brasas de uma fogueira prestes a se apagar; outra é muito alta, de ombros olímpicos, um olhar doce em contraste com a aparência ameaçadora; uma terceira tem fartas banhas ao redor dos braços, pernas e tronco, apazigua o sofrimento dos dias quentes com o ventilador portá-

são pessoas realistas? Não é que esperem do futuro qualquer coisa que ultrapasse os limites do possível; a gente ainda não passou em tantos detalhes pelas ideias todas que essa gente dá conta de pensar, então, quer dizer: é noutro sentido que talvez não sejam pessoas realistas: extraídas da paisagem do mundo real, impossível não estranhá-las. Dito de outro jeito, não dariam conta de compor, por si próprias, uma situação realista; precisam de artefatos e moldes e protocolos que as ancorem no real, e sem eles ficariam à deriva, incapazes de imaginar uma existência organizada, acompanhada de métodos, de burocracia, da divisão do trabalho em diferentes profissões, de hobbies socialmente aceitáveis e maneiras amigáveis de convívio; não pensariam jamais no que poderia ter sido, porque lhes faltaria memória do passado e ideação do futuro, sem a noção do justo ou injusto, não se indignariam com o acaso, a vida teria objetivo inequívoco — sobreviver — e não precisaria de significado, tudo seria muito mais simples; a aparência de cada uma seria vista apenas de longe pelas demais, e seria julgada nos termos mais pragmáticos: grande ou pequeno, forte ou fraco, perigoso ou não.

til que carrega no bolso. Sorte que o quartel-general do Hackangaço fica no subterrâneo de um galpão longe do centro da cidade. Sempre fresco, portanto. E enorme. Muitíssimos metros quadrados, mas pouco amplos, por causa da quantidade de objetos que abriga, móveis, eletrônicos, papéis, roupas, peças de automóveis, obras de arte, gibis, telas, cacarecos, antiguidades. Talvez não muito verossímil, quando descrita assim, mas extraída do mundo real como poucas paisagens por aí. Mesmo assim, não é sem surpresa que, quando do meio de todas essas pessoas avança um homem realista em particular, um tatuador talentoso e bem comportado, empregado bem quisto num estúdio da moda, jogador de capoeira nas horas de lazer, de estatura mediana e cintura pouco mais larga do que era até recentemente, o que estica demais o tecido da camiseta e deforma o croqui do Portinari impresso nela: quando esse homem avança e tira o capuz da cabeça do Esteves, não é sem surpresa que ele encara o que vê.

Da mesma maneira seriam julgados os espaços: alto ou baixo, superficial ou subterrâneo, seguro ou exposto. E por isso o quartel-general do Hackangaço fica onde fica, por isso é organizado como é, objetos às vezes reunidos com seus pares conceituais (uma câmera super-8, uma turbina, uma caixa cheia de areia, uma bota e uma bandeira: a encenação do pouso na Lua), às vezes com seus pares funcionais (portas, telas e esquadrias de janela), às vezes abandonados, sem par algum. Mesmo assim, não é sem algum grau de reconhecimento que, quando do meio de todas essas pessoas avança um homem cujo realismo qualquer sujeito de bom senso conseguiria disputar, o administrador de alguns dos mais prolíficos fóruns da deep web, recrutador de soldados clandestinos, a mente por trás das principais terrorias da conspiração não do mundo real, mas do mundo contemporâneo: quando esse homem avança e tira o capuz da cabeça do Esteves, não é sem algum grau de reconhecimento que ele encara o que vê.

Quando finalmente explodir, são essas pessoas realistas que a criança-bomba terá diante dos olhos.

gradual e orgânica e imperceptível e constante, mas. A vida da gente muda com o tempo: às vezes mais, às vezes menos; às vezes pra melhor, às vezes pra pior, às vezes não se sabe dizer pra qual dos dois; às vezes a gente vê a mudança com clareza só depois de ela passar, quando olha pra trás — fica mais fácil, a gente esquece a multidão de eventos que turbilhava em volta, guarda na memória só os fragmentos mais importantes e consegue dar sentido contínuo: àquele dia quando a gente conseguiu um emprego novo, àquele ano durante o qual uma pessoa qualquer se tornou pra gente uma pessoa importante, àquela década que a humanidade passou tentando digerir o nascimento da criança-bomba —; às vezes, quando seus fatores determinantes foram coisas que não aconteceram — um telefonema perdido, um trem não-descarrilhado, uma arma, carregada e apontada, mas cujo gatilho ninguém apertou —, a mudança consegue atropelar a gente sem deixar testemunhas; e às vezes, só muito raramente, é possível clariver a mudança mesmo antes que ela chegue: é aquele momento no jogo de piñata, depois do escândalo e da gritaria, mas antes do clímax, quando a gente percebe que o cego no meio da roda encontrou o balão: ele inspira e expira, desenha um leve sorriso nos lábios, e com o terceiro olho a gente antecipa a trajetória do cassete e a explosão e os espólios e a gente sabe que vai levar umas boas cotoveladas na luta por uma porção generosa e mesmo assim tem vontade de que chegue logo.

O codinome Lampião coloca a cura nas mãos do Esteves: a decisão é dele, de mais ninguém.

tem coisa que a gente vê e pensa que é terrível, mas é só falta de costume. No distrito de concreto virgem, brutalismo que não verga e progresso, o codinome Lampião olha pela janela um corpo que acaba de ser inscrito na infinita lista de fatos mudos do mundo.

Um corpo humano deixado morto na calçada. Oxalá.

Ainda humano depois de estar pelado; ainda humano depois de estilhaçado; ainda humano depois de estar sem vida. **Um cão de rua vem cheirá-lo**[16-A]: ainda humano?

Deixou de ser burguês, urbanita, civilizado, contemporâneo. Deixou de ser humano?

Ele entra em casa estrangeiro, a cura no bolso, a Julieta se despede com um sorriso, ele fecha a porta do carro e sobe as escadas e entra em casa estrangeiro. Como foi a consulta, Esteves?

Tudo certo.

Nos meses seguintes, o Esteves divide o tempo entre afogar-se na *deep web* e ir às reuniões do Hackangaço. Vai e não fala nada, só olha e escuta a gente falar com tanta tristeza dos grandes problemas do mundo e com tanta raiva dos grandes planos para solucioná-los, escuta a gente, cada uma num cultivo intenso do respectivo *mindfuck*, e com isso ele cultiva o próprio e com isso ele descobre que boa parte da gente duvida da existência da criança-bomba, mas.

Mesmo quem duvida acredita que os Buffett *Wanna-be* estejam por trás das ciladas da vida humana (burguesa? urbanita? civilizada? contemporânea?).

Mesmo quem duvida não abre mão da aconchegante certeza da necessidade da cura.

Mesmo quem duvida não abre mão da aconchegante certeza da proximidade do fim.

Todos falam com tristeza e com raiva e se reúnem em volta do bar e do palco. *Nosso horror se transformava em riso...* Hoje era pra tocar um funk sideral, mas tem um magnata da música que frequenta por procuração o quartel-general e leva ninguém sabe pra onde os talentos dignos do *mainstream*. Inconveniente quando acontece de última hora, mas de resto, o codinome Lampião nem aí, ele trabalha na vanguarda, quem quiser ser feliz com música que está sempre prestes a morrer, à vontade. Pro lugar dos caras, chamou uma batalha de slam.

O Esteves escuta.

Todos escutam.

Perdem-se no som e em seguida voltam pra casa.

Fazem seus caminhos através da cidade atolada num espírito inquieto (ainda humano?), sentindo medo e desespero e excitação e indignação e culpa e raiva e inveja pelo que pode estar adiante, ruínas ou corpos caídos, nada a ver com a resistência não-violenta do Hackangaço, claro, mas salpicados por todos os becos.

Voltam pra casa e ele entra em casa estrangeiro.

A Maria olha, a Maria pensa, a Maria nada. Não é que temperamento e hábitos novos do Esteves passem despercebidos, é que é fácil atribuí-los à condição de ~adolescente normal~ que a Dra. Frankenstein tantas vezes professou. E como, pra ser sincera, ela tem mais o que fazer além de decifrar o ânimo do filho, deixa baixo. Segue a vida em busca da melhor versão de si mesma e, enquanto não a encontra, alivia as frustrações e o estresse como pode, na carne de algum novinho ou na própria. O filho explodiu? não? então tá bom.

Mas não tá bom. Pra ele, a sensação é a de haver mundo que chega em volta, a sensação é a de haver mundo até demais: a última moda nas vitrines e delivery de comida e de livros e de mudas de plantas e produção recorde de soja e vazamento de petróleo e a estreia mundial do primeiro episódio da última temporada de sabe-se lá qual seriado e leite de vaca ou de soja ou de amêndoas? integral ou desnatado? zero açúcar? zero colesterol? zero lactose? e no fim das contas nem importa porque a embalagem de um e de outro vai pra mesma ilha de lixo no Pacífico Norte e no fim do ano, **qual pacote de viagens?**[21-A] Europa ou Caribe? talvez o Círculo Ártico, antes que as geleiras se terminem de chorar. Até lá, pelo menos, tem música ruim e cerveja choca no quartel-general do

Hackangaço: tô precisando horrores; e ele? Ele precisa é de um pouco de mundo a menos.

Não só ele: esse sentimento o codinome Lampião divide com muita gente.

Dá pra ver na vontade de cada cliente que passa pelo estúdio. A pessoa chega com uma foto: uma foto do passado que teve, uma foto em que saiu de olho fechado, ou de quando precisou engessar o braço, ou da noite do primeiro encontro com a primeira namorada, uma memória da qual sente saudades, ou pode ser uma frase, um nome, uma data, uma ideia da coisa que quer tatuar, porque apesar de ser feia a palavra, é uma coisa, sim, é sempre uma coisa, até as memórias são coisas, e o que a pessoa quer, no fundo, é arrancar essa coisa da irreparável bagunça da contemporaneidade, na qual entrou por descuido, a pessoa quer atribuir a essa coisa existência genuína, separada de tudo o que sobra, dos pedaços de mundo a mais, do resto, na crença ou pelo menos na esperança de que um olhar atento seja suficiente para tanto, na crença ou pelo menos na esperança de que, com um olhar atento, essa coisa passe, magilogicamente, a significar.

Ele pega a agulha e a tinta, desinfeta um canto no alto da perna direita, transforma em signo a noite que vê pela janela, o corpo humano deixado morto na calçada; o codinome Lampião acha bonito pensar que o problema do mundo é ser carente de olhares atentos.

Alguém olha atentamente os membros do Hackangaço? Eles também foram inscritos na infinita lista de fatos mudos.

Alguém olha atentamente a criança-bomba?

Rareia a presença do Esteves na sede do Hackangaço, que a gente de lá é igual à gente do lado de fora, gente que luta diariamente contra a tristeza e a solidão e a raiva diante de um mundo indiferente, que sente medo de sobrar e vontade de pertencer, que fica cansada de carregar sobre os ombros o peso da história e se vê esmagada pela complexidade da vida. O Esteves olha, escuta, caminha pela cidade com a cura no bolso, às vezes com todo o cuidado, segurando-a com força na mão, às vezes torcendo para tropeçar e cair e tê-la injetada no corpo ou torcendo para tropeçar e cair e senti-la quebrar contra o chão, de qualquer maneira poupado de decidir. Rareia a presença dele na sede, que a gente de lá é igual à gente do lado de fora, gente humana (burguesa? urbanita? civilizada? contemporânea?), que caminha às vezes com todo o cuidado, às vezes torcendo: *em direção ao nada!*

Quanto tempo a gente aguenta em silêncio em volta da piñata?

Quanto tempo até que a gente fique inquieto e grite pra assentar logo o braço nessa porra?

Quanto tempo até que a gente tome o bastão e por conta própria exploda a piñata?

O codinome Lampião hackeia o computador do Esteves, se entrega no tempo livre a ver na própria tela o que ele vê na dele, escutar o que ele escuta, com sorte até pensar o que ele pensa ou, num exagero semântico, sentir o que sente: se entrega no tempo livre, ainda que por tabela, a olhar o Esteves atentamente: o Esteves na frente de um sebo, o Esteves do outro lado da rua, olhando a porta de um sebo como quem vê o horizonte e começa a andar. A codinome Julieta dá um passo pro lado de fora e, como quem lê uma equação e não entende, vê o Esteves do outro lado da rua, olhando diretamente pra ela. Como é que ele sabia onde encontrá-la? Ele não escuta, ela atravessa a rua, um carro buzina, uma moto acelera, um cachorro late, outro responde, dobra o sino da matriz pelo passamento de um dizimista, uma jovem xinga alto ao ver a toalha de banho voar janela abaixo, uma violinista se extasia no próprio improviso, um moleque estoura um rojão, mil cabeças se viram, alívio e risada. Como é que ele sabia onde encontrá-la? Ali é onde dizem que mora a criança-bomba, onde mais ela estaria?

por aí andam dizendo: a realidade continua? Eu baixei o app ontem: War on Terror. Dá pra jogar de graça, mas aí é só estratégia, só no tablet, você escolhe se quer ser terrorista ou agente de inteligência do Estado, recebe as informações, planeja as ações e o algoritmo gera o resultado. Até que é legal, eu já joguei um pouco ontem, mas. Tô de olho é na versão paga. Não é barata, mas deve ser sinistra. Eles mandam uns óculos de realidade aumentada que você conecta ao tablet por bluetooth, e aí, além de planejar as operações, você mesmo é que executa, você estabelece os *checkpoints* na cidade, determina a missão, o objetivo, e sai na rua pra fazer acontecer. Se lembra daquele jogo do Pokémon? Tipo aquilo, mas em vez de aparecer na tua frente um Magicarp pra capturar, aparece um terrorista pra dar tiro. Ou o alvo do terrorista, né, se no jogo você escolhe ser do mal. Eu já assisti a umas transmissões ao vivo de galera jogando. Realidade aumentada sem *bug* nenhum. *Gameplay* sinistro. E os óculos não fazem só enxergar as coisas do jogo, eles têm uma fita estilo Neuralink, sabe? Neuralink. Não sabe? É interface computador-cérebro: tipo pra escutar música sem fone de ouvido, escutar música direto na cabeça, como se você estivesse imaginando, mas de verdade. E os óculos têm uma fita desse tipo: você escuta os sons, sente os cheiros, sente encostar nas coisas, tudo. Uma fita. Isso não dá pra saber pelas transmissões, mas todo mundo que joga diz que a experiência de morte no jogo é um lance incrível. Se você é baleado, por exemplo, sente uma dor terrível, a pressão baixa bastante, como se você estivesse perdendo sangue de verdade, aí você desmaia e tem umas visões dessas que acontecem quando a pessoa tem hipoxia. Depois de uns dois minutos você acorda. Se eu encomendar hoje, chega semana que vem. Você devia encomendar também. Já pensou? A gente planeja as missões e sai por aí atirando em todo mundo.

por aí andam dizendo: a vida continua. Com as explosões e as enchentes, o prefeito começou a fechar uns abrigos aí pela cidade, na zona norte, dois no centro, o da Regional Santo André, que era onde eu tava antes, perto do instituto de música, que também fechou. Corte de verbas, a prefeitura não tem dinheiro pra reformar esses prédios toda hora, só me entregaram um formulário pra preencher e disseram que ia ter uma vaga pra mim no fim da Linha Vermelha, mas lá é um abrigo pra não-fumantes, e eu coloquei no formulário que eu fumo, então por que me mandar pra lá? Eles sabiam que não ia dar certo e eu ia acabar voltando pra rua. Também não adianta reclamar pros funcionários do abrigo. Alguns tentam ajudar, mas. Eu fico nessa de preencher formulário e esperar resposta e ser recusado por não ser idoso ou deficiente ou pai de um recém-nascido, que são as três categorias prioritárias pra prefeitura e pras caridades. Eu queria chegar lá e dizer que sou o pai da criança-bomba, pra dar um susto nos funcionários, mas sem uma cópia autenticada da certidão de nascimento, não adianta, e pela alegação falsa eu ainda perco por vinte e quatro meses o direito de fazer solicitações. A vida nos abrigos também era uma merda, então eu passo por aí mesmo. Só é foda ficar sem tomar banho, e agora no verão, pior ainda. Comida sempre se arranja, um cigarro, de resto só o que faz falta é o banho e alguém de vez em quando pra trocar uma ideia. Eu olho pra alguém, pergunto alguma coisa, a pessoa me dá um trocado ou enterra a cabeça no celular e finge que não escuta. Porra. Eu só queria conversar. Falar mano: qualé a dessa pira aí? Uma criança-bomba, mano! O que é que você tem feito da vida? O que você ainda vai fazer? Tá sentindo medo? Desespero? Excitação? Indignação? Culpa? Raiva? Inveja? Aí a pessoa ia falar que tá foda, o emprego não tem mais sentido, tava planejando começar uma família, mas agora não sabe mais se deve, imagina só ter um bebê num mundo desses! Imagina ir bater ponto na firma sabendo que pode ser o último capítulo da biografia! Qual epitáfio a pessoa ia merecer? O funcionário do último mês? Então eu ia falar mano, o fim está próximo, mas logo você se acostuma. Não tem nada grande o suficiente pra ocupar sem déficits o posto de último capítulo da tua biografia, o negócio é seguir a vida e aproveitar o belo e o feio de cada momento. Você é normal, mano, não despreze essa bênção. Aí a pessoa ia olhar pra mim e ia ver que eu também sou uma pessoa, ia agradecer e a vida ia continuar.

como costuma acreditar quem ama. Sabe lá onde ficam **as raízes psicanalíticas**[114-A] de um romance como esse, a codinome Julieta sempre chegada num ninfetinho lixo e o Esteves atolado num complexo de Édipo violentíssimo, mas. Com ela ao lado, ele consegue acreditar que há no mundo uma ordem, um destino; de madrugada, a janela aberta e a brisa e os pensamentos tomados por ela, ele consegue acreditar que o destino se solidariza com os sentimentos humanos (humanos?), que se condói e se desfaz e se refaz para acomodá-los; quando a olha de longe e sabe que está vindo na sua direção, quando sente o próprio corpo sob as palmas das mãos dela, como se esculpido segundo o desejo das palmas das mãos dela, ele consegue acreditar que o destino coincidirá sempre e tão perfeitamente com a gradual e orgânica e imperceptível e constante espiral de sua metamorfose, dessa vez livre da ilusão de ruptura. Estão felizes.

a criança-bomba estilhaçada: ainda humana? Leia-se nessa breve seleção de diálogos, esquetes, anotações e pensamentos o que viu e ouviu e deduziu o codinome Lampião enquanto acessava microfones e telas e dados dos dispositivos do Esteves.

1. forma-se entre criança-bomba e Julieta, na desesperada busca por redenção, um inusitado par romântico.

Afinal, o mundo já acabou.

Calma, Esteves, escuta, deixa a Julieta explicar: o mundo já acabou. Quando morre uma pessoa, leva uns minutos pra se desligarem de vez todos os sistemas, em vão o corpo persiste nos pulsos nervosos e na digestão e na respiração celular; sem perceber o que se passou, o corpo persiste. E aqui a gente tem: a fotossíntese, os ciclos migratórios, a passagem das estações. Como é muito maior do que uma pessoa, em vez de uns minutos, o desligamento do planeta leva umas décadas, até séculos, quem sabe. Entendeu? O mundo já acabou, nós somos apenas as reações químicas residuais. E onde é que o Esteves entra nessa história? É apenas uma reação química residual.

O Esteves olha; pensa; sente.

Mas o corpo desabitado de vida própria se torna habitat pra inúmeros seres vivos: todo cadáver é potencialmente um novo ecossistema; o esqueleto e a terra morta dessa era servirão de fundação pras próximas, e se por lá não houver vida humana (humana?), tanto melhor. Imagina só — o Esteves imagina: imagina só os arranha céus de Manhattan tomados por musgos, formigas avançando sobre as autoestradas da Alemanha, o porto de Shanghai administrado por crustáceos.

Mas não, Esteves.

O corpo persiste, sim, mas pode que não seja em vão.[65-A]

Não, Esteves: você pode até admirar a espontaneidade de um ecossistema inconsciente de si mesmo, eu também admiro, mas a espontaneidade só é bela porque você olha e julga que seja. Uma borboleta voando até pousar numa flor só pode ser tão bonita quanto o burocrata que a nota no caminho pro trabalho. Por que fazemos amor se não for pra conversarmos depois?

Por que conversamos depois?

Seria amor se não conversássemos depois?

2. *antes que seja tarde demais, a criança-bomba chora porque talvez já seja tarde demais.*

Há uma diferença importante entre chorar por ter perdido alguém e chorar por não ter ninguém; e por mais que tente se convencer do contrário, o Esteves está, sim, irremediavelmente sozinho: o que é onde é quando é? Sentir-se preso na última ilha deserta que havia no mundo, já há tempos uma pilha de prédios mais ou menos históricos, cercada de horizonte por todos os lados. O pior é que sente vontade de ser daqui, mas lhe falta estar plantado; o chão asfaltado é solo desértico, a areia da praia também. Sabe que é feito de carneosso, e não sabe ser feito de outra coisa, sabe que é assim desde que nasceu, prestes a explodir a todo momento. Está preocupado? Talvez esteja é acostumado. Sente medo e desespero e excitação e indignação e culpa e raiva e inveja. Há realidade por trás dos signos? Não sente nada. PLAFT e TSCHUM e CATAPLAU e TUSCH: nasceu na cidade uma criança-bomba, nasceu o Esteves, estilhaço do universo destinado à consciência de si mesmo, através do qual o universo conta de uma em uma suas estrelas e lágrimas.

E as acha bonitas quando perde a conta.

Ele perde a conta?

Quem está diante da morte é livre, ele olha o mundo como se através de um olho mágico, pode vê-lo e escutá-lo e sabê-lo sem ser visto e escutado e sabido, se isola da gente que acha mais fácil desesperar-se do que pôr em dúvida a aconchegante certeza da necessidade da cura; mais fácil transformar o mundo em piada do que pôr em dúvida a aconchegante certeza da proximidade do fim. Olha, pela tela do computador, o horizonte como se fosse uma parede, enquanto a gente o olha como se fosse outra coisa.

3. o Esteves visita mais uma vez o escritório da mãe na OnTheWay, empoleirado no topo do edifício mais alto da cidade.

O Esteves avisa que a mãe está sangrando. Oi? Onde? Ali no antebraço, ó, ela não vê, do outro lado, perto do punho. Uhm. É essa nova marca de maquiagem, irrita a pele de um jeito. Ela usa maquiagem nos braços? Nessa gaveta aí do lado do Esteves, a Maria guarda umas camisas de reserva, ele pode pegar uma pra ela? Uma preta, se tiver. Tá, mas a mãe usa maquiagem nos braços? Vida de mulher é assim, Esteves. Elas largam bem atrás nesse mundo dos negócios: se quiserem ganhar, precisam emanar brilho de todos os poros cada vez que entram numa sala de reuniões. Se a Maria quiser ganhar, precisa ser a melhor versão de si mesma.

O Esteves não gosta desses mantras do guru de auto-ajuda.

Melhor versão de si mesma.

O Esteves não sabe como tem gente que cai nessa.

Como se fosse baixar uma atualização de software, aceitar a política de privacidade e pronto: você é a melhor versão de si mesma.

Ai que tédio, Esteves, não é a primeira vez que o Esteves despeja nela essa ladainha, será que ele não pode ficar quieto um pouco enquanto a mãe trabalha?

Tá construindo a melhor versão do app?

Esteves!

Mas então explica pra ele: o Esteves quer entender o que esse guru faz, porque pra ele parece balela. A melhor versão de si mesmo? Parece balela, signos que não significam nada. O que esse guru faz? É tipo Deus na história do Noé, Esteves, ou o Papai Noel no dia de Natal. É só uma voz ou um signo, o Esteves tem razão, são signos, mas. A Maria não sabe se por fé ou convenção ou ideologia ou o quê, esses signos que não significam nada conseguem mudar a realidade. É tipo o Noé: não importa se Deus existe ou não, importa é que o Noé decide acreditar Nele e só assim consegue acreditar em si mesmo e sobreviver ao dilúvio. Entendeu agora?

4. cresce a intimidade entre o Esteves e a Julieta.

O Esteves já escutou *O Oitavo Selo*?

Já escutou o quê?

O Oitavo Selo: é o álbum de **um DJ novo por aí que anda se passando pela criança-bomba.**[117-A] O nome é meio bosta, mas tá fazendo sucesso: se o Esteves quiser, passa na casa da Julieta mais tarde, eles fumam um e escutam.

Já é.

5. está mais à mão desesperar-se do que pôr em dúvida a aconchegante certeza da necessidade da cura.

O que o Esteves faz aqui? A Dra. Vitória Frankenstein quer saber. O que ele faz aqui? Veio conversar, ele quer saber, ele tem perguntas e precisa de respostas, mas. Ela não tem respostas. Toda a pesquisa foi destruída, todas as respostas, a cura.

O Esteves insiste. Ele quer saber.

A doutora olha; pensa; sente.

Por que a doutora estava pesquisando a cura? Quando o Esteves a conheceu, ele perguntou por que ela tinha desistido da cura, e ela já não soube responder. Por que a doutora estava pesquisando a cura? E por que ela manteve segredo?

Foi um sentimento. Um sentimento? Durante o concerto do Esteves, ela sentiu que há anos vinha se cobrindo com metáforas pra se esquivar de encarar a realidade de frente, e por um momento achou que a estava encarando de frente: a criança-bomba é a criança-bomba, prestes a explodir a todo momento, mas. Agora ela já não sabe. Agora ela acha que foi desespero. Viu a realidade por trás dos signos e se desesperou em vez de pôr em dúvida a aconchegante certeza da necessidade da cura.

O Esteves não entende.

Pesquisar a cura é um ato de desespero?

Abertamente, talvez não seja, mas. Pesquisá-la em segredo é um ato de desespero.

6. por que a Julieta se alistou no Hackangaço?

Não é o exército, Esteves, a Julieta não foi recrutada nem se alistou. Foi uma escolha, ou. Ela não sabe. Quando começou a frequentar o galpão, era um trabalho. Uma reportagem. Ela era repórter e tinha se infiltrado no Hackangaço pra investigar, escrever uma série de matérias, mas.

A premissa tava errada.

O editor do jornal a mandou pra lá com base na premissa de que era uma organização terrorista, mas. Era um erro. A Julieta investigou e viu que era gente inofensiva, gente que luta diariamente contra a tristeza e a solidão e a raiva diante de um mundo indiferente, que sente medo de sobrar e vontade de pertencer, que fica cansada de carregar sobre os ombros o peso da história e se vê esmagada pela complexidade da vida.

O Esteves olha; escuta.

O que as diferencia da gente do lado de fora? Pro Esteves, parece que os hackangaceiros são iguais à gente do lado de fora.

O que o Esteves espera pro futuro?

Ele sente medo do futuro. Sente medo de já saber o fim do futuro e sente medo de não saber o caminho até lá: está cansado de esperar.

Justamente.

A gente não aguenta mais esperar; a gente só quer que a criança-bomba exploda logo, a gente quer acabar de vez com a agonia do fim.

Mas ninguém sabe se a agonia vai acabar quando o Esteves explodir.

A esperança, Esteves, a gente tem esperança.

E o pessoal dos grupos de mentalização contra catástrofes?

Eles também, a Julieta acha; no fundo, eles também: a gente associa essa vontade de que o mundo acabe com imagens de folia, com a raiva de quem experimentou um transe extático e faria de tudo pra recuperá-lo, mas acho que no trânsito e no chão das fábricas e nos laboratórios e nos escritórios e nos estúdios de yoga mora o mesmo desespero e o mesmo absurdo do carnaval.

Tá, mas a Julieta ainda não respondeu: o que diferencia os hackangaceiros da gente do lado de fora?

O medo do futuro. No Hackangaço, a gente aprende a não ter medo. O Esteves quer deixar de ter medo.

8. mesmo sabendo que talvez não fosse o último beijo, e quem sabe no fundo até desejando que o fim desse beijo não fosse nada além do fim desse beijo, e que o fim desse mundo não chegasse nunca.

Era o quê antes de conversarmos depois?

errata. Os codinomes todos errados, a identidade da criança-bomba, o cenário, o tempo, e quem disse que a ordem dos fatores não altera o produto? Sobe o som; aumenta o drama; voltemos aos fatos.

Foi neste mundo mesmo que habitamos todos, disso a certeza é absoluta, mas. A cidade é outra.

E é bem diferente.

Mistura de Shanghai com Macondo, a *vibe* de Berlin *before it was cool*, a trilha sonora deserto-saariana, *african acid*, geleiras recobertas por vegetação tropical, campo minado sob a luz do sol da meia-noite. Só coisa boa.

Todos os verbos devem ser lidos no futuro do indicativo. Pode acreditar: farão muito mais sentido.

Se for do melhor agrado, leia-se codinome Louis Lane onde veio impresso codinome Julieta, e codinome Clark Kent onde codinome Romeu. Se não for, deveria ser, que combina muito mais.

Codinome Lampião, por questões de decoro e bom gosto, pode ser substituído por codinome Capitão Nascimento.

Codinome Fei-Fei também convém trocar por codinome Marcia Zuckerberg.

O codinome do Esteves tá certo, errada tá a pessoa a quem se refere, que o menino foi trocado na maternidade. Acredita? A criança-bomba — codinome Ulisses (óóóbvio), segundo uma fonte obviamente anônima — foi pra casa com outra mãe, mesmo sabendo? talvez desejando? uma outra codinome Maria, por pura coincidência. As histórias dos dois não se cruzam em momento nenhum, mas são suspeitosamente parecidas, até intercambiáveis, quem sabe, como se tivessem sido planejadas para tanto. Mais uma terroria, mais uma linha de código nos rotinalgoritmos da vida.

Quando vem escrito "algo mais urgente do que essa ladainha pequeno burguesa", leia-se "a inflação pegou forte carne moída agora é só na ceia de natal".

A cada aparição da palavra medo, sinta-se na pele o *fatality* do Scorpion.

Sempre que se perguntar "quando a criança-bomba vai explodir? qual será a força da explosão? onde ela estará quando acontecer? suas vísceras se espalharão pelo local? quem ficará encarregado de limpá-las? quantas pessoas explodirão junto com ela? alguém dirá que a criança-bomba mereceu explodir? sobrará alguém pra dizer? ou antes: é possível evitar a explosão? é viável isolá-la no meio do mar pra evitar outras vítimas? se alguém lhe desse um tiro na cabeça ou uma punhalada no coração, ela ainda explodiria?" leia-se "o samba mais alegre do que nunca". E vice-versa.

Em lugar das onomatopéias BUUUM e aí PUF, soem nessa ordem as interjeições ufa! e ops!

Substitua-se também cada trecho em negrito pelo sabor da última colher de petit gateau num dia de frio.

Onde se repete a pergunta "há realidade por trás dos signos?" leia-se "há signos sem materialidade?"

Onde veio escrito "errata", leia-se "há realidade por trás dos signos?"

por aí andam dizendo: a civilização continua. Meu codinome é George, e meu maior medo é que a propaganda do governo ou de instituições de poder se torne tão influente a ponto de fazer desaparecer o pensamento individual. Obrigado, George, cinco minutos para mentalizarmos a inteligência crítica de todos nós. Meu codinome é Margaret, essa semana foi pior do que a última, tive uma recaída, fiquei com um medo terrível de experimentações genéticas por parte da indústria farmacêutica. Obrigado, Margaret, é assim mesmo, um dia de cada vez, cinco minutos para mentalizarmos a ética na pesquisa científica. Meu codinome é Octavia, o medo que mais me aflige ultimamente é o da perseguição, uns missionários do cristianismo-bomba andam rondando a minha casa, eu recusei, eles não aceitam. Obrigado, Octavia, cinco minutos para mentalizarmos a tolerância religiosa entre os cidadãos. Meu codinome é Edward, e o meu medo continua o mesmo: que a humanidade, depois de levar a cabo a destruição da atmosfera, seja obrigada a buscar refúgio no subterrâneo do mundo. Obrigado, Edward, cinco minutos para mentalizarmos o fim dos combustíveis fósseis, da fabricação de asfalto e concreto, da substituição de florestas nativas por monoculturas e dos imensos rebanhos de gado. Meu codinome é André, e o meu medo é ficar louco, desde que eu consigo me lembrar, desde quando eu era criança, sempre tive medo de ficar louco. Ok, André, obrigado, cinco minutos para mentalizarmos a sanidade de toda a gente do mundo. Mais alguém?

a infinita lista de fatos mudos do mundo. Time alfa em posição, aguardando contato visual com o alvo. Entendido.

O Ulisses tem medo do futuro.

Da viagem em direção ao futuro.

No mesmo dia em que a criança-bomba nasceu: um cientista foi capaz de fazer com que suas cobaias escutassem música sem a emissão de ondas sonoras, apenas pelo estímulo, com eletrodos, das regiões corretas do cérebro.

O Ulisses se tornou oficialmente um hackangaceiro; é sua primeira operação.

Ele quer se atrever.

Quer deixar de ter medo.

Alvo à vista, se aproximando pelo noroeste, time alfa: ação!

Em questão de segundos, o carro cercado, a equipe de segurança rendida e o Warren Buffett *Wanna-be* começa a rezar antes de saber o tamanho da pica. Quando se vê no porta-malas do Hackangaço, já tava todo mijado.

Grande é o medo do ser humano que se torna consciente de sua solidão e foge da própria recordação.

No mesmo dia em que a mãe da criança-bomba e a mulher que se tornaria sua sócia na OnTheWay se conheceram e conversaram sobre suas visões de futuro: o último exemplar selvagem de tartaruga-de-pente morreu, o homem que a pescou e vendeu a carapaça para um casal de turistas não soube nem ficará sabendo que era a última.

O Ulisses avisa o codinome Capitão Nascimento: a operação foi um sucesso.

A codinome Louis Lane e uns outros lacaios do Hackangaço carregam o Warren Buffett *Wanna-be* até o quartel-general, amarram-no numa cadeira e boa: agora a gente vai ver se o dinheiro que ele tem no banco serve de escudo, de comida e água. Ele passa uns dias pedindo socorro, escutando os ecos do *electrosuicide* no andar de cima, o codinome Capitão Nascimento aparece quando ele desiste de gritar. O Warren pede por favor, pergunta por quê? E sabe, Warren: ele se importa se o Capitão Nascimento chamá-lo de Warren? Não? Então é assim, Warren: o Capitão Nascimento passou a infância dividido entre dois mundos, o dos pais — deslocado no tempo, pra ser sincero, uma mentalidade de imigrantes que deixou de fazer sentido: trabalhar duro e assegurar à próxima geração as oportunidades que lhes faltaram — e o dos livros — o absurdo, o progresso da civilização de mãos dadas com o fracasso da humanidade —, e esses dois mundos coexistem, os dois estão aí, mas. Eles já não combinam faz tempo, não é verdade, Warren? O codinome Capitão Nascimento aprendeu logo que é impossível reconciliá-los, quer dizer: o produto do comucapitalismo contemporâneo é o futuro — é isso que o Warren vende, não é?—, mas ninguém mais participa do futuro do qual ele vem fazendo propaganda. Ou será que participa? O Warren pode se defender, se quiser: alguém participa do futuro que ele vende? Pois então, Warren, é justamente por isso que agora ninguém mais quer comprar.

Pensa nisso, outra hora o Capitão Nascimento volta pra conversar mais um pouco; o galpão fica em silêncio. Quanto tempo a gente aguenta?

Tá tudo bem, Ulisses?

Ãhn?

Depois da primeira missão, é normal ficar em choque. A Louis ainda se lembra. Tá tudo bem?

No mesmo dia em que, pela primeira vez, a criança-bomba foi visitar a mãe no escritório da OnTheWay: **uma jovem se converteu ao cristianismo-bomba**[56-A], ela estava na rua, estava com fome, o último cliente tinha se recusado a pagar e ainda a deixara com uns bons hematomas, dois missionários voltaram a ela seus olhares atentos e a carregaram até o templo, ela se lavou, comeu, descansou e foi recebida pela comunidade.

Tá tudo bem?

O Ulisses quer perder o medo do futuro, mas.

A Louis Lane olha; pensa; sente.

O Ulisses quer se atrever, mas.

A Louis olha: ela acha que já aconteceu, ela acha que ele já não tem medo.

A criança-bomba sorri.

É coisa rara nesse mundo alguém que tenha uma dose saudável de amor-próprio, alguém que, sem presumir-se no controle de tudo, sem atribuir a si mesmo mérito pela beleza do orbe ou culpa pelas calamidades, é capaz de se olhar com sinceridade e responsabilizar-se pela própria existência; é coisa que muitos buscamos, e há por nossas vidas poucos momentos tão belos quanto este, quando finalmente nos percebemos como somos, sem filtros nem distorções, quando aceitamos os afetos que nos movem e admitimos, sem medo ou vergonha de exercê-la, a liberdade suma sobre si mesmos.

Quer perder o mindinho, Warren?

É engraçado: o Adam Smith é bem conhecido pelas terrorias de mercado e mão invisível e essas merdas, mas muita gente esquece que ele foi um filósofo da moral: a dor que um homem sente ao perder um dedo mindinho é maior do que a dor que sente com a morte de um desconhecido do outro lado do mundo, mas dada a oportunidade de escolher entre a perda do dedo mindinho e a morte de um desconhecido, qualquer homem escolheria aquela, mesmo que lhe cause mais dor. O Sr. Buffett *Wanna-be* precisa concordar que é um belo pensamento e que, se fosse verdade, talvez até desse certo esse lance de autorregulação da porratoda, mas. O Sr. Buffett *Wanna-be* também precisa concordar que é baboseira, ele sabe melhor do que ninguém, porque todo ano, no Concílio pela Nova Ordem Mundial, ele e os parças se reúnem e escolhem a morte dos outros. O codinome Capitão Nascimento não julga, não, ele entende, quer dizer, ele também escolhe a morte, quem sabe não de um desconhecido qualquer, mas. De alguns em específico, o Capitão Nascimento nem pensa duas vezes pra escolher.

É uma pena ser ele a ter que dar a notícia, mas já tá na hora de saber: o feitiço se voltou contra o feiticeiro, a criança-bomba joga no time do codinome Capitão Nascimento. A criança-bomba?

A criança-bomba sorri. Chegou a hora. O Ulisses vai tomar a cura. Ele quer seguir no caminho do Hackangaço, quer seguir na luta por um futuro melhor, e não pode fazê-lo se a cada momento estiver prestes a explodir.

É o fim da criança-bomba, ele vai tomar a cura. A Louis sorri e se despede dele com um beijo, sabendo, desejando, talvez o fim não chegue nunca, e o Ulisses vai à universidade avisar a grande Vitória Frankenstein, PhD, de que o trabalho não foi em vão: não por desespero, não por escapismo, mas por escolha, racional e consciente e desapaixonada: o Ulisses vai tomar a cura.

A doutora olha; pensa; sente.

No mesmo dia em que o Ulisses foi espancado na cobertura dos Buffett *Wanna-be*: uma mulher já pra lá dos cinquenta anos foi diagnosticada com Transtorno do Espectro Autista, pela primeira vez foi capaz de dar nome aos tantos desconfortos e desacordos que enfrentou durante toda a vida, e finalmente respirou aliviada.

O Ulisses escolhe tomar a cura.

A doutora olha: melhor não, Ulisses.

A criança-bomba? O Warren Buffett *Wanna-be* não tá entendendo nada, só escuta que parece que talvez a criança-bomba tenha a ver com essa história e já sem pensar ele fala que a criança-bomba? ele conhece a criança-bomba, ia na casa dele fazer festa todo fim de semana, é amigo dos filhos dele, é Ulisses o nome, né? então, é só falar com o Ulisses, ele vai contar pro codinome Capitão Nascimento, vai confirmar, vai dizer que o Warren Buffett *Wanna-be* é uma boa pessoa, um bom pai, é generoso com o dinheiro que tem e, pra ser sincero, nem tem tanto assim, imagina só, quem é ele? um simples empreiteiro e banqueiro, capital sólido, talvez ainda esteja na lista de homens mais ricos do mundo, mas o Capitão Nascimento pode ter certeza de que vai durar pouco, principalmente agora, **com a crise do concreto batendo na porta**[95-A], o ocaso da construção civil é iminente, daqui uns dias, pff, só vai dar magnata de tecnologia na lista inteira. O nome Buffett *Wanna-be* já não impõe respeito, não tem influência quase nenhuma, disso o Capitão Nascimento pode ter certeza. De qualquer forma, cadê o Ulisses? ele vai falar pro Capitão Nascimento, cadê a criança-bomba?

No mesmo dia em que uma faxineira foi demitida por quebrar duas taças de cristal, no mesmo dia em que um homem e uma mulher aceitaram, com mágoas mas sem raiva, que o casamento tinha acabado, no mesmo dia em que uma menina se deparou com uma espécie não catalogada de borboleta e, sem saber da importância da descoberta, saiu pulando atrás dela, no mesmo dia em que, a algumas centenas de anos luz de distância, dois asteroides bateram de frente e um dos objetos resultantes entrou em rota de colisão com a Terra, no mesmo dia em que um monge budista decidiu abrir mão de seus votos e deixar para sempre o templo: a esposa de um dos homens mais ricos do mundo soube pela polícia que ele tinha sido sequestrado.

Melhor não, Esteves: remédio também tem data de validade; a essa altura, isso aí que você carrega no bolso é veneno.

Cadê a criança-bomba?

Então há por nossas vidas poucos momentos tão devastadores, quando acabamos prisioneiros de um passado irreparável logo depois de nos responsabilizarmos por ele.

por aí andam dizendo: a inteligência continua. import java.io.InteractiveWorldMap; import java.io.User*00092783647022*Data; import java.io.User*00092783647022*History; output diagnosis = suicidal.
for (output diagnosis = suicidal) {
track {
pinpoint location;
label *depression* products + services;
label *anxiety* products + services;
label *suicide prevention* products + services;
if (pinpoint location < 1000 = offer coupon)}
track {
camera roll;
mic;
message history;
search history;
if (label *suicide* word > 1/50 = add label *suicide prevention* hotline)
if (label *suicide* word > 1/30 = notify label *emergency* contact):
refer java.io.User*00092783647022*Privacy;
if (label *suicide* word > 1/15 =

como costuma acreditar quem sente medo e desespero e excitação e indignação e culpa e raiva e inveja. Até que ponto a gente consegue atribuir ao acaso, ao invés de a um desígnio superior, a sequência infinita de eventos astronômicos e microscópicos e a fila sempre crescente de decisões que moldam e desfazem e refazem o caminho de cada pessoa? E que o resultado desses eventos e dessas decisões seja exatamente como é, em meio a tantas possibilidades não-realizadas, a torna insignificante ou tanto mais significativa? Afinal, a vida nos acontece segundo seu próprio azar ou, estando vivos, nós acontecemos no mundo de acordo com nossas consciências?

Nas semanas seguintes: a lista de prisioneiros do Hackangaço aumenta; a OnTheWay se torna um decacórnio depois de ampliar a plataforma de seus negócios; num planeta úmido e quente, a milhões de anos luz de distância, bactérias se multiplicam sem parar; a guerra contra o tráfico faz mais uma vítima na fronteira e, em casa, a esposa do soldado morto se diverte com a filha enquanto a notícia não chega; num dos meios do semiárido, a gente de um vilarejo se benze pela chegada da chuva; pelo prazer de encontrar ao acaso um livro ou um disco, pessoas passam a fazer fila para frequentar o único sebo da cidade não conectado à OnTheWay; a codinome Louis Lane está entre elas, é vista pelo codinome Clark Kent, mas só de longe; homens do serviço secreto vão ao laboratório da Dra. Frankenstein fazer perguntas aos seus colegas; um menino passa a noite toda chorando depois de ser humilhado pelo avô na frente de toda a família; finalmente morre o cego apelidado há anos pelos vizinhos de "velho defunto"; uma estrela desaparece de nossa vista do céu; o Ulisses assiste com ânsia ao interrogatório do Warren Buffett *Wanna-be*; em dias consecutivos, a Maria é obrigada, antes das reuniões que teria, a trocar a camisa com a manga manchada de sangue.

lançado de volta a uma solidão prepotente, sua fuga, e seu desespero, e seu embotamento podem se tornar tão grandes que é obrigado a pensar em fazer algo contra si mesmo para escapar à lei pétrea dos acontecimentos.

Outro dia o Ulisses decidiu acreditar no destino, mas puta cagada, né, porque andava feliz e achou que ia durar pra sempre, e aí quando as circunstâncias do universo desviaram dos seus sonhos e caprichos, sentiu-se prisioneiro e a única rota de fuga era sem freio seguir em frente (qual direção é em frente?), até que chegasse no fim (é possível chegar no fim?), e talvez nem depois de chegar no fim se livrasse de si. Puta cagada.

Outro dia a Maria decidiu resistir na marra aos tropeços casuais da entropia, mas puta cagada, né, porque andava por aí com força e heroísmo e achou que ia durar pra sempre, e aí quando bateu o cansaço sem que o universo desse trégua, sentiu-se sufocada por tudo (o que é tudo?), e o único alívio era rasgar a própria pele para escoar os excessos de si (os excessos de quem?), e nesse ritmo esperava aguentar até o fim. Puta cagada.

A Marcia Zuckerberg manda chamar a Maria, os investidores já estão online, é importante, é urgente, é o futuro, ela não responde. Alguém avisa a Maria de que os investidores estão esperando.

Ela não responde.

A Louis Lane insiste, tá tudo bem, Ulisses? e ele explica, a cura, a doutora, virou veneno, ele perdeu a chance. A criança-bomba é a criança-bomba, um dia ela explodirá, e todos nós junto com ela.

Ela não responde. Alguém avisa a Maria!

Já avisaram, porra, ela não tá respondendo. A Marcia Zuckerberg vai descobrir, bate na porta, espia pra dentro do escritório; olha; procura; a Maria de costas, a testa encostada na janela e a vida lá fora (ainda humana?), a Marcia chama, os investidores, tá todo mundo se coçando pra virar sócio da OnTheWay, bora lá, Maria! agora é decacórnio, foguete não tem ré. A Maria olha; pensa; sente. Melhor ir sozinha na frente, Marcia, a Maria vai demorar um pouquinho, mas. Ela já chega lá. Só precisa trocar de camisa.

A criança-bomba chora, a Louis Lane a consola. O importante é seguir no caminho do Hackangaço, como ele queria, como ele já tinha decidido, seguir na luta por um futuro melhor: não faz diferença que seja ou não a criança-bomba, que esteja ou não prestes a explodir, talvez assim seja até melhor, talvez esse seja o destino dele. O Ulisses olha. A Louis insiste. Talvez assim seja melhor, o importante é seguir no caminho do Hackangaço.

A Maria só vai trocar de camisa.

O Ulisses chora, a Louis olha; mesmo sabendo que talvez não tivesse mais nenhuma chance, mesmo sabendo que esta talvez fosse a última vez, ele não a beija.

1\\ finismundo: ainda humano?

(Sátira? Uma qualidade grotesca, sim, umas pitadas de incoerência, também, violência e visgo e vulgaridade, sem dúvida. Sátira? Barulho e sujeira, cisma e barroco, tudo em excesso. Sátira? Neologismos e barbarismos, hipérboles e hiperlinks, metáforas e não, nada além do mais transplantado transparido transparente realismo. Sátira? Sim, nada além do mais insosso realismo.)

terrível demais pra abandonar. O cafetão espanca a prostituta. Ela diz que a noite foi devagar, o dinheiro é só aquele. O cafetão a espanca e ela paga o resto. Ela grita e chora. A prostituta revida. Ele ri da prostituta, ameaça quebrar braços e pernas, ameaça matá-la. Ela recua e chora. O cafetão espera e a prostituta se acalma. Ele estende a mão devagar, ela resiste, ele oferece comprimidos pra dor, ela aceita, ele a convida pra ir à sua casa, ela olha, lá ela vai poder tomar um banho e dormir. A prostituta agradece.

No dia seguinte, quem a espanca é o cliente. Ela pede ajuda. Pede socorro. Um dos capachos do cafetão a socorre. No fim da noite, o cafetão coleta e ela paga.

De novo.

De novo.

De novo.

A prostituta tem o fim de semana de folga, vai visitar a filha. Esquece por dois dias a vida na cidade, aproveita as horas, baixa a guarda enquanto pode.

Mas volta.

E de novo.

De novo.

O cafetão espanca a prostituta. Ela revida. Ele ameaça. Ela diz que o dinheiro é só aquele. Ela não recua nem chora. O cafetão olha e calcula. Ele sabe que a prostituta tem um limite. Ele calcula e diz que hoje ela escapa, o cafetão calcula e dá mais uma bofetada na prostituta, mas diz que hoje ela pode ficar com o extra. É que o cafetão sabe que ela tem um limite e que, um passo pra lá desse limite, a prostituta descola. Um passo pra lá, ela morre ou mata.

E vale pra todo mundo.

Um passo pra lá do limite e a gente descola; um passinho só, e a gente morre ou mata.

por aí andam dizendo: a história continua? *Goodbye, cruel world. I'm leaving you today. Goodbye. Goodbye. Goodbye. Goodbye, all you people, there's nothing you can say to make me change my mind. Goodbye.* É isso aí, mano: daqui eu não saio, daqui ninguém me tira. Hoje eu finalmente boto em uso o melhor dinheiro que eu já gastei na vida: um bunker privativo. Coisa simples. Comida pra bastante tempo, uma minibiblioteca, um gerador, velas e velas e velas, só pro caso de a coisa lá na superfície descambar de vez, uns filmes pornô, que ninguém é de ferro, e um reservatório de água. Pronto. Chega de notícia ruim, mano, chega dessa gente hipócrita, chega de tentar ser humano nesse mundo. Porra. É um passo pra frente e três dedadas no cu. Tá maluco, mano. Já viu disso? Aquecimento global, superpopulação, crise hídrica e alimentar, inteligências artificiais integradas a sistemas biotecnológicos, criança-bomba, e com o que o congresso tá ocupado? Um grupelho de pseudoterroristas que cultuam alienígenas. Com o que a comunidade internacional tá ocupada? Comércio de petróleo e fertilizantes. Sabe de uma coisa? O Fukuyama não tava certo quando ele disse que a história tinha acabado. Ele se adiantou bastante e errou feio na *causa mortis*, mas. Acho que agora acabou. Não foi nem com o nascimento da criança-bomba, não, mas foi só um pouquinho depois. Se lembra quando começou a aparecer foto da criança-bomba nas colunas de fofoca, se lembra daquela foto da criança-bomba pelada? Perguntaram pro senador, aquele, quando ele era pré-candidato à presidência: perguntaram o que ele pretendia fazer sobre a criança-bomba, se ele ia investir na cura, se ia mobilizar o congresso pra propor alguma legislação a respeito, e ele respondeu que não tava preocupado com a criança-bomba, desde aquele nu frontal nos tabloides, ele não tava preocupado. Puta. Que. Pariu. Quatro bilhões de anos evoluindo de seres unicelulares até os mamíferos, mais cem milhões até os primatas, mais oitenta até o *Homo erectus*, mais uns três ou quatro pra chegar no *Homo sapiens*, mais trezentos mil anos de aperfeiçoamento e especialização e desenvolvimento cultural pra chegar aqui e falar num discurso oficial de campanha que nada há a temer, porque o meu pau é maior que o dele. Eu devia ter percebido mais cedo, né. Mas tudo certo. A demanda por filosofia pop não acaba nunca, e assim, pelo menos, deu tempo de escrever uns best-sellers e me aposentar em grande estilo. Posso passar os últimos anos dessa vida numa boa e, quando a comida acabar, eu até dou um pulo lá fora pra ver. Quem sabe as coisas se resolvam sozinhas se eu parar de me meter.

olha o Hackangaço aí, geeente! Em clima de carnaval, a cidade e o país e o continente pululam por todo canto, as pessoas pelas ruas como leões pela savana, só que em vez de se guiarem por instinto, carregam na palma da mão a OnTheWay, Sheherazade dos ires e vires da gente toda. Os funcionários da Maria e da Marcia Zuckerberg sabem de tudo, narram todas as histórias e dão um jeito para que não tenham fim. **O próximo capítulo o algoritmo já previu faz tempo**[101-A]: o Hackangaço sai do subterrâneo pra tomar de assalto o lado de fora do mundo.

Portais e fóruns da *deep web* ganham endereço na loja www, células operacionais ganham pontos de referência no Google Maps, agentes secretos ganham identidade certeira.

E ganha a esfera pública uma matéria assinada pelo codinome Clark Kent (óbvio!), um amontoado de asneiras e mentiras que ele achou por bem escrever sem pesquisar nem verificar os fatos (ióóóbvio!), mas o alvoroço é bem menor do que ele esperava: uma metade dos leitores não se afeta com o que lê, a outra não acredita ou acha normal, a terceira já tem envolvimento com a organização.

Fala pra eles que não é culpa minha, Ulisses!

Conta pra eles!

O Warren Buffett *Wanna-be* olha; pensa; sente.

Implora.

Por que você não fala nada, Ulisses?

o doceamargo pranto das sereias (ultrassom incaptado a ouvido humano).

O que é que deu em você?

E mais importante: o que ainda dará? O codinome Capitão Nascimento olha, pensa, sente. Já foi o período da gestação, recrutamento e consolidação nas sombras do submundo, agora a existência publicamente dada, só falta adiante a reverência, o nascimento simbólico do Hackangaço, a ascensão ao plano da História, da Estética, da Metafísica da primeira letra maiúscula, um evento que obrigue o mundo a voltar na direção deles seu olhar atento, uma ruptura a partir da qual eles todos terão, finalmente, um significado.

O único palco possível é a Sapucaí, e os hackangaceiros vão desfilar.

O algoritmo já sabe; o carnaval promete; pela primeira vez em muitos meses, a Maria visita o quiosque do guru.

As listas em mãos, a melhor versão de si mesma.

Ela está sangrando de novo.

Distrair-se da realidade com signos é mais fácil até a hora em que deixa de ser (alguma hora deixa de ser?), porque zzzz, primeiro ela acha que imaginou, depois zzzzzzzz, ela tenta se concentrar em outra coisa, mas sempre chega uma hora em que ZZZZZZZZ, e nesse ritmo ela não vai aguentar; o corpo dela não vai aguentar.

E a Louis: será que aguenta?

E o Ulisses?

A Maria não olha, não pensa, não sente que as contradições de estar viva afligem também a ela.

Pela primeira vez em muitos meses, ela visita o quiosque do guru, faz o caminho pelo jardim-botânico-shopping-center, folhas amplas e vermelhos e azuis e amarelos exuberantes, ela passeia entre as flores e olha, o quiosque, o guru sentado, a Maria mostra a ele as listas, mas.

Contradições?

A gente toda sai às ruas, quer acabar de vez com a agonia do fim. O Ulisses olha; pensa; sente. A comissão de frente do Hackangaço aponta gloriosamente na avenida.

... per voler veder trapassò il segno

É a história do cangaço e da luta social em trinta alas, seis carros e dois tripés, três mil e seiscentos componentes nas cores da justiça e da verdade. Em resumo, corre assim: bateria, nota: quatro e meio; samba-enredo, nota: seis; harmonia, nota: quatro e meio; evolução, nota: quatro e meio; enredo, nota: cinco; alegorias e adereços, nota: três; fantasias, nota: três; comissão de frente, nota: quatro e meio; mestre-sala e porta-bandeira, nota: cinco. O que só prova que a História não se narra na voz tradicional que todo mundo conhece: o carro das guilhotinas, que fecha o desfile, deixa pra trás um rastro das migalhas do Warren Buffett *Wanna-be* e associados e defensores e correlatos, o povo invade a avenida, o samba mais alegre do que nunca e as poças de sangue respingam.

O algoritmo é obrigado a recalcular; a festa segue; o carnaval vai longe.

Não, não, não, Maria! O guru perde a paciência.

Ela mostra a ele as listas, mas.

Não, Maria, olha só: imagina se existisse lobisomem: você ia ficar fugindo dos lobisomens porque óbvio que ninguém quer virar lobisomem, porque todo mundo sabe que é uma bosta ser lobisomem, mas lobisomem é lobisomem, né, e você é que é uma bosta, então óbvio que chega uma hora em que um lobisomem vai te pegar e vai te transformar em lobisomem também, e aí você pode pensar putamerda, a gente precisa dar um jeito nisso, com certeza se a gente se aplicar, com força e heroísmo, vai conseguir contornar essa situação, ter uma vida mais ou menos normal, sabe? ser moderadamente feliz e coisa e pá, quem sabe alguém por aí não encontra uma cura? cientistas do mundo inteiro devem estar trabalhando nisso e, quando eles encontrarem, as coisas vão voltar a ser como eram, teus problemas vão se resolver e a vida deve melhorar, e então você vai vivendo assim, esperançosa, seguindo em frente sem dar trégua pra si mesma em momento nenhum, só que conforme o tempo passa e a cura não chega você vai se curvando pra verdade da situação, e quando você encarar a verdade de frente, fraca demais pra fugir, de duas, uma: ou você morre, ou você pensa putz, até que é legal ser lobisomem. Entendeu?

O samba mais alegre do que nunca e as poças de sangue respingam.

Então de duas, uma: ou a Maria cai do mundo, pendurada só pelo pescoço, ou ela finca raízes pra passar adiante a sabedoria adquirida a partir da própria voz, sentada no próprio quiosque, finalmente em paz consigo e com o mundo e com a vida. Do lado de lá, o cinismo portátil de quem acha mais fácil transformar o mundo em piada do que pôr em dúvida a aconchegante certeza da proximidade do fim; do de cá, a ingenuidade desesperada de quem por nada no mundo põe em dúvida a aconchegante certeza da necessidade da cura.

Entendeu?

O samba alegre; as poças; olha a realidade por trás dos signos aí, geeente!

Cheiro de sangue coagulado e vômito, lixo espalhado, carcaças de animais selvagens (burgueses? urbanitas? civilizados? contemporâneos?), areia desértica, cal e piche, e a criança-bomba ainda prestes a explodir.

O Ulisses não para, mas.

Efêmeros sinais no torvelinho acusam-lhe o naufrágio.

O Ulisses, mas.

Depois do Warren Buffett *Wanna-be,* o codinome Capitão Nascimento avança com muito bom gosto sobre outros tantos excelentíssimos e em pouco tempo chega a vez da Maria e da Marcia Zuckerberg.

A criança-bomba olha.

O Hackangaço reagrupado e os próximos passos: sem freio seguir em frente, até que cheguem no fim. O codinome Capitão Nascimento continua, ele estava certo, o Warren Buffett *Wanna-be* estava certo. O dinheiro, hoje, o poder de verdade, esse quem tem é magnata de tecnologia: nada passa sem que a inteligência artificial da OnTheWay saiba por onde passa, por onde quer passar, por onde seria melhor que passasse. Por onde seria, pras codinomes Maria e Marcia Zuckerberg, mais conveniente que passasse: o Hackangaço não pode arrefecer o ataque, elas devem ser o próximo alvo.

A criança-bomba pensa.

O Warren Buffett *Wanna-be* é só a ponta do iceberg, e mesmo sob tortura ele não revelou os planos do Concílio da Nova Ordem Mundial, mas se descuidou. Deixou escapar que, agora, os mais influentes da mesa são os magnatas de tecnologia. A Maria e a Marcia Zuckerberg são as melhores pistas.

A criança-bomba sente.

Elas devem ser o próximo alvo.

A Louis Lane olha, pensa, sente: o esqueleto e a terra morta dessa era servirão de fundação pras próximas. Os restos desse mundo ficam onde estão até começarmos a construir o próximo.

Sem freio seguir em frente, até que cheguem no fim.

O codinome Capitão Nascimento olha, pensa, sente: é aquele momento no jogo de piñata, depois do escândalo e da gritaria, mas antes do clímax, quando a gente percebe que o cego no meio da roda encontrou o balão: ele inspira e expira, desenha um leve sorriso nos lábios, e com o terceiro olho a gente antecipa a trajetória do cassete e a explosão e os espólios e a gente sabe que vai levar umas boas cotoveladas na luta por uma porção generosa e mesmo assim tem vontade de que chegue logo.

último Odisseu multiardiloso: o codinome Ulisses ordena que com correntes o amarrem num mastro e que o hasteiem, ordena que as tropas sem freio sigam em frente, até que cheguem no fim, e o Hackangaço obedece. **É agora?**[71-A] Sob a bandeira da criança-bomba, o Hackangaço volta à carga, a marcha acelera, os cantos ressoam, o futuro paira, a gente comemora e protesta e sem freio segue em frente.

É agora?

A codinome Louis Lane olha, a criança-bomba chora, o algoritmo recalcula e a festa segue: *desvaira variando: infinda o fim.*

por aí andam dizendo: os sonhos continuam? o cara ganhou a #lotomania vai investir no app do amigo gente se fosse eu comprava casa dez mil vestidos usava um por dia até o mundo acabar
nada a ver compra uma ilha não uma casa #lotomania
uma fazenda, whisky e livros #lotomania
saca o dinheiro faz uma pilha e taca fogo #lotomania #bandodeburguessafado
bota à prova a dignidade do povo: mil se tirar a roupa, cem mil se fudê um porco, um milhão se comer um tacho de merda #lotomania
gente por favor quem ganhou a #lotomania compra um pouco de silêncio pra essa cidade o barulho lá fora não dá pra aguentar
TEM É QUE COMPRAR MAIS BARULHO!!! EU DOAVA TUDO PRA CAUSA DO HACKANGAÇO #lotomania
pra eles terem papel pra limpar a bunda? deixa de ser otário @hackangaceiropatriota
a gente tá na soleira do admirável mundo novo e você é tão alienado que ñ enxerga @burguessafado
admirável mundo novo é utopia @hackangaceiropatriota não sabe ler burro bagarai
pega então esse vídeo da manifestação @burguessafado a utopia é aqui no meio da luta
putamerda mais dahora que programa de auditório só faltou o biquíni e a gelatina de framboesa @hackangaceiropatriota
pega mais esse @burguessafado é a revolução batendo na tua porta
filmou pra depois poder tocar uma enquanto assiste @hackangaceiropatriota
@burguessafado é o próximo alvo do hackangaço pensa duas vezes antes de sair de casa
ALVO??? achei que a tua missão era salvar a gente do povo @hackangaceiropatriota
salvar o povo de gente como vc @burguessafado
@hackangaceiropatriota tem razão a maior ameaça que o povo enfrenta hoje em dia são os troll da internet
eu investiria na minha educação, harvard ou cambridge, compraria uma casa e formaria família #lotomania

por aí andam dizendo: a espécie continua. O chão é liso. O cheiro de: o cheiro. O chão é liso. Pata, antena. A carapaça é lisa, o chão é liso. Antena: o chão não é a carapaça. Pata, boca. O cheiro: comida. O cheiro: perto? Boca: perto? Dentro. A boca: dentro. Antena: o cheiro. Comida, boca. Agora? Antena, comida, boca. O cheiro, antena, comida, boca. Agora.

por aí andam dizendo: os reclames continuam? Interrompemos a programação para este plantão urgente: a sede da empresa OnTheWay, no centro da cidade, acaba de ser invadida por um grupo de manifestantes que se reunia em protesto desde as quatro da tarde. Suspeita-se que os funcionários estejam rendidos e feitos reféns. O Esquadrão Antiterrorista foi acionado e traçou um perímetro de três quarteirões em volta do prédio. Nós vamos agora ao vivo para o local, onde nossa equipe móvel traz as últimas informações. Boa noite, time.

Boa noite aos telespectadores, a todos aí no estúdio. Eu estou aqui no limite do perímetro demarcado pelo Esquadrão Antiterrorista, que já emitiu a ordem oficial de isolamento e evacuação, apesar de ainda não deter o comando pleno da cena. Como vocês podem ver pelas imagens do helicóptero, o entorno imediato da sede da OnTheWay segue tomado por muitos hackangaceiros, estima-se que cerca de dois mil, além dos que já invadiram o prédio. A CTO da startup assegurou que o prédio estava vazio e que não há, portanto, o risco de reféns. O Esquadrão, no entanto, pretende agir com calma, ainda não descartada a presença de funcionários no prédio, e tampouco há garantias de que o Hackangaço não tenha sequestrado civis para utilizar como escudos humanos. Um juiz federal ficou preso no trânsito terrível que se formou nas ruas em volta e emitiu um mandado judicial, já encaminhado para o alto comando do Esquadrão Antiterrorista, ordenando a restituição imediata da posse do prédio para a empresa nele sediada e a prisão em flagrante de todos os envolvidos. O lugar-tenente do Esquadrão estima que, com a autorização do uso de força letal, a ordem seja cumprida em aproximadamente meia hora. Os engarrafamentos, que já se espalham por toda a cidade, porém, não têm qualquer previsão de se dissiparem. A OnTheWay aproveitou a paralização geral para emitir cupons com descontos que variam de dez a cinquenta por cento. Muitas pessoas deixaram seus carros e foram às compras. Há tamb

Me desculpe a interrupção, mas aqui no estúdio nós acabamos de ver às suas costas o que pareceu ser uma pessoa caindo do topo do prédio. Alguém da equipe móvel tem informações a respeito?

Hmmm. Não. Nós

Nossa equipe móvel vai averiguar os detalhes. Dentro de instantes traremos a notícia atualizada.

por aí andam dizendo: a paisagem continua americanamente igual.
Vem cá, meu lindo, mostra o pirolito pra bixa chupar. Vem cá, que a bixa quer um pirolito pra chupar. Acha o quê, bem? Protestar contra ganância não leva a nada, vem cá comigo que cê ganha muito mais. Protestar não adianta. Cês querem o quê, afinal? Revolução, é? Um mundo novo? Vida digna pra gente toda? Até pras bixa, meu lindo? Cês não enganam ninguém. Cê acredita na revolução? Cê acredita na importância da revolução? Deixa a bixa te contar um segredo, bem: esse pirolito que cê tem aí: não é sagrado, não é mágico, não vai salvar o mundo nem vai durar pra sempre. Pirolito só serve pra chupar. Cê vai morrer por uma causa? Vai matar? Isso é coisa de fascista, meu lindo; cê é fascista, por acaso? Só fascista acredita que a missão tem mais importância que o pirolito. Esquece a missão, bem, a gente já perdeu, o melhor que cê faz é aproveitar. Pensa assim: cê não foi capturado e preso, cê já nasceu no território do inimigo. E o inimigo te deu um nome, e te ensinou a andar, e a falar, e te ensinou os nomes das coisas, e te mandou pra escola, e te disse que é feio chupar pirolito. A infância da gente é um ritual antropofágico, bem, cê já é um deles faz tempo. Já é um de nós. Chega de heroísmo, meu lindo, chega de patriotismo, de nacionalismo, de catastrofismo, de monoteísmo, de capitalismo, de vanguardismo, de existencialismo. Chega da contemporaneidade, que a bixa já cansou. Chega da contemporaneidade, que já tá ultrapassada. Olha em volta, bem. Não tem mais nada. O que move essa gente toda não é vontade de futuro, é vontade de que acabe. Pensa assim: cê mostra o pirolito pra bixa chupar, e no começo é bom, porque a bixa chupa bem, mas. Quanto tempo cê aguenta? Cinco minutos? Dez? Meia hora? Mais que isso já começa a doer, bem. Imagina então se não acabasse nunca. A bixa cansada, o pirolito esfolado, cê rezando pra brochar, mas a coisa não acaba nunca. Nem ele, o boto debaixo de lua cheia, meu lindo. Ninguém aguenta. Faz um favor pra si mesmo e escuta o conselho da bixa. Desiste da utopia, que utopia continua pra sempre e aí ninguém aguenta. Conta a verdade agora: cê veio aqui fazer o quê? Mentir pra quem não conhece é mentir pra si mesmo, bem. Cê é hackangaceiro?

Pode admitir, que a bixa não se importa, não, aceita o pirolito de qualquer um. Pra bixa não faz diferença. Conta a verdade: cê veio aqui torcer pra criança-bomba explodir, né, meu lindo? Ela tá lá, ó. Já dá pra ver daqui. Tá vendo? Hasteada no pau da bandeira, chorando de medo e de glória e os fascistas batendo continência. Deixa isso aí tudo de lado e vem pra cá, bem, é só parar um pouco que tudo se ajeita. A vida se encontra. Os problemas se resolvem. É só parar um pouco aqui no canto, que a bixa chupa o pirolito. O futuro não chega nunca, e o caminho pra um presente melhor é ficar parado. Aqui na frente da bixa. Cê vai ver, cê vai sentir. A revolução, se for pra acontecer, acontece sem o teu. Isso, bem. Vem vindo. Sem medo. Deixa a luta pros fascistas. Pensa ass

0\\ o fim é o começo da poesia

(

)

ainda humano? É difícil pensar no infinito porque ele não tem lado de fora, e aqui é o avesso do infinito, o lado de fora que não tem lado de dentro. Olha o mundo. Escuta o mundo. Não é questão de perspectiva: fora pra eles, dentro pra nós. Nada. Aqui é sempre o além-fronteira, é onde termina o que nunca começou, é quando recomeça o que não tinha terminado.

Olha.

Escuta.

o Mundo.

A matéria aqui é rica e monstruosa e colossal, mas não temos medo do medo que nos causa, não nos envergonha a tristeza que nos causa, não fugimos do ódio que nos causa, não negamos o amor que.

O que é aqui? Onde é aqui? Quando é aqui?

Olha o mundo! Escuta o mundo!

Aqui é a ultraição das imagens: isso é a matéria, isso é o espaço, isso é o tempo, isso é a montanha mais alta, isso é o ar rarefeito, isso é a visão e o tato e a audição e o olfato, isso é o riso tresloucado do universo, isso é lava, isso é a grota à espreita, isso é o resto, isso existe inequivocamente porque eu e você estamos aqui, somos gente d'aqui.

Não negamos o amor que não tem predicados.

Aqui é a plena liberdade a cada despertar, e o sono da gente d'aqui é leve. O fogo primevo, a luta, a reza constante das folhas dos vermes dos dias do fim. Aqui também chove (isso é a chuva), e vêm abaixo as ruínas do presente, caem do céu vigas e tijolos e colunas e estrelas (olha! escuta!), aqui é o resto. Mais uma revolução de nossa nova espaçonave e o eco sideral pela janela, o fulgor desastral que retumba e repercute por aqui. O que é onde é quando é? Aqui é o universo dançando no compasso de cada coração.

Não somos cegos nem somos surdos, só não voltamos nossos sentidos para o lado de dentro, aqui não há lado de dentro: olhamos o mundo, escutamos o mundo, olhos e ouvidos supinamente vazios, por trás dos quais não há nada (o que é nada?) muito menos linguagem (muito menos o quê?). *Isso*: é a gente d'aqui.

Nem vísceras do lado de dentro.
Nem vísceras do lado de dentro?
Nem vísceras do lado de dentro.

Isso *é*: a gente d'aqui.

As vísceras, às vísceras, há vísceras do lado de fora: o coração da gente d'aqui também fica do lado de fora e bate à vista de todo mundo porque é assim mesmo que tem que ser, porque aqui, quando a gente ama, em vez de beijar a boca (isso é a boca) e a glande (isso é a glande) e o clitóris (isso é o clitóris), a gente beija o coração.

A matéria aqui é rica e monstruosa e colossal, mas.

Pra poder amar, a gente d'aqui só não arranca o coração porque ele já nasce arrancado. Começa e termina aqui.

Não negamos o amor que não tem predicados.

O tempo aqui não passa por falta de quórum (mas e a gente d'aqui?); ninguém entra; ninguém sabe; ninguém diz que um dia. A gente d'aqui é. A gente d'aqui dança no compasso do universo.

Quanto tempo depois?

O corpo do passado persiste aqui, arranha-céus e máquinas, igrejas e vitrais e luzes, radiação acidental, cidades alagadas, estradas não-mapeadas, rebanhos e satélites e colisores de partículas fossilizadas. Olha o mundo. Escuta o mundo. Isso não é o passado. Isso é aqui. Isso é a matéria.

Não temos medo do medo que nos causa.

Não nos envergonha, não fugimos, não negamos.

O mistério aqui é rico e monstruoso e colossal, mas não.

Olha o mundo. Escuta o mundo. Aqui é o riso tresloucado do universo, riso símio, hienídeo, riso são de quem contempla sem hermetismo o mistério do lado de fora, participa sem protagonismo do mistério do lado de fora, se entrega sem niilismo ao mistério do lado de fora, se conhece sem se voltar para o mistério do lado de dentro.

Nem mistério do lado de dentro.
Nem mistério do lado de dentro?
Nem mistério do lado de dentro.

É difícil pensar no silêncio porque ele não tem lado de dentro. Isso é

O mundo se alarga e regurgita as eras passadas, a gente d'aqui irrompe. Do silêncio. Dos cepos dos prédios, das poças de piche, da paisagem do fim sob a brisa e a luz da manhã. Do tempo. Do trapo. Do resto. Da grota. Da paisagem do fim sob as lágrimas.

A gente d'aqui também chora.

E o concreto se desfaz em areia e vida nova, na rachadura do concreto, areia e vida nova, musgos, líquens, o riso tresloucado do universo é o silêncio simbiótico do qual irrompe a gente d'aqui.

Cada lágrima, *isso é a lágrima,* cada lágrima escorre percorre socorre as faces do mundo cerzindo as feridas do passado. Isso não é o passado. Cerzindo as feridas da matéria.

Não nos envergonha a tristeza que nos causa.

A gente d'aqui aguarda em silêncio, mas não em esquecimento, a gente d'aqui carrega no exercício de si o passado, isso não é o passado, carrega no exercício de si a memória do mundo. Olha. Escuta. Isso é a força, a rexistência inequívoca, o riso, a sabedoria da gente d'aqui.

Isso não é o caos. Isso não é o absurdo. Olha o mundo. Escuta o mundo. Isso é o acaso em harmonia consigo. Isso não é a perfeição. Repita-se: isso não é a perfeição.

A gente d'aqui também sente dor, *isso é a dor*, mas a gente d'aqui não a guarda do lado de dentro, aqui não há lado de dentro.

A dor se espalha pelo lado de fora.

A dor se consola com o lado de fora.

A gente d'aqui também sente dor.

Aqui é a ultraição das imagens: isso é a dor. Mas o que é a dor? A gente beija o coração. Onde é a dor? Aqui é a plena liberdade. Quando é a dor? O tempo aqui não passa.

A gente d'aqui também se atreve a imaginar.

Piscapiscapisca.
Olha. Escuta. É.

Este livro foi produzido no Laboratório Gráfico
Arte & Letra, com impressão em risografia
e encadernação manual.

SOBRE O AUTOR

Autor curitibano, apesar de nascido em Criciúma — SC. André é mestre e doutorando em Teoria e História Literária pela Unicamp. Em 2017, foi vencedor do Prêmio José Luís Peixoto com a coletânea de contos "o corpo persiste", e dois anos depois publicou o primeiro romance, "cidademanequim". Foi finalista do Prêmio SESC de Literatura 2018 com o primeiro ensaio do livro que o leitor tem em mãos.